陈
武
著

一个人的岛

中国文史出版社

图书在版编目（CIP）数据

一个人的岛 / 陈武著 . -- 北京：中国文史出版社，

2020.12

（跨度小说文库）

ISBN 978-7-5205-2784-2

Ⅰ . ①一… Ⅱ . ①陈… Ⅲ . ①中篇小说—小说集—中

国—当代 Ⅳ . ① I247.5

中国版本图书馆 CIP 数据核字 (2020) 第 250591 号

责任编辑：金 硕 孙 裕

出版发行	中国文史出版社	
社 址	北京市海淀区西八里庄路 69 号院 邮编 :100142	
电 话	010-81136606 81136602 81136603 81136605（发行部）	
传 真	010-81136655	
印 装	阳谷毕升印务有限公司	
经 销	全国新华书店	
开 本	650×960 1/16	
印 张	16	
字 数	212 千字	
版 次	2021 年 3 月北京第 1 版	
印 次	2021 年 3 月第 1 次印刷	
定 价	55.00 元	

目 录

水晶上的裂痕

1

那天，无论如何没有想到，会和昌晶晶不期而遇。

昌晶晶是我三年前的同事，我们在开发区硅微粉公司的一间办公室坐对面桌，她负责销售统计，我负责文案整理，都是忙起来忙得要死、闲起来闲得无聊的工作。

昌晶晶是个身材高挑而健美的姑娘，腰肢丰盈柔韧，长腿壮实有力，你从她走路时胯部扭动的幅度上就可以看出来。如果要论局部的美丽，她风情万种的腰肢比起她的颈部还要略逊一筹。请原谅我不能用准确的语言来形容。我只能告诉你，她的颈部白净而圆润，几乎透明的皮肤下蓝色的血管纤毫毕现，耳郭以下到肩胛部位自然过渡的弧线仿佛流水一样滑进衣领里，让人情不自禁会联想到香肩、美胸……简单说吧，她美丽的颈部，让你看一眼就不能忘怀。是的，三年多来，我差不多忘记了硅微粉公司的任何人，忘记了在那里工作的许多细节，剩下的记忆，都和昌晶晶有关，包括她的眼神，她的片言只语，她埋头工作时不经意而甩动的长发，特别是天鹅般高贵的脖颈，就像收藏家的珍品一样，珍藏在我的记忆里，而且时不时从记忆里浮现出来。

与昌晶晶给我留下美好记忆背道而驰，让人无比厌恶，可以说不堪回首的那个家伙，就是我们的老板李章鱼，那个假韩国人。到现在我还认为，昌晶晶突然辞职，突然杳无音信，不是没有原因的，是实在忍受不了假韩国人的种种挑衅和骚扰——回忆，有时候也是天使和魔鬼并存。如果在某一个特定的情绪里突然想起昌晶晶，李章鱼必然会强势地跳出来，破坏美好而难忘的画面，这就让回忆增加很大的难度。有的时候的回忆，美好而愉悦的情绪会占据心间，有的时候却又被龌龊和恶心所统治。当然，更多的是深深的怀念和遗憾，怀念和昌晶晶共事的短暂时光，遗憾我们的情感无疾而终——这是后话，是后话现在不说。

现在还是先说说我是如何碰到昌晶晶的吧，我实在迫不及待要把这个喜讯告诉你了。

当时我在海鲜一条街的一家小馆子里吃海蛎豆腐。这是我每天的"必修课"。一碗海蛎豆腐，一碗米饭，还可以喝一杯啤酒，喝啤酒时我会加一盘虾酱豆，这是小馆子里的特色冷菜。虽然有权威人士早就发布过，说吃海鲜不宜喝啤酒，说吃海鲜喝啤酒会得一种叫"痛风"的病，还振振有词地举例说，谁谁谁喝啤酒吃海鲜，得了痛风，现在卧床不起了，天天在床上哼哼；谁谁谁喝啤酒吃海鲜得了痛风，已经一命归天了。但这些所谓的权威人士照样一边宣传，一边大口吃海鲜，大口喝啤酒。所以，大可不必听信这些所谓的权威发布。我经常在小馆子里喝啤酒，吃海鲜，是和转述这些权威言论的服务员曹小玲说话，或者斗嘴，故意和她对着干。我的小算盘是，喝杯啤酒，就可以名正言顺地在小馆子里多待一会儿了，那个肥胖的女老板就不会朝我翻白眼了，我也可趁老板不注意时，和曹小玲借讨论痛风、海鲜和啤酒的关系之际，真真假假调笑几句。

曹小玲不漂亮，或者说不算漂亮，脸上有一些细小的雀斑，这些雀斑在脸红或脸黑时，都会特别明显，也就是说，她在生气或害羞时，脸上的雀斑都会更显著地映现出来。但是信奉局部美丽的我，认为她的臀部是完美无缺的。是的，曹小玲的臀部紧凑而丰满，还有些微微上翘，如果她的腰肢能细一点，或者她的胸部再挺拔一些，可以说，能完全掩盖她脸部的不足（其实雀斑也不算不足）。但我也不能过分要求曹小玲的身材一定要完美无缺，有两扇美丽的屁股已经是她的福分了。此外，曹小玲还是个手脚勤快的女孩，满眼都有要做的事，擦拭桌子，扫地，拖地，洗碗，刷盘，灶台上，案板上，还有门槛上，甚至包括门前宽阔的步行道上，都被她收拾得一尘不染。我要说的是，不论谁家的馆子，聘用曹小玲这样勤劳的服务员都是一种福分。你看，她刚把一张桌子收拾干净，就端着一竹匾花蚬在水龙头下冲洗了。小馆子里就曹小玲一个服务员，可是，给你的感觉，到处都是曹小玲的身影，不大的厅堂里，曹小玲的丰臀到处展现，影子无处不在，小馆子里的海腥味被她搅和得翻江倒海。

曹小玲在闪过我身边时，突然停住，扭着腰，说："你说什么？"

"我说……什么啦？"

"鲜味不足？对了，你说鲜味不足，让你尝一小碟泥螺，你就不说鲜味不足了，一不小心，把舌头也咽了！再不小心，连手指也吃了。我说贵客，咬了舌头，咬了手指，可千万别咬脚趾啊。"曹小玲的话一说就是一串，话里伴着喜悦。

她是接着我刚才的话一口气说这么多的。我刚才怎么说的，已经忘了。我说过鲜味不足的话吗？好像是上一次吃饭时说的吧？我记忆这么好，很多旧事都忘不了，却往往会忘记刚发生的事，就是刚刚说过的话，转身也会忘得一干二净。曹小玲说我整天不是神情恍惚，就是废话连篇。这倒符合我的身份。我是我们县剧团一名编剧，这个职业对许多人来说是陌生的。因为一个县剧团怎么会养一个编剧呢？说起来，我们县剧团原先演地方戏曲，这些年戏剧不景气，主要演员和有关系的人都调走了，剩下的小鱼小虾也要吃饭啊，于是就分成几个演出小组，到各企事业单位演包场。学校啊，工厂啊，社区啊，甚至代表过自来水公司、保险公司、电信公司等单位去省里参加系统会演。这些演出，当然要宣传人家本单位的事了，本单位的事只有相声、小品、小戏曲能够充分表现，活泼好玩又容易演，他们就向社会公开招聘编剧。我一看这个职位不错，名声怪好听的，又有些游手好闲的意思，便应聘了，没想到就聘上了。我日常的做派，就真像一个名编剧了，到处晃晃，到处打听点马路新闻和男女隐私，美其名曰"体验生活"，这确实也给我的戏剧小品增添了不少鲜活的内容，也是我喜欢和曹小玲斗嘴调笑的原因吧。

"泥螺算什么？我还吃过更鲜的呢。"我说。

"更鲜就不叫鲜了，"曹小玲说，"你是天天海蛎豆腐吃腻了，虾酱豆也别吃了，建议换换口味。"

"换口味？除了虾酱豆，你家还有什么好吃的？"我看一眼曹小玲端在手里的花蚬筐和筐里的花蚬，眼神不自主地滑到她胸部，由于花布围裙把她的腰束紧了，加上竹匾拉紧了衣服，胸部轮廓十分清晰。

她看到我的眼神了，不安地扭一下腰，低眉看看自己，把围裙上的一根青菜叶子捏下来，往我脸上一弹，说："看什么呀？眼珠子别掉出来啊……你想吃我啊？美死你了！"

她的话明显有挑逗的意思。我心里一动，正想抖擞精神回应她时，一个人影闪进了小馆子。

进来的正是昌晶晶，我一眼认出来，吃惊地只顾盯着她了。

昌晶晶端着一个带盖子的造型精细而美观的搪瓷盖碗，看到曹小玲切近地在我身边，正脸红地傻笑，以为我们是正在调情的情侣了，稍稍愣了下。

昌晶晶和三年前几乎没有什么变化，齐腰的长发，穿一条简洁而雅致的收腰 V 领连衣裙，是她一向喜欢的海蓝色，可能是不凡的品牌吧，虽然款式简洁，却不失华丽和考究。我在片刻的惊讶之后，看她的脖颈依然像天鹅一样高贵，像玉雕一样细腻，像水晶一样透明，心里还是动了一下。她走进小馆子，小馆子里一下就变得鲜艳而端庄起来。

昌晶晶在最初的愣神之后，对曹小玲轻声道："下一碗三鲜馄饨面。"

曹小玲没理会昌晶晶，继续跟我说："不许胡说噢，也不许瞎想……你吃不下我的，我一个大活人……要吃这些花蚬，便宜卖给你！"

曹小玲咯咯地笑起来，还把花蚬颠一下。我不知道有什么好笑的，她在咯咯大笑时，腰间的花蚬也发出哗里哗啦声。

她的笑让我特别紧张，进来的可是昌晶晶啊，我三年前的同事啊。我为了掩饰自己，赶紧望向别处了。

"这么厚的脸皮子，还知道不好意思啊？"说罢，又一扭腰，甩着屁股走了，一边走一边对昌晶晶说："三鲜馄饨面——稍等。"

2

我的目光就和昌晶晶的目光相遇了。

我以为她已经认出了我。没想到她这时候才露出惊疑的表情——对于她来说，不过是无意中看到的这个和服务员调情的顾客，没想到竟然是熟识的人。她惊诧的目光还告诉我，对于在临街小饭馆和我不期而遇，已经深感奇怪了，更让她感到奇怪的是，我在和一个小饭馆的服务员打情骂俏。在她看来，我一定是和曹小玲打情骂俏了。刚才我真想去捂住曹小玲的嘴，让她别再说了，让她把说过的话咽回去。还有曹小玲的身上、小围裙上，一定落下我无数色眯眯的眼球了，昌晶晶一定看到那些眼球了，从这些眼球里她猜测我和曹小玲有不一般的关系了。我知道避免这些已经不可能，曹小玲已经去给昌晶晶煮馄饨面了。她的话，还有离开时摇曳的小屁股，等于向昌晶晶证实，我们不仅仅是打情骂俏，我们说不定还有别的更多的故事。你知道，这时候，我神情慌乱，不知所措，嗫嚅着说："昌晶晶？是你啊？怎么会是你……太神奇啦！"接着，又此地无银三百两地说，"我……我……我是来吃饭的……"

"……是啊，陈大力？真的是你！"昌晶晶惊讶之后，也显出慌张的样子，语无伦次地说，"嗯嗯……我也来拿点……不不不，买点……买点吃的……"

我点一下头，强装的笑无疑是尴尬的，不真实的。但她的紧张和慌乱让我略略放松了一些。她的紧张，可能是对她三年前突然失踪的反应吧。她的突然失踪，不仅是针对别人，也针对我，因为是傻瓜都能感觉到我对她的好感，如果正常发展下去，我们会很快超越一般朋友而确定恋爱关系的。她应该知道她的突然失踪对我是一种什么样的伤害。所以在这种情形下又突然相见，她的紧张和慌乱就在所难免了。但她很快就镇静下来，跟我笑了下，又用眼睛去寻找曹小玲。

曹小玲走到厨房门口时，转头也向昌晶晶望了眼。曹小玲的眼神并不友好，那一望，有了些敌意。

小饭馆不大的厅堂里，只有我和昌晶晶了。她恢复了常态，明朗而真切地说："真太好了，太好了……"

我也"啊啊"着，附和她，对她的话做出判断，她说太好了，是说这次偶尔相见，还是说我和曹小玲的打情骂俏？显然是前者。可是，又怎么解释她三年前的不辞而别呢？现在这个充满海腥味和葱花味、油烟味的地方感觉不是我们见面的场合，不适合说体己话，时过境迁，更没必要询问她为什么不辞而别玩失踪了。我看她脸上还遗留着笑意的样子，心里也渐渐平静了些，是啊，不过是一次意外相遇而已。

顿了顿，她又说："真没想到还能见到你，真没想到……我以为再也见不到你了呢，都三年了……你在哪里上班呢？我知道你不在硅微粉公司了。你那么有才，会写诗，会写文章……我以为……我以为……"

她还是说了她想说的话，却说不下去了，语气从惊喜，渐渐转换成伤感和怨艾，到最后，哽咽着，眼睛湿润，几乎要流泪了。她情绪的急转直下，让我没有想到，也感到无所适从。我不知道她为什么这样。当年是她突然不辞而别，突然消失的，而且我怎么也联系不上她了，应该是我问她在哪里上班才对。因为真正关心她的是我。她如果真的关心我，或在意我，就不会不辞而别了，就不会玩失踪了。也许她也意识到自己的话欠妥了，马上就控制住情绪，没让眼流下来，勉强挤出笑，喃喃道："都三年了……你还好吧？"

我想告诉她，这年头，谁都说不上好，谁都说不上不好。但我还是想告诉她，我终于找到理想的职业了，在县剧团做编剧。遥想当年，我曾跟她透露过，我这辈子最理想的工作，是能够到文化馆或工人文化宫这样的单位，画画也行，写作也行，吹拉弹唱都行。虽然我哪一样都不精通，但我哪一样都会一点，反正这些工作也没有硬性指标，我少年时期在文化馆参加各种培训时，最羡慕的就是教我们的老师了，他们什么都懂，什么都不懂，却玩得风生水起。现在，我终于接近他们的工作形式了（当然，我已经厌倦了这样的工作）。

她还没听我回答，就喜极而泣地抹一下眼角，掩饰一般地把刚才问我的话又重说一次："你还好吧？"

"当然……"我稳定下情绪，赶紧问，"你呢？"

"我也……当然，你瞧我……"昌晶晶说。

昌晶晶说"当然"时是在学我的口气，她终于还是平稳了心情，在小饭馆里快速扫视一眼，问，"你开的？"

"什么？小馆子啊？怎么可能……我可没那本事。"

"我说嘛，我来过好多次，就没见过你……你是文人，干不来这个的。不过这家小馆子挺好……"昌晶晶继续在小饭馆里环视着，似乎对我的话不够信任，还故意往灶间望望。

我知道她是在找曹小玲。她说我是"文人"，"干不来这个"，还有我说的"没那本事"，肯定被曹小玲听到了，下次再来吃饭时，曹小玲肯定要提这个话头的，也少不了会挨她的奚落。因为我在和曹小玲打情骂俏时，曾说过将要开个小馆子、卖特色小吃、请曹小玲去帮忙之类的话。

曹小玲果然在厨房里弄出一点动静，响起"乒乓"两声，似乎在提醒，你们的谈话我都听到啦。

我朝厨房看去，看到她露出的半个身子——此时是下午三点，最没有生意的时间段，小饭馆那个胖子女老板到隔壁饺子馆打麻将去了，偶尔有点小生意都是曹小玲来打理。我就是偶尔的那个小生意，是故意在这个点来吃饭的，目的就是能和曹小玲单独聊会儿。昌晶晶也是偶尔的那个小生意吗？她刚才说常来的，我却是头一次见到她。

我把目光从厨房收回来，朝她看一眼，下意识地看她的脖颈。她也矜持地跟我一笑。我感觉有很多话要说，却不知要说什么。她似乎也是。馄饨面还没好，于是我们又重复了能在这里相见的惊喜。为了表示我的诚意，问了她的手机号码——她换手机号码我是知道的，三年前就换了，因为她刚一辞职时我就打了她电话，不久我到县剧团工作后又打过，她的手机回音都是"你拨打的号码不存在"的提示。

我们在加微信时，馄饨面煮好了。

当曹小玲聚精会神地把热气腾腾的馄饨面装进昌晶晶带来的搪瓷盖碗时，我看到昌晶晶认真地审视曹小玲几眼。

昌晶晶临走前，犹疑一下，说："你还不知道呢，你那块水晶镇纸，不知怎么跑到我的纸箱里了，不知怎么就让我带回家了。真不好意思，我知道你喜欢那块水晶。我后来想还给你的，可是，我打公司的电话，他们说你也离开公司了。没想到三年，不，快四年了，我们会在这儿碰上，真有意思。"

"是啊是啊，"我也说，口气和语感都和她合上了拍，仿佛回到三年前，"真是山不转水转，转来转去又回到原点。不知哪天，会不会见到那个假韩国人啊。"

"……那个人啊，你怎么会想到他？"昌晶晶声音突然小了些。

我觉得昌晶晶就是忍受不了假韩国人的骚扰才辞职离开的。这时候提这个人确实不太恰当，这不是添堵犯恶心嘛。

"你走了也好。"我表示赞成她当时的决定，"那种情况，只有这一条路。"

"嗯嗯……"她似乎不愿意提他，"他那张脸让人厌恶……你说过的，还记得吧？"

"怎么不记得？我还画过他的漫画呢。"

"你那时候就喜欢写写画画，天天写写画画，还画过我，把我画得跟妖怪一样……好看。"

我记得我画过她，是一张线描，把她脖子画得很美，还在旁边配上一首诗。我以为她没看到的，她这样一说，我觉得她不仅是看到了，还看懂了，并且挺满意。而且，她"不小心"带走了水晶，也和这首诗有关吧？我在诗里把她的颈部形容成温润、丰盈的水晶，幻想着在手里把玩。其中有这样的句子：

阳光下，你天鹅式的长颈

闪烁着宝玉般迷幻的光芒

视野所及，是天体的释放……

把玩的水晶，如维纳斯柔软的玉颈

穿越时空，只在我对面熠熠生辉

美丽的寓言每个都如此贴切

既然她知道这么多，知道我对她这么有好感，她不辞而别的原因，只能是那个该死的假韩国人了。她更换手机号，不愿和任何人联系，是想斩断以前那些不堪的记忆吧？而她带走我的水晶，又是想让记忆留下一点念想？我真是越想越糊涂越想越不明白了。不过这一切都不重要了，因为我们又重逢了，又联系上了。或许，这三年里发生很多事情，她也有可能结婚成家——她的馄饨面，有可能就是为家人买的。

曹小玲站在我们身边，她才不管我们邂逅的喜悦呢，不客气地催促道："馄饨面泡烂就难吃死了，可莫怪我手艺不好啊。"

昌晶晶没搭理曹小玲，抬眼望一眼路对面的高楼，若有所思地犹疑着，欲言又止地看一眼我，低下头沉思一小会儿，只一小会儿，便猛地抬起头来，扬一下脖子，说："我先走啦！"

"好呀，慢走啊……你家住附近吧？"后一句是我随口说的。

"是啊……不远。"她端着馄饨面没走几步，又回头，轻声说，"陈大力，那块水晶我要还你的。"

"不用……慢走啊。"我说。

我随她走两步，或一步半。到了这时候，我才感觉出来，昌晶晶的高兴是发自内心的，伴随着高兴的那丝隐约的遗憾也是真实的，我甚至还感觉到她话语里流露出对我的怀念之情。不错，许多事情都会阴错阳差，如果当初我们共事的时间再延长两个月，或者一个月，哪怕再有一个星期，情形也许不会是现在这样。但是，事情往往总是不能尽如人意，由不得你的意愿去发展——说到底，都是那个该死的假韩国人！

昌晶晶的腰肢依然柔韧，臀部依然丰满——她比曹小玲要显高不少，也更苗条，走路时的步调，和刚才曹小玲去煮馄饨面时几乎一模一样，只是婀娜得有些生硬——她一定知道我在望她了。

"连衣裙真难看，灰汤火色的。"曹小玲说。

我听了，又看一眼正在穿过马路的昌晶晶。马路上行人稀少，可能是单行道的缘故吧，车辆也不多，昌晶晶的身影在阳光里清晰而醒目，让她周围的景致黯然了不少。她端着馄饨面，谨慎而小心地左右张望，连衣裙的色调柔和，微微飘动，并不难看，相反，还有些鹤立鸡群的意思。

曹小玲醋意十足地调皮道："还看，遇到旧情人啦？告诉你啊，对面小区五楼，喏，就那个蓝布窗帘的，就是她家，你要去吗？去吗去吗——你可以做第三者了嘻嘻。"

"乱说。"

"谁乱说啊，"曹小玲学着昌晶晶的口气，夸张道，"我要还给你的，呀，呀呀呀，还啥呀？酸不酸呀？牙都酸掉啦！是定情物吧？下一步就邀请你去她家玩了。"

"就一熟人，你多想什么？"

"还熟人，骗鬼吧，我看你直盯人家看，眼珠子都要掉出来了，又不是大美女，有啥好看的。"

我笑笑地盯着曹小玲看，来揣度她的心情，她清澈的眼睛里飘移着不安的情绪。

"看什么？没你旧情人好看——别说本姑娘吃醋啊，再说了，人家哪有资格吃醋啊，一个小饭馆小小的小服务员，吃哪门子醋哦？吃醋也轮不到我啊。"曹小玲诡异地一笑，吐一下舌头，"真是旧情人吧？啊？说说嘛，又不丢人。"

"真不是……"

"吞吞吐吐的，就是是又怎么啦……嘻嘻，你会找她吗？"曹小玲看着我，"会吗？人家肯定想你去的。"

我也调皮地白她一眼。现在的女孩，真是鬼精，什么话都敢说，幸亏我和她还没有什么，否则她真会吃醋的。我想起我还没有吃完的饭——已经毫无食欲了，算了，不吃了。我掏钱给曹小玲，思想开起了小差，想起蓝窗帘，蓝窗帘子就是昌晶晶的家，五层……

曹小玲一边找钱一边说："不理我啦？以后……还来吃饭吗？不来拉倒！"

曹小玲鼓着腮帮，满脸失望的样子——曹小玲担心我从此不来了。莫非这姑娘当真对我有意思？她又不知道我单身，我这个年龄，奔四的人了，如果不是常常单独一人下馆子，没人会以为我是单身的。曹小玲一定在我们聊天时，把我的底细摸去了。昌晶晶的突然出现，让她始料未及，表现如此错乱也属当然。

3

事情的发展证明了曹小玲的担心——我的确几天不来海鲜一条街了，自然也就没到小饭馆吃饭，没有再见到曹小玲。

我不来海鲜一条街，不是像曹小玲想的那样和昌晶晶联系上了，或者去她家复发"旧情"了，而是恰恰相反，我们再一次失联了。这真是糟糕的结果，让人郁闷，让人难受，让人不能释怀——我和昌晶晶失联多年刚一照面，还没的真正联系上，就又失联了。

昌晶晶给我的那个手机号码，我只打过一次，就没有再打。因为接电话的是一个陌生的中气十足的男人，那一定是昌晶晶的丈夫了——其实我应该想到这点，不应该乱打电话的。我随机应变地问对方："你是中达公司吗？"对方说："打错了。"由于慌张，我连对不起都没有说。对方又"喂"一声，我就掐断了电话。

当然，我还有别的方法联系昌晶晶，或者了解昌晶晶的蛛丝马迹，比如她的微信。但是昌晶晶的微信从来没有发过任何内容。有好多次，我打开微信，点开她的头像，内容里都是空白。许多人发微信成了习惯，炒个菜要发，买件衣服要发，读本书要发，上班路上随便拍个什么东西，都要发几张图，恨不得把一天的事情都发上来，还时不时玩个自拍。可她什么都没有发。她的微信，似乎只是做做样子，表示自己也存在于微信上。我知道许多人不喜欢玩微信。我就拒绝把时间耽搁在微信上，好几年了，只转发过几篇别人的戏曲剧本或小品剧本。但微信开通后，只字未写，一图不发，连转发都没兴趣，也算是奇葩吧。不过我也不能微她，既然一个男人能接她的手机，那么这个男人就能看她的微信，回她的微信。想到这里，我担心我那个冒失的电话，会给她带来麻烦。

倒是曹小玲的微信十分活跃，时不时摆个造型，玩个自拍，每天都发两三条。这几天还微我好几次，怎么不去她那里吃饭啦。曹小玲的微信我都是回复的，随便找个理由就打发她了，有时说最近都做饭吃了，有时说换个口味，在别地吃了，有时说出差了。有一次曹小玲主动说："那个长脖子美女也好久没来买馄饨面了。"她这条微信我没有回。我知道她的意思。她说的"那个长脖子美女"还是让我对她产生些好感。她称昌晶晶美女，还观察到昌晶晶是长脖子，说明她对昌晶晶长裙判断只是情绪作怪，并不是真实想法。但她的意思我也懂，是勾引我回复并能说说昌晶晶相关情况的。她一定很好奇"那个长脖子美女"为什么没去买馄饨面了，说不定以为"那个长脖子美女"正和我在一起呢。我没上她的当。她显然不甘心，又勾引说："那个长脖子美女家窗户真多，蓝窗帘真不赖。哈，她家房子应该好大！"还拍了几张照片发上来，照片有白天也有晚上的，有清晰也有模糊的，有一张照片很奇怪，有个男人的半边身体，被蓝色窗帘遮挡。我想放大了看，可一放大就模糊了。她用个小心机，显然想告诉我某些信息。我心里暗笑——我不会回复什么的。不过我偶尔还是在她发的自拍大美照里点个赞。不能不说，她自拍的水平相当高，每次都让自己的皮肤很光洁，所选角度也是她脸部最美的角度，而且，她能很好地规避场景，让人不知道她是在哪里拍的。她可能不想让别人知道她所在的小饭馆吧。不过无论她怎么隐藏，都逃不过我的法眼，哪怕只露出桌子的一角，或在窗棂边上，我都知道她所在的位置。有几次，我都想去她的小饭馆吃份红烧小杂鱼或海蛎豆腐汤什么的，但随即又不想去。原因可能就是昌晶晶曾在那里突然出现又突然消失吧。有时呢，又有守株待兔的想法，还想在那里再次碰见昌晶晶，很快又觉得这个想法更可笑，曹小玲已经说了，"那个长脖子美女"好久没来了。我不去小饭馆还有一层原因，就是躲避曹小玲，她嘴巴毒得很，我怕她再咄咄逼人地盘问我什么。

但我不甘愿就这么和昌晶晶擦肩而过。既然命运让我们在一家不起眼的小饭馆相遇，说明我们还有缘，说明缘分未尽。于是，我决定再给昌晶晶打电话。这次我想好说辞了，如果还是陌生男人接电话，我就实话实说，我是她以前的同事，跟她打听另一个同事。

没想到的是，她的手机关机了。

坏了，上次那个电话真惹祸了，惹大祸了，引起她先生怀疑了。她先生一定是个多疑的家伙，如果她家真住那么大的房子（一层楼的窗户都是天蓝色窗帘），应该是个有钱的主，她怕引来不必要的麻烦，干脆关机了。既然这样，往后我还有必要再联系吗？就算电话打通了又说什么呢？既然无话可说，又为什么还想打她电话？我纠结，我泄气，我烦闷，我胡思乱想……她手里那个雅致的搪瓷盖碗，她端那么大的盖碗去买馄饨面，给谁买？她要是自己吃饭，为什么不在小馆子里吃？一定是给别人买的，谁？她的孩子？家里的老人？还是丈夫？孩子吃不了那么多，如果是丈夫，需要她买面吗？一起下楼吃饭，吃完还能散散步什么的，秀秀恩爱什么的，多好。我的胡思乱想让我成了一只没头苍蝇，嗡嗡嗡乱撞，这里一头，那里一头，不知不觉就来到了海鲜一条街，撞到她家楼下……我抬眼一望，那挂着蓝窗帘的窗户上，正被一抹夕阳照射，有些迷离，有些朦胧。哦，窗户里会藏着什么样的秘密？我不是要鬼鬼祟祟去偷窥别人的隐私。我的职业让我突然产生灵感，如果舞台上出现这么一排挂着蓝布窗帘的窗户，一个鬼祟的男人在窗前独白表演……还有那个大而雅的盖碗，也是一个很好的道具……说不定她的故事，真是一个小品题材啊。

虽然已经入秋了，秋意未深，天也不冷，只偶尔会有一两片树叶从道旁树上落下来，轻手轻脚的。路中心的花坛里，常绿植物郁郁葱葱，生机盎然，有一两片树叶，像小鸟一样停在上面。我就像不经意的落叶，悄无声息，没有人注意。但我仍觉得有无数双眼睛在看我，在审问我。那些眼睛里，有一双是曹小玲的。我真的不想让任何人知道。如果可能，我愿意做个隐身人。

黄昏很快来临，又很快离去，街灯已经亮了，布满街边的各种小饭馆小酒店突然生机盎然起来，烧烤摊上的油烟火辣辣的，海鲜散发出的腥臭味也飘荡在空气中，引诱着人的馋虫。曹小玲打工的那家小饭馆门口，有许多人在吃烤虾和烤鱿鱼，当然还有别的烤串。我看到曹小玲的身影穿梭在食客中间。我不饿，饿了也不吃烤海鲜，就是吃烤海鲜，我也不想见到曹小玲，这个伶牙俐齿的女孩我现在不想见她，我知道她想什么，想跟我说什么——她关心我和"长脖子美女"，一心想让我承认我和"长脖子美女"旧情复燃。可关于昌晶晶的消息我一点都不知。如果我说不知道，她能相信吗？所以还是躲躲的好。

且慢，我都来一会儿了，曹小玲能没有发现我？依曹小玲的性格，应该没有发现吧，否则她早跑过来跟我说话了。

我趁曹小玲进屋时，快速躲进一棵梧桐树的阴影里。

梧桐树的上方，就是昌晶晶的家，这个角度更好，更能就近看到她家的窗帘。窗帘里的灯光明亮，有两个窗户里是黄色灯光，有两个窗户里是乳白色灯光，还有两个窗户里没有灯光。正如曹小玲微信上所说，她家临街有好几个窗户，我数了下，六个，六个大窗户。这么多窗户，说明她家的房子好大。这么多窗户亮着灯光，说明她家里有人。我希望某一个窗口的窗帘能被撩开，能出现一个人影，出现谁都行，哪怕一条狗，一只猫，一只蚊子（如果我能看见）。但是，窗帘始终严密无缝，始终像珍藏秘密一样不愿打开。这样的话，就算我在这里守候多久，也无济于事。我心里不禁秋风萧瑟，不禁寒风凛冽。我听着杂七杂八的风声（并无风），感受着灯影从宽大的梧桐叶的缝隙里无声地落在我肩头，心里渐渐涌起满满的期待——只是期待，不知道期待什么。好难受的期待。

曹小玲拿着两把烤串又旋风般出来了。

曹小玲一边和顾客打牙撩嘴，一边也朝五楼望去，还拿出手机，朝那排窗帘举着，我估摸她又拍了多张照片了。曹小玲这一串动作，给我一个不好的印象，感觉她就是一个女特务，专门监视昌晶晶的。如果真是这样，她家的小饭馆真是个位置极佳的地方。对呀，要想知道昌晶晶更多的信息，我可以仿效特务的监视活动，以小饭馆为潜伏地点，对她家的一举一动进行监视。那么，是不是曹小玲已经这样干了呢？她是不是已经掌握昌晶晶的一举一动了呢？

曹小玲又冲着梧桐树开拍了。

不好，她发现我在树下？不可能呀，如果发现了，凭她的性格，不会无动于衷的。或者说刚才没有发现，现在才发现树下有人。但就算她看到树下有人，也不可能认出是我吧？除非她真有火眼金睛。我躲藏的这棵梧桐树十分浓密，阴影很大，很暗。我在树影里不过是一个更黑的黑影罢了，就算能看到隐约的身形，也根本不会认出我的。不错，从她的神态上看，她不过是要拍拍这棵夜色中高大的梧桐树罢了，也许一会儿，她就会在微信上晒出新拍的照片来了。真要晒出来，不知道我在她照片里是个什么影像，也许是黑影里的一个黑影，也许什么都没有。

4

当我再一次抬起头来，看到蓝色窗帘里的灯光已经熄灭了——不知道什么时候全熄灭了。不觉间，夜已深，对面红红火火的小饭馆也不热闹了，顾客已经散尽。曹小玲正在往屋里搬桌椅。那个胖得夸张的女老板可能不急于打麻将了，也可能打麻将刚回，累了，坐在一边抽烟，喘粗气，看手机，不时盯一眼曹小玲，不像有好脸色，今天营业额不高？曹小玲打碎了碗？还是少了钱款？我顾不上揣摩这些了。

熄灭的灯，预示着我这次不成功的潜伏即将结束。我什么信息都没有得到，还疑似被曹小玲拍了——不管她有没有认出我，她拍后，一边干活一边假装不经意地朝树下看一眼，还是让我紧张的。我现在还不能从树影里走出来。我得等小饭馆关门打烊，等胖老板娘和曹小玲不再在门口晃悠，才能安全离开。我背靠在树干上，听到头顶上密密的枝叶正发出细微的声响，像喘息，又像在提醒我，树梢上不远的地方就是昌晶晶家挂着蓝色窗帘的窗户，我知道窗帘里的昌晶晶已经睡了，正游走在甜蜜的梦乡……这时候，三年前我和昌晶晶共事的短暂时光，又重现眼前。

我们的办公室是在开发区一幢综合大楼的顶层，和生产厂房完全隔开。这种模式主要是我们生产的硅微粉属于环保企业，粉尘污染很严重，听说已经有工人在体检时查出轻度硅肺病了。所以，公司的管理、财务、销售等机构都集中在一处，租用了开发区的综合楼，也成就了我和昌晶晶的同室之谊。

当时我每天都在庆幸，庆幸能和昌晶晶坐在同一间办公室。她在埋头工作的时候，我会悄悄看她。她脸上像瓷器一样光洁，脑门那儿还飘着几根头发，长长的睫毛有规律地眨动。而在我工作的时候，会感觉到她也在看我，我知道那是一双明媚而深情的眼睛。我的工作因此常常受到干扰，心慌，想看她。但我知道，如果我一抬头，那双眼睛就会躲开。我不想破坏这样宁静的场面。就是说，在我悄悄看她的时候，其实她是知道的。如果我们目光突然相遇，还会溅起火花，她会脸红，是好看的酡红，那一瞬间挺让人心跳，挺让人不安。当她脸上的酡红迅速消失时，我内心的变化是急剧的，喉咙发干，莫名的电流会在我体内冲撞。这样的场面和氛围是不好解释的，你只能感受一颗心和一颗心的跳动，感受美好时刻的存在，感受人与人的那份关爱和温情，还有相互间依恋的一点点情怀。如果碰巧我们手头工作都比较清闲的时候，不知谁先起头（多半是她），我们会天一句地一句地闲聊，我们逮到什么聊什么，并不忌讳任何话题，甚至，她新穿一件时装，也会在我面前显摆一下，问我好看吗？我当然说好看。"你就会说好看。"她会美气地说，

"还有更好看的，明天穿你看啊。"有时她拿杯子，喝一口，并没有喝到水，会自言自语道："干死了都。不要不要呀，空调吹昏了头。看，外面的天好蓝蓝。"我能听出来，她心情好得都语无伦次了。每每这时候，我会帮她做点什么，比如给她倒杯水，比如把空调温度适当调一下，比如也和她一起看天。每当这时候，我的心情都特别愉快。想想吧，天天面对美人，天天闻嗅香粉，天天欣赏她不断变换的时装，天天听她温润的、带点娇气的话语，由不得我不去胡思乱想啊。一乱想，李章鱼那张怪异的奇葩面孔就跳到我眼前了，大好的心情就蒙上厚厚的雾霾。

是的，我们不约而同对李章鱼十分反感，尽管他是我们的老板。

我并不是要以面貌取人，也不是以国籍判断人，相反，我对许多外资老板还挺有好感。但这个李章鱼实在太过分，据传，他并不是韩国人，只不过是有着韩国血统的东北人，却在韩国亲戚的帮助下，冒充韩商在我们开发区投资。我们这是县级小开发区，明知道被李章鱼钻了空子，也没有揭露他——可能他的手续也真符合外商投资的必要条件吧。呼风唤雨吆五喝六吃得很开，特别这家伙还是个十足的色鬼，就更让人愤愤不平了。他平素的表现，有许多和我们常人不同的地方，比如他从不喝茶（只喝饮料），比如他从不坐办公室（喜欢在自己的密室或公司小会议室办公），比如他从不穿西装，比如他从不说韩国话，而是一口纯正的东北方言，等等。可他对漂亮女孩的兴趣却露骨地表现出来，不管什么场合，都会下流地恭维对方、取悦对方，恨不得立即要把对方带走，占为己有。这让我们特别的愤怒。据说在市区一幢高级公寓里，养着一个貌若天仙的女孩，据说那个女孩也来自东北，他叫她小爱，常常小爱这个，小爱那个，小爱爱吃那个，小爱爱穿这个，小爱嘴刁，小爱讲究。大家私底下流传，没有儿子，一心想要个儿子。而小爱也死心塌地想为他生一个儿子，可一年多下来肚皮就是不见大。如果李章鱼老板认真专一地侍候那个女孩也就罢了，可他偏偏对所有漂亮女孩都情有所依，还经常带别的女孩去韩国旅行。这些也就罢了，最让我看不惯的是他对昌晶晶那副嘴脸，那副盛气凌人没有好脸色的样子。也真是奇了怪了，他对别的女孩都能和颜悦色，对昌晶晶却横眉冷对，似乎他们前世就有冤仇一样。我只能用两个字来形容，恶心！

"恶心！"昌晶晶也这样说。

我们在说这两个字的时候，就像从嘴里吐出粪便一样，那是真恶心。我可以简明扼要列数一下他那恶心劲：他冲进办公室，一跳三个圈地大声嚷道："谁！谁做的报表？长眼睛没有？用心没有？"他张牙舞爪之后，把报表往昌晶晶桌子上一摔，"自己看！"然后摔门而去。昌晶晶嘬着嘴，低头看报表。我也看到，报表上被画一个很大的红圈。昌晶晶盯着那个圈看一会儿，在电脑上默默地重做，打印一份后，离开办公室了。我知道，是昌晶晶出错了。有时候，假韩国人扬着手里的报表，冲进来后，直接叫喊道："小昌，好极了，这是我见过的最出色的统计，你他妈也是我最出色的员工。我要给你加薪，加薪，加薪！"

这只是他语言表述，已经够怪异了，行为更是无厘头。比如他不发怒或心情平静时，也会一五一十地给昌晶晶吩咐工作，但一双肥胖的手却不停地在昌晶晶的肩膀上拍打。这个动作十分肉麻，有时轻，有时重，有时甚至还摸捏一下。昌晶晶躲不掉，只能这么忍着。更可恶的是，如果他要进一步强调某某工作的重要性，还拿起昌晶晶的一只手，用他另一只油腻的胖手拍打着昌晶晶细如嫩笋的小手。如果昌晶晶要抽回手，他还会重新拿起来。仿佛昌晶晶的手就是他桌子上的一个把玩件。你说，如此行径，我能看得下去吗？我能忍受得了吗？可我看不下去还得看，忍受不了还得忍，谁叫他是我们老板呢。我想，最难受的应该是昌晶晶了。在李章鱼折磨她的时候，她只能不停地点头，不停地说是，不停地抽回委屈的小手，委屈的小手又不停地被逮回去。这样的过程有长有短，主要看李章鱼的心情。待到李章鱼心满意足地走后，昌晶晶开始耐心地在脸盆里洗手，她把手上擦满香皂，搓啊搓啊，洗啊洗啊。然后，重新打一盆水，再擦满香皂，再搓啊搓啊，洗啊洗啊。我真担心她会把手搓破搓坏了。她洗完手，坐下发呆，突然会把手拿在鼻子上闻闻，然后再去洗手。每当这时候，我就低着头，一声不吭。我不是不想说话，也不是不想帮她骂李章鱼。我知道，评论几句，骂几句，不但无济于事，反而会增加她的难受。当然，我也难受。我比她还难受。我甚至宁愿看到李章鱼一进屋就发怒的样子，也不愿看到他拍拍打打摸摸捏捏。为了掩饰我心里复杂的情感，我会把桌上的那块水胆水晶拿在手里——这是我的把玩件，是我在车间里无意发现这块水晶的。这块奇异的晶体里除了那颗会动的水胆，还有丰富多彩的风景，从侧面看能看到山川河谷，从背面看能看到丛林蓝天，从正面看，更是满眼翠绿的春光水色。我在这时候把玩水晶，只是想岔开心里的难受，把心里的难受分解罢了。事实上，我心里的难受不但没有稀释分解，反而加重了。昌晶晶看我在把玩水晶，眼里包含泪水，悄悄低下头，她一定想起我说过的话了，我说这块水晶像她。她对我的话不理解，好奇地歪着脑袋，把脑袋歪成一个问号。我说："你看，水晶里的风景多好看啊。而且……而且你也叫晶……"于是，她懂了，知道我的意思了。有一次，是她开心的时候，她突然红着脸说："大力你别玩了。"我一时没有理解，疑惑地看她。她朝我手上努下嘴，说："水晶晶晶……你那样……我讨厌的。"我恍然大悟，她把水晶当成了自己，而我此时的行为，无疑和我们共同讨厌的李章鱼一个德行。

在某个时候，昌晶晶也会保护自己，比如她事先预感到李章鱼下一步行为的时候，会双手交叉叠在一起，藏在桌肚子底下，躲着李章鱼。但是，这丝毫没有用，李章鱼就像拿自己的东西一样，从桌肚子底下掏出昌晶晶的小手，一边交代工作、批评她工作不力并勉励的同时，有节奏地抚摸。他油腻、肥胖、粗短的手一如既往。老实讲，在我三十多年的人生经历中，从没见过这种人，也从没听说过这种人，这简直就是泼皮无赖。我真想上去把这个假韩国人揪过来，给他一顿老拳。可我并没有这样干。我和昌晶晶一样忍着。照例，接下来，昌晶晶还是重复她洗手的动作了。

就是说，无论工作做好了，或工作没做好（也许并非没做好，很多时候我觉得假韩国人就是故意为之），对于昌晶晶来说，都是灾难，她都要不厌其烦地洗手。我曾经非常注意地看过昌晶晶的手，她的手白皙而细嫩，那确实是一双可爱的手，手指细长而丰满，手面上排列着四个小肉坑，饱满的指甲闪着透明的光泽，仿佛涂上了指甲油。说真话，我也很想抚摸昌晶晶的手，像拿水胆水晶一样拿过来，抚摸一会儿。与其那一双美丽的手被李章鱼这样的人折磨，还不如让我来抚摸好了。当然，这是不可能的。假韩国人能开出不错的薪水，我能给昌晶晶什么？只能作几首不像样的诗了。很多时候，昌晶晶的手就在我的视线之内，而且伸手可触。但我只能用眼睛来抚摸，用心来抚摸，有时，我还恶毒地想，我要比假韩国人还狠，不仅抚摸，还要亲吻。令人奇怪的是，昌晶晶似乎觉察到我心里的活动了，也迅速洗手去了——不，她迅速洗手不是因为我在心里抚摸了她的手，而是要把手洗干净，等着我去抚摸。我这样自我安慰地想着，心里突然美滋滋起来，突然充满诗意。在一段时间内，我真的为她作了几首诗。

我不敢拿昌晶晶的手开玩笑，也不愿当她的面骂李章鱼。虽然我们有许多说笑的时候，但是，我感觉到，如果涉及这两个话题，昌晶晶一定非常不悦，那可是她的耻辱，她的悲剧。

有一天，她迟到了，却躲过了考勤。我们心情不错，东南西北瞎聊天，我们从时装聊到首饰（可能是她新穿一件漂亮衬衫的缘故吧），从首饰聊到工艺品，从工艺品聊到水晶城，还笑话那个题写水晶城招牌的大书法家，他把"晶都水晶城"，写成"品都小品城"了。晶都，是我们这个县城得意的简称，"品都"是什么品呢？不是我们不识字，草书也不能那样写啊。很自然的，我扯到了用来做镇纸的这块水胆水晶。我把水胆水晶拿在手里，正反看看，正要打一个比方，来说明一个浅显的道理——可能是角度问题吧，我的意思是说，从什么角度看问题是不一样的，甚至会得出完全相反的结论。我看到，昌晶晶听了我的话之后，脸色渐渐难看，然后很不耐烦地说："你不要动不动就拿你那块破水晶玩，你什么意思？好水晶我看过多了，水晶博物馆里多得是……你那块破水晶……真丑，丑死了，不许再说像我了，俗！"

昌晶晶突然恼怒让我非常奇怪，怎么啦？原来不是这样的啊？原来我说水晶像她，她还美滋滋的呢。我还没来得及问她为什么，她就气咻咻地责问道："你是什么意思？你是什么意思？你是什么意思吗！"

她眼泪唰地涌出来了。

什么什么意思？我纳闷了，同时也感到事态严重了，我不知道我哪里伤着了她，还是哪里得罪了她，我瞠目结舌的样子一点也没有缓和气氛，相反，她更加伤心和委屈了。她哽咽着说："我知道你是什么意思，每次你都把那块破石头拿在手里看，看，看，看……有什么好看……你把我当成什么啦？我贱，我就喜欢人摸是不是？你就是这样想的，是不是……是不是？"

昌晶晶抽泣着，眼泪汹涌而下。

原来是这样。

昌晶晶的话提醒了我，我的确经常把水胆水晶的镇纸拿在手里把玩。这是我喜欢的一块水晶，我们这个县是水晶之乡，在我生长的乡村，撒泡尿都能龇出水晶来，不过水胆水晶可是水晶中的上品，何况又是这样一块长条状的内藏不同美丽风景的水胆水晶呢。摆在桌子上，一来可以当工艺品进行观赏，二来可以当镇纸，我觉得是一箭双雕的事。是的，我确实说过，这块水晶像她，当时的情境我已淡漠，可能是说水晶里有不同的美景，也可能是感觉水晶柔润光滑的手感。那是赞美她呀。她也似乎接受我的赞美的呀。仅仅数十天之后，她怎么又改变自己的观点啦？受什么刺激了吗？我不想伤害她。如果我已经伤害她的话，我要解释。我把水胆水晶放下来，朝对面看去。这一看，把我吓坏了，昌晶晶胸前的纽扣开了一个，我是说，不知什么原因，她那件质地很薄的短袖衫的衣领崩开了，露出文胸的一部分，深深的乳沟清晰而神秘，关键是，她此时的颈部完全展现出来了，这可是她身上最美的部位啊，是最让我着迷的地方。就像李章鱼喜欢她的手，我更喜欢她的颈。但她突然这样愤怒，这样悲伤，让自己都失态了，更叫我不知如何是好。我的眼睛在她胸前、颈部停留片刻，紧张地赶快躲开了——我发现是她衬衫的水晶纽扣掉了一个，最关键的那一个脱落了。现在网购的东西真不好保证，质量总会出问题，好好的纽扣就掉了，那可是粉红色的鼓形水晶纽扣啊，像工艺品一样闪闪发光，不好配的。我躲开的目光下意识地在地上寻找，试图找到那颗纽扣，与此同时，她抽泣着说："你，你，你以为你有多么高尚？你以为你有多么纯洁？你要纯洁你就纯洁好了，我不要你来奚落我！"

我哪里是奚落她啊？我又哪敢奚落她啊。我低着头，谨慎地说："不要误会……误会了你……我，我什么意思都没有，我……"

昌晶晶说："算了，不要听你解释！"

我只好闭嘴。

"虚伪，虚伪！"她不依不饶，"以后别理我！"

我想，完了，她让我不理她，还骂我虚伪，是不是她已经知道我看了她无意袒露的胸脯和脖颈？或者说，这是她故意设置的一个小陷阱？不可能，她没必要引诱我，就算引诱也没必要以这种方式——我又发现，她领部已经整理好，虽然没了纽扣，却严严地合了起来，不过那显然是临时措施，如果稍微一动，衣领还会敞开来。

她泪眼蒙蒙地看着我，脸上明显有一种讥讽的神情，然后，头一低，趴到桌子上。她这一趴就是好久。她在想什么呢？她一定怕衣领再敞开来吧？我也在想，想她不稳定的情绪，想她莫名其妙的言语。后来我把这些怪异的行为都算成了罪责，安到李章鱼身上了。没错，都是这个假韩国人引起的。

从那天以后，我就再也不敢动那块水胆水晶了。它放在办公桌的一个角落里，下面压几张废纸，慢慢又有废纸压在水晶上面。一度，我想把它收进抽屉。但我马上发觉那是愚蠢的做法，那样做无疑说明昌晶晶那天的话是正确的，不然，你为什么心虚地藏起水胆水晶？好在昌晶晶很快就忘记了那天的风波，她依然一有闲情就跟我说笑，说一些可有可无的废话。我是说，我们都说些与工作无关的话，并不是我们不热爱工作，我们是不约而同地觉得，这个韩国老板不值得我们为他卖命了，要不了多久，我们就会开溜了，不是老板炒了我们，就是我们炒了他。而恰巧假韩国人因为公司的事真的去韩国了，这就给我们每日废话提供了很好的条件。应该说，我们这个时候找的废话水平堪称一流，可以车载斗量，特别是那些微信段子，我们互相转发，互相传阅。有时我觉得如此废话连篇，真是太浪费时间了。但又一想，在我们周围，废话是如此充斥着口语和文章，简直到了无处不在、俯拾皆是的地步。难道不是吗？日常生活中街头邂逅的搭讪，亲戚熟人的寒暄，温柔的细语，体贴的情话，虚假的客套，还有口角、互嘲、对骂等等，有几句不是多余的、无趣的、敷衍了事言不由衷的废话？有几句不是支离破碎、问东说西、莫名其妙、说了等于没说的废话？那又怎么样呢？我们每天不是依然要说很多这样的废话吗？不知不觉地，废话已经成为我们生活的一部分了，何况假韩国人又不在公司，此时不说，等待何时？过这个村就没这个店啦。而据微信平台提供的消息称，男人女人能不厌其烦地闲聊，互相倾听，说明不讨厌对方，说明有许多气味相投的地方，许多美满婚姻和情人关系都是在这种反反复复的废话中建立的。这个信息给我们继续废话提供了信心，特别是昌晶晶，有时候会在不是笑话的废话中笑得天花乱坠，有时候来情绪了，会像假韩国人那样，在我肩膀上拍打一下，或戳一指头。我心里美美的，觉得这和假韩国人拍打她的性质是不一样的，假韩国人的拍打是调戏，是下流，是贪图小便宜，昌晶晶的拍打是友爱，是情谊，是浪漫。不过昌晶晶也有严肃的时候，那是她说起了她的家乡，那是广西十万大山里的小村庄，那里有她还没有年老就丧失劳动能力的双亲，还有一个智障弟弟，说起这些年幸亏她打工给家里寄些钱，说起老家的生活已经比她出来时好多了，当说起她家起楼的砖料已经备齐时，脸上还是流露出了快乐的神情。有一天，我终于忍不住赞美了她的脖颈，还有她如玉的肌肤，她都笑着说："哪有那么好啊。"但我感觉到，她是认同我的话的，我喜不自禁，暗自得意，觉得，有一颗叫爱情的种子，已经在我们心中悄悄种下了。

可是，我们爱情的种子还没有发芽，假韩国人处理完事务回来了。

按说我和昌晶晶完全可以无视他的回来，照样继续我们的废话，培养我们的感情。可这家伙就是扩散的癌细胞，我和昌晶晶都受到了癌细胞的感染。真是鬼使神差，我们心情的天空上立即布满了雾霾——在得知他回到硅微粉公司的时候，在得知他已经坐在不知是办公室、还是小会议室的时候，我和昌晶晶都闭上了口，遗忘了那些快乐的废话。更可笑的是，他一回来，就到各间办公室骂人，到处都能听到他训斥人的喊叫，还冲到我们办公室，把从韩国带来的化妆品送给昌晶晶时，把化妆品臭骂一顿。听起来是骂化妆品，其实就是骂昌晶晶。这哪里是送人礼物啊，就是歇斯底里的发泄，可他有什么不满的呢？不久后，公司悄悄流传，在他去韩国的十几天期间，小爱突然不见了，那可是他养在别墅里的漂亮小三啊，说不见就不见了。据说他送给女孩许多高档首饰和天然水晶摆件也随之消失。就是说，那个一心要为他怀孕的小爱姑娘，不但最终没有怀上，还趁机卷走了他的财产。假韩国人大骂几天，愤怒几天，突然就沉默了，我们都不知道他是老老实实开始工作还是反思去了。

我以为，要不了多久，等假韩国人从他的坏情绪里走出来，又该是昌晶晶倒霉了。昌晶晶又该不停洗手了。可剧情发生了重大转折，毫无预兆的，某一天早上，昌晶晶没来上班，直到中午也没见影子。我给她手机发了短信又发了微信，她也没有回复。下午时，我才发现，她橱顶上那只盛矿泉水的纸箱不见了，办公桌上除了公司的材料，属于她自己的小物件小摆设也不见了——难道她收拾东西不干啦？她就这么消失啦？连招呼都不打？我马上打她手机。让我失望的是，她的手机停机了，不是关机，是停机，怎么啦？我愣住了，好半天没回过神来。

昌晶晶是下决心彻底和公司决裂的，也和她周围的熟人决裂了，否则她手机不会停机。几天前她还关心我参加的全县戏剧小品征文比赛的结果呢，还对我的前途表示关心呢，突然就没了消息了，为什么？我深感失落和悲伤。我本以为我和昌晶晶能发展下去的，怎么突然就发生这样的事？而我也在她失踪的下午接到通知，由县文化馆和县戏剧家协会共同举办的全县戏剧小品大奖赛，我获得了唯一的一等奖。这么好的消息也无人分享了。

两天后，办公室来了一个高挑的女硕士。女硕士可能有洁癖吧，上班第一天就疯狂打扫卫生，收拾好自己的桌子和地板、门窗后，要来帮我整理桌子。我正考虑辞职不干，不想打扫卫生了。但一个陌生人要来帮我整理桌子，我还是不好意思，只好自己动手。就是在这时候，我才发现我那块水胆水晶不见了。我那块做镇纸用的水胆水晶，随着昌晶晶的消失而失踪了，那可是我喜欢的一块水晶，原本是一块观赏晶，是我把它降格做镇纸用的，怎么也失踪了呢？我一动不动地盯着女硕士身后的墙壁，呆了好久好久。

5

没想到的是，三年后邂逅昌晶晶，她却提到了那块水胆水晶，说实话，我已经忘了我还有那么一块石头。她不是说，要把那块水晶还给我吗？本来已经遗失的水晶，突然要失而复得，就像意外得到一笔可观的财富，或者和昌晶晶的邂逅一样，是一件值得欣喜的事——如果能再见到她，就更是喜上加喜了。可她为什么又玩起了失踪？和三年前的失踪如出一辙。不，三年前是因为不甘忍受假韩国人的折磨，才换了手机号码，那么现在呢？现在又是为了什么？难道真的是那个偷接她电话的男人给她施加了压力？这是完全有可能的，就是对她暴力相向也可以想象。如果真那样，我不该打那个电话啊。三年前她失联时，在初始阶段，我还觉得她会给我来个电话或重新加我微信什么的，后来终于还是没有电话来。这次出人意料的邂逅，以为会重续前缘，没想到是这样的结局。

夜色已深。路上几无车辆，更无行人，只有我和孤零零的树影。

我拿出手机，看看时间，已经近午夜一点了。这个时间已经太晚了，就连夜间开业的小酒馆，都关门谢客了。

要回去吗？我不甘心，再一次给她打电话。我想，不管是谁接电话，不管是昌晶晶，还是那个陌生男人，我都要跟她讲话。我觉得我这样躲躲藏藏真没意思——既然已经来到她家楼下，还是做点什么吧。

我仰望着她家已经黑灯瞎火的窗户，听着我手机里发出有节奏的呼叫声，期盼能有人接听。但是，还是没人接听。再打，仍然如此。难道她睡着啦？也许是的，不然不会黑灯瞎火吧。那么，睡吧，好梦。

正在我失望地准备离开时，一个窗口的灯突然亮了。真让人惊喜，一定是她手机的铃声惊醒了她。既然这样，我就有信心继续打她手机了。但是再打，出人意料地关机了。怎么会这样呢？她一定是听到手机声，才专门起来关机的。看来，真有什么隐情了——就算他先生在家，接个电话也没问题吧？那么，发个短信吧，或者在微信上留言。不能，那样会留下文字这个把柄的，如果她先生很在意或怀疑她这个陌生电话的话，还是什么把柄也别留下吧。

灯又熄了。不会发生打斗吧？我屏息敛气听了听，什么声音都没有，只有树上秋虫唧唧的唱鸣。

我最终准备离开树下时，有些难受，不是依依不舍，不是无可奈何，也不是悲观失望，真是说不上什么心情。

在离开之前，我下意识地看一眼斜对面的小饭馆。小饭馆门厅里有一盏灯，不是太明亮的灯，照得门口空空荡荡。不久前，曹小玲的身影还在那里闪现，还有那个小气的胖老板，一眨眼就没了踪迹。不过也难怪，毕竟夜深了，谁还不抓紧睡觉呢？只有我，像小饭馆门前的那盏灯，白煞煞毫无质感。我突然觉得我很傻，很无聊，很没意思。你在等什么？等一个拒绝还是等一个承诺？且慢，拒绝和承诺都是我想要的。如果拒绝了，说明这场邂逅有个了结。如果还有什么承诺，就是能保持一般的友情，说明这场邂逅还是有意义的。现在什么都不是，突然有些不甘了。

夜色清静，街灯也清静，树上秋虫的歌唱似乎在为我送行。我最后望一眼昌晶晶家被夜色和街灯笼罩的模糊窗帘，也想和秋虫一样，鸣唱几声，表示我的存在，也为我送行。但我没有唱，一时没找到合适的调门。

我走在城市的街巷里。我熟悉回家的路。在横穿枫林路、踏上万润街时，我发现身后有个人。再过几条街巷，即将拐上人民桥头时，我确认那个人是在跟踪我。没错，确实有人跟踪。我假装正常地走过人民桥，速度放慢地拐到红旗路上，突然回头望。那个人就在我转头时，也机灵地躲进桥堍下。我乐了。虽然跟踪者反应敏捷，还是慢了半拍，我看到她花布围裙的一角了。对，正是曹小玲。真有意思，曹小玲在跟踪我。我有什么好跟踪的呢？但我还是愣了一下，这么说，她知道我一直站在路边树影里的。她一直知道我在观察昌晶晶家的窗户。或者说，她知道我在等昌晶晶。其实她可以戳穿我，可以喊我去吃小饭馆的烤串。但她没有喊我，而是在夜深人静的时候，选择跟踪。这可是个危险的信号。因为一般情况只有男人跟踪女人，哪有女人跟踪男人？何况她还是一个姑娘，不怕有什么风险。想到这里，我倒替她担心了。

我决定回头找她，把她从桥墩底下叫出来，然后送她回家。

但是，当我走到人民桥头时，一个人影都没有了。人民桥是一座单孔石桥，是一座古老的石头桥，从人民河上横跨而过。本来这个桥不叫人民桥，叫妖怪桥，大约是桥上会作妖作怪吧，不知什么时候改成这个名字了，可能是因人民河而得名吧。真是作怪了，我明明看到曹小玲的，她连花布围裙都没有换掉，怎么会一个人都没有？河边的景观道上，藏在花丛草地里的地灯坏了好多，偶尔一两盏，从花丛草地里射出白光，更显得鬼气森森。

"曹小玲，"我叫道，"小曹，曹小玲……别躲啊，快出来，我送你回家，我看到你了你还躲，出来吧！"

没有人答应我，只有黑乎乎的河水发出异臭味。一阵冷风吹过，河边柳树长长的枝条随风摇曳，河道里发出沙沙声，不知是水的波纹，还是水鬼的喘息。我突然害怕起来。河边景观道上突然出现几个走动的黑影。我紧张细看，方才辨清是几对被我惊起的情侣。我知道那些花丛里分布着供人休息的长椅，长椅上会有情侣约会。曹小玲会不会躲在那里？也许并没有曹小玲。也许是我幻觉吧？不会，我两次观察都是她，错不了。那她不会掉进河里吧？被传说中的水鬼拉去做压寨夫人？我赶快拿出手机，给曹小玲打电话。电话刚响就被掐断了，挺粗暴的。还好，她回复的短信马上就到："睡了。啥事啊？"我没有多说，只回了个"晚安"。她也回了个"好梦"。但我知道，她就在附近。既然她不想暴露，那就让她喂蚊虫喂蛐蛐吧，好在这里是情侣集散地，不会被强暴的，而且她跟踪的目的也达到了，我不过是回家而已。

6

　　我躺在床上，手边是一堆杂书，却拿起这本放下那本，一本也读不进去，有时都读了一页了，还不知读些什么。本来挺好的睡觉习惯，拿起书就犯困的好习惯，现在也不灵了。是啊，昌晶晶的失联，让我心事重重，也多了许多想法，本来就游手好闲，现在更不想读书看戏写小品了，连省里的戏剧会演也决定请假不去看了——我最大的担心，是怕昌晶晶会出事。现在越发觉得打她电话是一种冒失，给她带来麻烦了，而且这种麻烦还在发酵，有可能已经造成后果。要不要在以后的某个夜晚，再去她家楼下守望？这种笨拙的守望或许能刺探一星半点信息——如果她家家庭矛盾激化，不可能没有一点动静的。但我马上发觉这种想法多么无聊透顶，幸亏只是想想而已，因为这是对他们的另一种骚扰。

　　而曹小玲的跟踪也让我忌惮，这丫头的行为说明她真的怕我和昌晶晶重叙旧情。她在跟踪我的第二天一早，就通过微信和我联系了："这些天失联，昨晚怎么突然打电话啊？那么晚，半夜三更的，什么事？"我想，你就装吧。你装我也装。我依旧没有回复她。她既然说我失联，那我就继续失联好了。但她很快就给我发一组照片。照片都是关于窗户的，而且都是昌晶晶家的窗户，除了几张紧闭窗帘的照片，有一张的窗户别具一格，天蓝色的窗帘显然半拉开了，窗口站着一个人，虽然只是半个身位，也能看出那不是昌晶晶，而是一个男人。这张照片曹小玲发过一次，虽然不是完全一样，也可以断定是同一时期拍的。曹小玲连发两次，无非是告诉我，昌晶晶家有男人，你就不要去掺和了。曹小玲真是别有用心啊，说明她真的喜欢上我了。同时也说明，我那点小心思，被她摸得清清楚楚，这激起我的逆反心理，越是这样，我越是想要见见昌晶晶。

这个秋天气候变化不小，冷热反差大，有时仿佛还在夏天，恨不得脱去秋装；有时冷风嗖嗖，羽绒服都想穿了；有时天高气爽，有时秋雨连绵。无论什么样的天气环境，再去昌晶晶家楼下的想法还会冒出来，尽管我也知道那是无聊的守望，最多增加自己的胡思乱想。但这种想法挺坚定的，似乎在考验我的毅力。与这种想法相伴而生的，就是曹小玲，这个机灵鬼会发现的，会用手机对着树下乱拍一通的。曹小玲真是烦人啊，她最好离开那家小饭馆吧，最好……算了，你要跟踪就跟踪吧，没什么可怕的。

夜幕降临了，我在街头无所事事地转悠，忽而看看跳广场舞的大妈，忽而躲在电线杆旁翻微信，我有限的朋友圈子，实在没有什么值得反复看的新闻趣事。于是，我来到海鲜一条街，无意闯进昌晶晶家楼洞，找到了电梯，按了五层的按钮。我突然做出这样的决定虽然有点冒险，也挺刺激的。可是我找不到昌晶晶家的门洞了，五层并没有错，却没有一扇门。这是怎么回事？五层怎么会没有一户人家？没有门好办，我可以画一扇门啊。我捡起一根小树枝，在粉白的墙上画了一扇门。在我抬手准备敲门的时候，在我抑制不住心跳的时候，我画的门竟悄然打开了。

昌晶晶笑意朦胧地站在门空里，略略吃惊地说："是你啊，哎呀，吓我一跳，怎么不敲门？"

我说："碰巧路过这里，看你家窗口亮着灯，就来看看……"

我本想说看看你的，我把后一个字省去了。我知道她家还有别的人。

昌晶晶把我让进了屋里。她家的客厅很宽敞，摆设也比较华丽。我坐在沙发上，接过她端来的水。我发现昌晶晶美丽得让人惊愕，除了三年前青春的风采依旧，还增添了少妇的风韵。她穿一身碎花的白色棉质睡衣，睡衣的领口里是深深的乳沟，那儿我不能说了如指掌，但也并不陌生，三年前突然挣开的纽扣，那半裸的胸脯和长长的脖颈，已经深深地印在我的心中了。她给我上茶时从领口里我还看到她悬挂的乳房。我心跳跟着就少跳了一下下。昌晶晶示意我喝茶，然后就坐在我的一侧。她身上飘散着说不清的芳香。这种芳香是不安定的，它簇拥在四周。我们一时都没有话。其实我在注意室内的动静。她丈夫或同居者，该出来和我这个客人打招呼啊，怎么会无动于衷？昌晶晶大约看出我的心思，说："你喝水。"又说："到家了，就不要客气。"她看着我，一笑，继续说："你这么拘束干啥？家里又没有别人，那个……他出差了，我先生去了连云港，要有几天呢。"我这才松口气。但是，有一个问题就像影子一样挥之不去，昌晶晶怎么知道我要来她家而主动开门？昌晶晶似乎知道我心里的疑问，抿嘴笑了，像少女一样羞涩地说："我会算……掐指一算，你就要来。对了，要不要听听音乐？"我说："可以。"可她并没有去放音乐。她眼睛盯着我："想什么？我知道你想什么！"我感兴趣地说："当然，你会掐指一算……你知道我想什么？你说说看。"昌晶晶诡秘地说："不想说，对了，我把你那块水晶找给你。"我说："算了，送给你了。"她说："那怎么行？我要它没有用，对你说噢，当时是没注意让我装进纸箱带回来的。我才不想要你那破水晶呢。哎，你把我号码丢了吧？怎么不给我打电话？"我说："我给你打了，一直没人接。"昌晶晶惊诧地说："不会吧？我手机一直开着的。"我说："怎么不会？我正想问你呢，你为什么不接电话？"昌晶晶说："不可能，别人电话我能不接，还能不接你的电话？你一定记错号码了。"我说："要不现在试试。"说着我就拿出了手机。她显然没有想到我这一招，她瞟我一眼，略有惊慌地说："你试试看。"我拨了她的手机号码，她身边的手机突然就响起来。我说："怎么样？"她说："怎么会呢？怎么会呢？"她露出一副匪夷所思的样子。接下来，客厅里一下子变得十分安静。我看着昌晶晶，她正在玩她细长的手指。她把手指和手指叠在一起。我情不自禁地拿起她的手，我说："我帮你看相……还记得三年前我常帮你看手相……"她看我一眼，向我身边挪下屁股，轻柔地说："好好看看啊，不准要罚你！"她的手很冰，像冰棍一样。我感觉我的手在战栗，她的手也在战栗。我嗫嚅着说："我要犯错误要犯错误了……"我还没说完，她就扑进我的怀里了。这时候，电话突然就响了。

我伸手摸手机时，床边的一摞书被我碰到了床下，哗啦一声，梦醒了。大中午的，竟做起了春梦。我顾不得回味，就接通了电话。

是曹小玲打来的。又是曹小玲，这次直接就破坏了我的美梦。

"猜猜我看到谁啦？"曹小玲惊恐而小声地说。

"谁？"

"猜猜。"

"没兴趣。不说我挂啦。"

"真没耐心，"曹小玲继续压低嗓门儿，"看到你那个长脖子女朋友啦，她和一个男人逛街，真的，从我们店门口，哈哈，那个男人太丑了，你有机会啦！"

曹小玲竟然会这样说话，竟然会告诉我这样一个消息，我一时无语。

"喂？在吗？"

"知道了。"我说，"我在读书，别闹啊。"

"谁闹你啊，真的。"

"什么真的假的，跟我有屁关系！"

"你说的呀？"

"怎么啦？"我略有后悔了，"真没关系……"

"呸！你这人，就是口是心非不好……好了好了，好心拿当驴肝肺，不理你啦，读你的书吧！"

我没有读书。连读书的意思都没有——曹小玲提供的信息还是挺重要的，她进一步证实我打昌晶晶的电话是多么的错误。我对曹小玲多了份感激。

大约是为了证明自己没有撒谎吧，曹小玲又用微信给我发一张照片，虽然是背影，我也能认出那个女的确实是昌晶晶，可气的是，那个男人我依然没有认出来，因为被另一个行人挡住了半个身子，而且是街的侧对面，那里离曹小玲工作的小饭馆有近百米的距离，加上她发现时，已经失去了最佳拍摄位置，所以照片很差。

在一天余下的时间里，我都在翻看手机，看曹小玲发的这张照片。在这样的翻看中，我渐渐意识到什么，我理解并接受曹小玲的良苦用心了。当曹小玲再次在微信上发一组照片时，毫不犹豫就点了个赞，虽然那是一组无聊的街景。这是要剧情逆转的节奏吗？我开始问，我喜欢曹小玲什么呢？难道昌晶晶的出现，就是让我下决心喜欢曹小玲吗？好吧，生活就是命运，我得等明天再看看。

真让人惊喜啊，昌晶晶突然打电话来了。

我是在去海鲜一条街的路上接到昌晶晶的电话的。确切地说，是准备去小饭馆吃面的路上接到昌晶晶电话的。是的，我打算忘掉和昌晶晶邂逅这码事了，我打算回到我去小饭馆吃馄饨面、喝啤酒的生活节奏中了。而就在这时，昌晶晶打我手机了。电话里，昌晶晶没向我解释什么，直接邀请我去她家做客，就今天，就现在。她语气平和，温馨，没有一丝一毫勉强自己的意思，更不是和我商量的口气。这让我惊奇，她知道我给她打过电话，不道歉也就罢了，应该解释一句吧？就算不解释，她又怎么知道我一定会答应赴约？好吧，也许这才是真的生活，既然她不解释，我也没必要再询问了。

7

下午三点多，我走进了昌晶晶家所在的小区。

这是高档住宅小区，名叫时代家园，大门在枫林路上，面向海鲜一条街方向的是一个小门，平时都是关着的，进出必须刷卡。门卡也只有小区的住户才能办理持有。所以当我从枫林路大门走进小区时，立即有耳目一新之感。小区的绿化十分好，一进大门是个巨型的花坛，花坛中间是个喷水景观池，此时正在变换着各种喷水的造型，忽而交叉，忽而心形，忽而莲花状。仅从这一点看，就可见小区的奢华。虽然是秋天了，花坛里依然生机盎然，各种四季常青树青翠欲滴，道旁摆上的菊花品种多，花朵大，也足可夺目。但，这些景观我只是走马观花，根据方位，我性急地找到了昌晶晶家所在的那幢高楼。

让我深感奇怪和惊喜的是，电梯所在的位置和我梦里的一模一样。在等电梯的一两分钟内，我心里莫名地紧张起来，就要见到昌晶晶了。

我进入电梯，很快来到五层。还好，五层有门——和梦里还是有差别的，不需要我在墙上画门。不过也只有一户门，和我梦里的方位也一样，就是说，五层只有她一家，电梯在五层只为她一家服务。

我轻轻敲响那扇暗紫色的防盗门。

门开时，是昌晶晶一张干净的脸。她微微带有笑意的样子让我紧张的心稍稍平静了些。我也回应她的笑而微笑着，同时把手里的一束花递给她。

"不用客气啊，还带花来。"她接过花，请我进屋，用脚轻踢她脚边的一次性拖鞋，而且看着我穿好一次性拖鞋，才又说，"请坐。来，这边请。请。"

她在我前边走，穿过一个类似过厅的小厅，来到一间大客厅。

客厅真大啊，又气派又考究，用时下流行的话说，太土豪了。

她把花放在靠墙的一张红木案几上，引我到一组沙发边，笑吟吟地说："请坐呀。吃水果。"

我谨慎地坐下了。我不想吃水果。我单刀直入地说："就你一人在家？"

"他出差了。"

她说的"他"，一定是她丈夫了。不知为什么，我心里有种如释负重的感觉。是因为"他"出差了吗？显然不是，是她真的有了

"他"了。没错，她已经成家了，有男人了，跟我关系不大了。而且她住这么豪华的房子，说明他们特别有钱，加上她滋润的肤色和随意而考究的装束，都在告诉我，她生活是安逸的，幸福的，甚至是奢华的。

"你家房子真好啊！"

"好什么呀，随便住住。"她话里充满得意，"我带你参观一下啊。"

"好。"

我站起来，随她参观了几个房间，琴房、健身房、更衣间、饭厅、茶室，还有书房。在走进书房时，她说："这是我的小书房。你随便看，我去烧水泡茶啦。"

她的书房确实有女人味，说"小"，一点也不小。书倒是不多，书桌上有个笔记本电脑，还有平板电脑、充电宝、充电器什么的，有几盆正在开放的花，我一样也叫不出名目。墙上挂一幅她的写真照片，侧身转头的那种，应该叫回眸一笑吧，露出了香肩和美臂，关键是她迷人的长颈，在这张照片上尤其光彩照人，细腻的、紧绷而圆润的肌肤，若隐若现的蓝色的血管，都是那样感人至深。我心里突然窒息般地紧张一下，赶快从她的照片上移开目光。我怕她看出我心里的反应，虽然只是照片。我走近书橱，参观一下她的书。不是有人说过嘛，书房轻易不暴露给陌生人，因为通过你读什么书，就会知道你这个人的斤两。我倒不是想知道她的斤两，不过是对书的热爱罢了。和许多小女人一样，她也喜欢把一些小摆设放在书橱里，有她嘟嘴卖萌、娇艳如花的精美小品照，有一把八卦龙头一捆竹小紫砂壶，有各种首饰盒。可能是身处水晶之都的缘故吧，几样水晶工艺品也很有特点，关键是，我看到我那块水胆水晶了，她显然是个有心人，给这块水晶配了个红木底座，更显精致了。出于好奇，我试图拿出这块水晶看看，却不小心带掉了一个小盒子。我赶快捡起来，看到盒子里是一枚镶了粉红宝石的金戒指。我紧张了，怕摔坏了她的戒指，多看一眼，却发现金戒指上镶的粉红色宝石并不是什么宝石，而是一枚纽扣。她领口丢失的那枚水晶纽扣，一跃变成这副模样，太让人吃惊啦！

"过来品茶啊还是继续参观？"昌晶晶的声音传过来了。

我迅速把首饰盒放回书橱，佯装看书的样子，说："……啊，都行。"

昌晶晶走了进来，也走近书橱，说："乱死了。"

"挺好啊。"我敷衍着。

她整理一下凌乱的首饰盒子，说："……他送的，都是垃圾。嘻嘻，你这块水晶不是，是宝。"

我"呵呵"笑两声，随手抽出一本书。

"没有几本书的，我不读书，哪像你呀，书虫子。这边还有一间大书房。"

她在说"大书房"时，口气突然不太自然，似乎还不安地瞟我一下，声音放低地说："他的……书房。"

这真是一间大书房，风格也和她的书房完全不一样，全部是红木的家具，书也很多，多为精装本，书桌上略显零乱，地板上放着一个巨型水晶聚宝盆，书房的墙壁上，一幅超大的彩色照片吸引了我。照片是双人照，虽然做成了油画色调，增添了浪漫和朦胧，我依然能够认出女人是昌晶晶，男的让我大吃一惊，他不是别人，竟然是假韩国人李章鱼！这个发现太过突然，以至于让我一时没有反应过来，脑子瞬间蒙了一下，气息也没有调匀。怎么是他？难道昌晶晶三年前的突然失踪，完全是假象？所谓的失踪，就是和假韩国人结婚？不，他们不是结婚，我恍然大悟了，昌晶晶是顶替了小爱的角色，顶替那个没有怀孕的漂亮东北女孩。这个剧情反转太大，以至于让我这个看过不少好戏的编剧都瞠目结舌。

屋里的空气瞬间凝固。

"想什么？"昌晶晶轻声问。其实她知道我在想什么。她定定地看着我，眼睛突然湿润，突然泪花闪闪。

"我……"我没说出来，向她靠近一步，怜悯地把她轻轻搂进怀里。

她谨慎地贴到我身上，喃喃道："知道你的……你会……骂我吗？"

"不……"

她用力把我抱住了，脸埋在我的胸窝，肩膀耸动着，还是没有憋住，恸哭起来。

她真切的哭声感染了我。我也渐渐搂紧了她，内心涌起的悲哀像潮水一样铺天盖地。我的眼睛也模糊了，低下头，吻她的头发和额头。她扬起泪眼朦胧的脸。我们情不自禁地疯吻对方，激情的潮水瞬间淹没了我们。

是我把她抱进大卧室的。我很疯狂，想到那个假韩国人，那具恶心的身体在她身上翻云覆雨，我虐待般地把她从床上抱到床下，抱到客厅，抱到她家各个角落。我们在各个房间和各种器具上做爱。我恶毒地想，我要在每一寸地方留下我们的气息，气死那个假韩国人。

事后，我们双双躺在厨房的地板上，她凌乱的长发流淌在我的胸窝里，似乎感觉到了我的用心，娇羞道："你呀……你呀……噫噫我喜欢这样……"

"你要为他生个儿子吗？"我想起小爱没有完成的任务。

"我不想离开他……他改变了我们一家……"她不愿继续这个话题，"你工作好吧？晶都剧团，可是你理想的单位啊。"

"也不是，在小县城搞戏剧没前途。"我又把她岔开的话拉回来，"要生吗？"

她没吭声。她没吭声我就知道答案了。过一会儿，她问："没前途是什么意思？需要我帮你吗？"

"不需要。"

"真想你一直在啊……"

也许这才是她的真话，但我心里却充满巨大的悲伤。

"还来吗？"

"当然。"

她搂了搂我，说："你来陪陪我，我感谢你……但是，我一点也不爱你……也不知道为什么，就是不爱……你知道吗？我不是说假话，我不说假话。你也别爱我，知道吗？"

"知道。"我说，我知道她是在说假话。

"你会爱上我吗？"

"以前有一点，现在……不知道。"

"以前也没有，你瞎说……现在，什么叫不知道啊，你别乱想我，不爱就是不爱，我可是要跟他……生儿子的……我们……这样也蛮好……"她终于还是说了，虽然磕磕绊绊，虽然气息老是不畅，老是有口气憋着，不能畅快地喘出来，但我全听懂了。

我没有再接她的话，却在想她的话。

"想什么呀？"她轻声道，"去卧室说会儿话吧，这里冷……"

我们从厨房出来时，她拐去了卫生间。我到卧室，穿好衣服，看了看手机——刚才有微信提醒声——是曹小玲的，她在微信里对我说："别忘了提醒她，把花插在花瓶里哦。"然后是一个调皮的笑脸。笑脸过后的内容是："我不在那家小饭馆上班了，你可以去吃饭啦！不用躲躲藏藏啦！再会！"

她真是个人精，居然知道我给昌晶晶送花。她看似轻松的微信，还是透出挺多的内容。我明白了其中的暗示。我们原本那点若即若离的爱意，已经就此结束了。可以说是她主动结束的。

我没有和昌晶晶再"说说话"，在结束了刚才的急风暴雨，又收到曹小玲的绝交微信后，我头脑冷静多了，我意识到她家是个是非之地，虽然她说"他"出差了，我也不愿多待一分钟，我甚至拂了她留晚饭的美意，告辞了。

我出乎意料地来到小饭馆，确实，这里的服务员已经不是曹小玲了。可能是新服务还没到岗吧，那个女胖子老板狐疑地看着我，似乎询问曹小玲为什么突然辞职。我没搭理她，要了份馄饨面。我发现她家海鲜馄饨面的口味差劲极了。

但是，我没有能力拒绝昌晶晶的诱惑，在此后不久，我就成了她家的常客。我的客人身份当然是在昌晶晶认为安全的情况下才潜进她家的。假韩国人从韩国出差回来后，公司的事情突然多起来，硅微粉突然全球热销，这家伙再次走起了狗屎运，他也就忙得不可开交了，出差是常有的事，平时也顾不上昌晶晶了。

这段时间，昌晶晶老家的小楼也落成了，她那个智障弟弟娶了个媳妇。昌晶晶想让我和她一起回广西老家。我知道她的意思，想让我冒充她的男朋友。但我告诉她，我要去省里参加戏剧节，实在走不开——其实戏剧节早就结束了。我是觉得我和昌晶晶保持现在的状况不会太久，结束是迟早的事。昌晶晶就一个人回了趟老家，回来时还给我带了她家乡的特产金花茶和野生红菇。

8

昌晶晶告诉我她怀孕的时候是在年关将近的一个星期天的下午，当时我刚到她家，我还像往日那样，迫不及待地就抱她——云欢雨爱已经习以为常，不需要前戏的铺垫了。但昌晶晶却不像以往那样迎合，她搂紧我的腰，激动地说："告诉你呀，我可能怀上了。"

"啊？"惊诧一声。

"是我们的……"

"啊！"我又惊诧一声。

她的话让我又喜又怕。喜的是，我们有了春种秋收的成果，也遂了昌晶晶许的心愿。那个假韩国人一心想让自己有个儿子，可昌晶晶和她的前任小爱一样，肚皮一直不见动静。小爱一年多没怀上，自己走了，临了还卷走了一些浮财，虽然价值不菲，对于假韩国人这么大的家业来说，不过是毛毛雨。昌晶晶继任小爱的空缺已经三年多了。三年多可不是个短时间，昌晶晶也没觉得哪里有毛病，怎么就怀不上呢？昌晶晶曾悄悄去医院做过妇科检查，没有一点问题。这让昌晶晶很焦急。昌晶晶老家的事解决了，她也有抽身而退的想法，但她答应过假韩国人的，如果最终没给他生个儿子，她会觉得抱歉的。早怀上早生，也就能心安理得地离开了，也就早自由了。这是我喜的理由吧。可这样的喜并不足喜，感觉怪怪的。感觉像吃一只甜甜的苍蝇，虽然甜如甘蜜，毕竟是苍蝇。尽管，我从内心里只把昌晶晶当成超过一般的朋友，但从情感上还是不舍昌晶晶的，有了我们的孩子，而孩子又要归假韩国人，我真的怕了，是好多的怕，具体怕什么我也不知道。怕就像春天的草芽一样，见风长。我凭什么要怕？昌晶晶又不是假韩国人的合法老婆，而我是单身族，我应该更理直气壮地要我们的儿子。但，问题是昌晶晶和假韩国人是有契约的，就是说，这个儿子名义上不是我的，是假韩国人的。如果真相被戳穿，昌晶晶无论如何是过不了假韩国人这一关的，仅他在她身上花费的钱财，昌晶晶就偿还不起，加上我也偿还不起。就算把她老家的小楼卖了也无济于事。

"他还不知道。"昌晶晶却轻描淡写地说，"我准备这两天告诉他……可能……这几天我要少打你电话，暂时不联系了，莫怪啊。"

我脑子里乱乱的，没有先前那样的疯狂。我走进客厅，坐到沙发上。她没有坐，而是站在一边。她可能也意识到情况的复杂性了。

"确认？"

"什么？"

我瞅一眼她的肚子。

她想了想，点点头，又说："不用担心。我知道怎么说。他会相信孩子是他的。"

这不是我关心的。但我关心什么呢？谁知道我关心什么？我自己都不知道，真的。我屁股还没有焐热，就离开了昌晶晶家。我得捋捋我的思绪，我得好好想想，不是我不明白，是这个世界太疯狂。

果然，一连十数天，昌晶晶都没再给我打电话。我承诺不主动打她手机的。现在更知道她手机不能乱打了，因为不知道她身边的情况。我的思绪当然没有理好，而是越理越乱，越理越认不清自己了，越理越不想理了。既然这个世界毫无道理可讲，那我的思考还有屁用！只是我还会想她。想她想她想她，真的难以避免。想她的时候，会拿着手机出神。手机上有她的一张照片，是我拍的，不是床上的照片，不是什么艳照，是她有一天煎鸡蛋时，系着围裙在厨房的居家照，我特别喜欢她当时的样子，像个勤劳的小媳妇。她的照片，经常让我泪盈眼眶。你知道，她没有微信。我要是想知道她的行踪，只能靠猜测了，她是在什么样的情境下告诉假韩国人说她怀孕了呢？是在某一次做爱过程中吗？还是在某一个早餐时？或者是在一次双休日短程出游中。我知道他们也经常利用双休日，开着路虎到附近几个旅游城市游玩的，在轻松闲散的过程中，讲出对假韩国人来说极其重要的消息可能效果会更好吧。但，无论如何，这对昌晶晶来说，都是个压力，因为她肚里的孩子并不是假韩国人的——我真为她捏把汗。

有一天深夜，我在梦中被手机铃声惊醒了。谁在这时候打电话呢？我摸出手机，看是昌晶晶的，赶快接通了。奇怪的是，却没有发出任何声音。我起初以为是那个假韩中棒子搞什么鬼，也不敢发声。

过了一会儿，手机里终于传出声音："喂……"

是昌晶晶。我谨慎地说："有事吗小晶晶？"

"没有事……你在干吗？"

"我在睡觉啊。"我以为她想我了，那个假韩国人肯定不在家，"你那边……一个人吗？"

"他走了……刚刚……"电话那端突然想起抽泣声，接着就是昌晶晶平静的声音，"对你说啊大力，出事了，我上了棒子的当……"

"假韩国人？他怎么你啦？"

"棒子……他结扎了，根本就不会让我怀孕……"昌晶晶的话里明显是忍着什么，最后还是清晰地说，"这几天，我会处理一些事情，再联系了。"

我愣了下神，才反应过来，就是说，假韩国人并没有生育能力，他把女孩圈在家里，并放出风声，想要个儿子，结果……结果是，谁怀上就把谁轰出家门。

"对不起大力，再见啊……"

没等我再说话，电话就挂断了。我立即又给她打过去。一连打了几次，她都不接。我担心她会出事，一直打，她终于接了："大力……我不会有事的，放心，放心。"

"可是……"我想说她肚里的孩子，我们的孩子。她又果决地终止了通话。

我再打她电话时，她的手机关机了。

我和昌晶晶再次失联了。她的手机"关机"不久后，就是"你拨打的手机不存在"的提醒。她给我最后的信息是"放心"。可我怎么能放心呢？她接下来该怎么办，是回老家吗？她说过她老家是在广西南部的十万大山里，具体什么地方我并不知道。如果她故意躲着我，我无论如何也找不到她的。如果她故意躲着我，就算我找到她又有什么意义呢？我不知道她是怎么对待我们的孩子的，那个还没有成形的小生命最终的命运如何？年关将近时我开始忙碌了，许多企业的联欢演出需要和本单位有关联的小品，我开始没日没夜地赶写这些戏曲小品，幸亏我有库存，把以前演过的改头换面，偷梁换柱，滥竽充数，我开始有了戏剧人生的感慨。是啊，每个人都是一台戏，都是一个小品，我和昌晶晶不约而同成了我剧本里的角色了。

许多商店已经有了过年的迹象，红色灯笼提前挂了出来，各种促销活动如火如荼地进行。在一个寒冷的天色晴好的晚上，我决定去海鲜一条街，一来可以缅怀一下那排挂着蓝色窗帘的窗户，也可以去小饭馆吃吃东西。我先来到曹小玲曾经工作过的那家小饭馆——我知道她早已不干了。事实上自从那次微信告诉我不干的消息后，我们再也没有联系过，也没有她任何信息。还好，小饭馆的老板还是那个大胖女人，不知为什么，三四个月不见，现在感觉那张大胖脸特别亲切，特别喜庆，她也很热情地招呼我坐下，顺手把菜单扔到我面前。其实我不需要菜单，仅有的几个家常小炒我都知道。还是老节目，我点了一份海蛎豆腐，一碗米饭。我没要以前常吃的虾酱豆，因为没心情喝啤酒。

从我坐着的窗口望出去，可以看到假韩国人的家，可以看到那几个大窗户。我惊奇地发现，窗帘已经不是蓝色的了，而是换成了红色，紫红色，全部的紫红色，在冬天的夜色和灯影中，显得特别温暖。其实我不应该惊奇，一定是换了女主人了。

　　海蛎豆腐还没有来，我得耐心等一等。我在盯着那排窗户时，想起了昌晶晶。她现在怎么样呢？还好吗？肯定不会好的。怎么个不好，我是想知道也不可能知道了。我担忧起来，昌晶晶的许多影像在我眼前重叠。那一幕幕的影像，一会儿清晰，一会儿模糊，最后是彻底模糊了。我心里慢慢涌来隐隐的痛。

　　"来啦先生，送你一杯啤酒，还有一盘虾酱豆！"

　　声音是如此熟悉，啤酒和虾酱豆也如此熟悉，一看，居然是曹小玲。我愣住了。

　　她看我愣神的样子，调皮地歪一下脑袋："怎么啦？没想到是不是？我也没想到。本来我是真不干了，因为我妈叫我回家相亲，相成就结婚。可没有相成，没办法啊，相不成我还得回来……嘻嘻，就这样，我就回来啦！"

　　"怎么没相成？"我随口一问。

　　"这个嘛……保密。"

　　"……回来也不说一声啊？连微信都没动静啦？"我心里有些委屈，鬼知道为什么委屈。

　　"不爱发。你不是也一直潜水嘛，谁不会玩潜水？"

　　"回来好……回来多久啦？"

　　"好久，看，你都忘了我吧？"她把虾酱豆往我面前推推，"过上好日子就忘了老交情啦。还要不要点些别的？算我请客。"

　　"不用……"刚才的难过被曹小玲的快乐冲淡了。

　　"那你慢用，等会儿我给你上杯茶啊。"

　　我喝着啤酒，就着虾酱豆，想着几个月前我们许多的打趣，许多的废话，真有点仿若隔世之感。曹小玲还是快语快腿，手脚麻利，身影在小饭馆里无处不在，话语高低错落，她在我身边不停穿梭的时候，我能感觉到她带起的流风，在目光和我相撞的那一刻，她也会抿唇一笑，调皮中流露出的是真诚和真实。

一会儿，海蛎豆腐上来了，米饭也上来了，一杯热茶也跟着放到桌上。茶很香，花果山云雾茶，我能闻出来。她放下茶盅，小声说："猜猜，为什么换了窗帘？你一定知道，嘻嘻，别生气啊，女主人换了。现在，你们是不是在一起？幸福生活了吧？"

她说的"你们"，当然是指我和昌晶晶了。原来她是这样认为的，怪不得我总感觉她的热情和以前不大一样嘛，总觉得她的热情隔了一层的生分嘛。我不知道怎么回答她，只好端起茶盅做掩饰。

"不用怕的，那男的另有新欢了。"

可能是看我眼里流露出疑问了吧，她又说："那个爱吃三鲜馄饨面的男人又有新主妇了。"

"是吗？"我倒是好奇了，这个假韩国人又不知在祸害谁了，他还会支派情人给她打馄饨面？

"没见窗帘都换了颜色？"曹小玲诡异地一笑，说，"所以呀，心放肚里好啦，那个男人不会揍你的，说不定还要感谢你呢？旧的不走新的不来嘛，唉，你要不要看看新女主人？你运气真好，我掐指一算，她一会儿就要来买馄饨面了，那个男人下班都晚，一回来就要吃馄饨面，而且从来不自己买，都叫他女人买。他女人都听话，前边那个听话，后边这个一样听话。看看，看看看看，来了来了来了！"

我从窗户望出去，果然走来一个穿紫红色棉睡衣的高挑女人，她衣服的颜色和窗帘的颜色如出一辙。这个女人好眼熟，啊？我认出来了，这不是当年接替昌晶晶的那个高挑的女硕士吗？天啦，我惊讶了。

还好，她没有认出我。可能是她刚到三天我就辞职了吧。也可能是我坐在小酒馆的角落里，并没引起她的注意，她也绝不会想到会在这种地方遇见熟人。她手里也拿着那个精美而考究的搪瓷盖碗。

我自顾喝啤酒的时候，眼睛和耳朵都在关注安静地坐在一边等候的女硕士，同时也进一步揣度那个假韩国人，连带地想起昌晶晶，还有那个我从未谋面的叫小爱的女孩。我的啤酒便寡淡无味，根本不像啤酒了，它迅速变质成一碗药，天知道是什么药，也许能治病，也许能毒死人，也许什么作用都没有。

不多会儿，三鲜馄饨面煮好了。曹小玲很职业地把馄饨面给她装好，套上塑料袋让她提着走人了。

"怎么样？有没有原先的漂亮？啊？瞧我这嘴，她肯定没有你那口子漂亮啊。"曹小玲不知深浅地说，"嗯，是吧？"

我感觉曹小玲故意在恶心我，或一直是在套我的话——确认我是否跟昌晶晶在一起。既然这样，也没什么可隐瞒的。我当然也不能实话实说了，王顾左右而言他地说："我都不知道你说什么了，什么我那口子？我要有那口子，还跑你这里吃海蛎豆腐？我也要派人来给我打回去呢。"

"哈哈，骄傲了吧。"曹小玲乐不可支了，她快乐地说，"你还一点都不谦虚……那么你真的……真的没和她在一起？"

"说什么啊？"我假装生气地说，"什么叫真的？压根儿就不知道你说什么。"

"好吧好吧，不说了，不说了不说了，真蠢，我真蠢，行了吧？"

"这还差不多。"我也笑了。其实她哪里是蠢啊，她是冰雪聪明。

说实在的，我还是喜欢曹小玲的单纯和幼稚的，虽然她的单纯和幼稚并非真的单纯和幼稚，哪怕是装出来的也挺讨喜。想起几个月前我和曹小玲不停地斗嘴，那是一段多么快乐的时光，如果不是中途邂逅了昌晶晶，情形说不定就大为两样了，说不定我们已经是形影相吊的恋人了，她也不会被家人叫回去相亲了。我也知道，世上没有这么多"说不定"，一切似乎都是安排好的，都是在我们生活的路上等着我们的。

9

时间很快过去了一年。

又是年关将近的时候了。当曹小玲的母亲再次催她回家相亲时，她在我身边用手机是这样跟她母亲说的："妈，过年时，我把你女婿带回家还不行啊……你说好的呀，嘻嘻，不过你可别怪我啊，你女婿比我大整整十岁哦……你又嫌大了，他人显年轻的……照片有什么好看的，过几天我把人都带回……什么呀，人家是大龄青年好不好……三年后才四十……当然，放心吧妈，你女婿待我可好啦……是啊是啊……当然，我们准备开一家自己的小吃馆……当然，当然，你女儿是谁啊，哈哈哈……太能干啦，你女婿找你女儿是他的福分呢，妈你放心好啦！说不定啊，过了年你就成我的员工啦……好好好，你不来拉倒，不说啦……你就少操心吧妈……欸欸欸，把这好消息也告诉爸啊……再见再见！"

曹小玲说的"你女婿"就是我。

是的，我们真的想开一家小馆子，不大，就像她工作的那家小饭馆，做有特色的低价位饭菜，以薄利多销吸引回头客。小玲很有信心，我也支持她。甚至，我也有可能辞职，帮她一起经营。原因你知道的，我所在的县剧团，效益也不好，靠内部分化的几个演出小分队，到各企业、学校和乡镇村街演出，又辛苦又挣不到几个钱，而且他们的节目基本固定了，应时的戏曲小品也不太受欢迎了，我的作用也就越来越小，继续干下去也没劲的。

星期六的一个下午，我和小玲规划我们前途的时候，决定出去转转，一方面考察一下各家小吃店，另一方面看看有没有适合的店面——春节就要到了，有不少急于回乡的老板转让店面，这时候可能会捡到便宜。

我们沿着盐河路慢慢行走。河街上有多家小吃店，和海鲜一条街一样的热闹。面馆、饺子店都很红火，汤圆店也生意兴隆，有一家新开的广西小吃馆，正在搞促销活动，门口招牌上的广告提示说，只要吃一次，就可以成为会员，成为会员后，以后吃饭都可打八折。这倒是不错的经营理念。小玲决定尝尝这家小吃馆，一来可以成为会员，二来也体验一下，可以把这种理念偷走。

我们刚坐下，就有服务员过来招呼。当我接过菜单，和对方目光相遇时，双双惊住了。

"你？"小玲首先反应过来，她看我一眼，又看向对方，紧张得脸都变形了，费力地笑道，"怎么是你……"

我看到系着围裙手拿菜单的昌晶晶那惊异的、不知所措的目光和神情了。我还看到她张了张嘴，却没有说出话来的别扭样子。但，昌晶晶很快就镇静下来，轻声道："二位用些什么？"她的声音里伴随着颤音。我发现一年多不见，她脸白了些，胖了些，仿佛也矮了些，不像以前那么高挑和亭亭玉立了。我下意识地看看她肚子。我真傻，都一年了，她肚子还能怎么样？当目光再回到她颈部时，还是被她脖颈上那道疤痕震惊了。那是一条细长的白色疤痕，像一片柳叶，破坏了她美丽而高贵的脖颈。我没有在她颈部多停留。她的目光也躲开了我的目光，再次说："欢迎光临……"

小玲看看我，看看昌晶晶，二话没说，拉着我就走。我不想走，尽管待下去的场面会很尴尬，但我觉得应该有话要说。但小玲很有力气，她的手紧紧地抓住我的手，抓得很紧。我只好跟着她向门口走去。在走过门里侧的吧台时，我看到吧台上的一个水晶艺术品，没错，就是那块水胆水晶，它直立在红木的底盘上，越发显得晶莹剔透，气宇轩昂。但我还是看到晶体上的裂痕了，尽管已经修补得完好如初，那齐斩斩的裂痕还是清晰可见。真可惜啊，我熟悉这块水晶，那裂痕的部位，可是有一颗珍贵水胆的，如果水胆没了，价值会打折一半，再加上那道裂痕，它已经不具备经济价值了。但，昌晶晶显然没这样想，她珍重地把它摆放在显眼的位置。

盐河边宽阔的绿化带里，隐藏着数条弯曲的小径。我和曹小玲没有在小径上散步，她拉着我一口气来到盐河边。直到这时，她都没有松开我的手。她的手上已经出了汗。我感觉到她手心的温热和潮湿。

我们临河而立，透过齐腰高的大理石栏杆，能看到映着城市灯光的乌洞洞的河水。河面上刮来阵阵冷风，把小玲的长发吹起来，也吹起我心中的涟漪。

一个人的岛

1

"噗吱——哗"，这是浪花轻拍礁石的声响。

错落有致、挨挨挤挤的礁石连绵着，喷溅的水花或高或低地落在滚烫的石头上，热锅炒菜一样炝起雾状的烟尘。

有一块形迹怪异的礁石，在一个浪花喷溅的水雾中晃动一下，站了起来——原来是一个人。对，他就是"岛主"古杰民。古杰民的肤色、头发、衣着，都是褐黑色的，和礁石的颜色颇为相似。如果他蹲在海边钓鱼，或呆望，或睡着了，没有人会把他当成一个大活人，以为他就是礁石的一部分，或者就是一块礁石而已。就算他在活动中，比如巡逻，比如和羊狗嬉戏，把他当成一块会移的礁石，也算不上错。当然，世界上没有能喘气会走路说大话的礁石了，如果有，那就是古杰民。

海上风平浪静，静得有些出奇，有一两只海鸥停在大海上空一动不动。蓝天是碧绿的，空气是透鲜的，朝远海望，一眼能望出去很远。朝陆地方向望，情况就不一样了，古杰民知道，隔着烟波浩渺的海湾，一直望不见的、灰蒙蒙黑乎乎的地方，就是他家了。那是三间破旧的东倒西歪的平房，很有些年头了，土墙裂了巴掌宽的缝，屋顶还有几处漏雨，畏缩在周围新建的别墅式小洋楼中，看起来和周围环境格格不入。但家里现在肯定是热热闹闹的，老婆陈士花，还有他们的一双儿女，肯定在家里看电视了——那台他们结婚时买的黑白电视机还能看吗？不能看也将就看吧。还有三天就开学了，也许古艳在整理书包，也许古巴缠着姐姐补写作业。古巴这个小狗日的就喜欢偷懒，开学就是初二了，还不认真，小时候就让他姐姐做过作业，到现在坏毛病还不改，比他姐姐差远了。古艳学习好，在班里排在前几名，高三了，明年高考，信心满满能考上大学。这很让古杰民欣慰。暑假中，一家都来到岛上，住了一个多月，玩了一个多月，当然，也帮他干了一个多月的活。不久前，在离开学还有一周的时候，他就把他们赶回大陆，为开学做准备去了。

天快晌午了，今天不会有船来了——就是有船来，陈士花也不会回来，说好的，要等孩子都去县城上学后，才随人武部提供给养的登陆艇上岛。

古杰民站起来，拎起一只胶皮轮胎改做的小桶，走在礁石上。年轻时，他都是跳跃着行走的。现在虽然也没老，但腿脚已经不像年轻时那么轻盈了，很少再有跑跳的动作了，心气也像大海中的这个小岛一样，平稳了，踏实了。

小桶里是满满一桶海蛎，落潮时古杰民从海边"拾"来的。拾这些海蛎时，古杰民还想起几天前，古艳和古巴姐弟俩在岩石上炕海蛎吃。岩石太烫了，在中午的毒太阳下，剥了壳的海蛎肉都会吱吱地冒烟，半熟的海蛎最好吃了，鲜中带着香。古杰民以前也和陈士花烫过海蛎吃，味道和锅里做的真不一样。

古杰民像是又吃一回岩石烫海蛎一样，咧开大嘴笑了。

古杰民顺着海边小路往岛上攀爬。这是阳面，太阳把岩石晒成了烙铁，不要说烫海蛎了，就是煎鸡蛋也有可能啊，没爬几步，他久经热烫的脚掌就感到火燎燎的。在他身边的岩缝里，有几株稀奇古怪的杂草和低矮的灌木，在暴烈的太阳下，也蔫不拉几一副半死不活的样子，似乎被抽干了水分，草叶子不是绿的，而是绿叶上浮着一层白，像结了霜一样，灌木也被那几只羊啃吃得秃斑斑的了。好久没有下雨，又连续高温，空气里盐潮卤辣，所谓的桑拿房也不过如此。如果再干几天，岛上的草木有可能全部枯死，那几只羊也可能会饿死。

古杰民想到羊，羊就突然在他头顶了。

他头顶上有一块不大的招头崖，招头崖下是一个小岩洞。多年前，古艳和古巴上岛时，还在这里玩藏猫猫的游戏。现在，这里已经有一层厚厚的羊粪了——不知什么时候成了羊的领地。此时羊堵在了他回去的路上，两只眼睛怒视着他，像把守关隘的将军。古杰民也瞪着它，人眼瞪羊眼，较了会儿劲，古杰民败了，眨巴几下虾皮眼，呵斥道，干吗，干吗干吗老杨？热不死你啊？跟老子干上啦？让我过去！

这头叫老杨的羊，并没有知趣地让开，反而用力顶他一头。古杰民没有防备，腿一软，后退一步，差点没刹住——要真滚落下去，如此陡峭的悬崖，有可能摔得破皮烂肉，真是太危险了。老杨一直都是温顺的，今天怎么啦？古杰民也没多想，大人不计小人过地摸一把它的头，骂骂咧咧从它身边挤过去了。

山顶上是一排十多间的大房子。这些房子坚固结实，是当年驻军的营房，钢筋石头混凝土结构，二十八年前交到他手里时，还不像现在这么破旧，也没有像现在这样被充分利用。那时候，古杰民还是个二十不到的小伙子，是一名非常普通的基干民兵。那时候啊，古杰民天不怕地不怕，胆子有天大，听说刚从守备部队移交到地方人武部的三山岛上，三个月内，就有五批守岛民兵，因为这样那样的借口逃回来了，古杰民就向人武部牛部长说，有那么可怕吗？我去，正好我喜欢捞鱼摸虾逮螃蟹，天天有吃不完的海鲜，多好啊。就这样，古杰民和另两个同乡陈二呆和刘文道，成为了第六批守岛民兵。可不到一个月，陈二呆和刘文道哭着喊着，一个说水土不服，吃什么吐什么，要回家休养，另一个说他不是吃什么吐什么，是吃了螃蟹吐了鱼，吃了海蛎吐出虾，还要回家相亲娶老婆，都是非下岛不可的理由。当运送给养的登陆艇靠上码头时，陈二呆和刘文道像抓到救命稻草一样上去就不下来了。岛上只剩下了古杰民一个人。说来真是怪事，什么人玩什么鸟，别人都怕上岛，上了岛也不适应，什么孤独啊，无聊啊，没劲啊，想家啊，理由一大堆。可古杰民根本不去想这些，到海边捡些蛤啊贝的，在礁石缝里拾些海虹啊、香螺啊，至于螃蟹、海蛎什么的，更是俯拾皆是。还有那么多鱼，逮鱼给古杰民带来更大的乐趣。营房里到处都是逮鱼的工具，他喜欢拿鱼竿去钓。起初他还费了不少心思，到厨房去找来吃剩的饭菜，包裹在鱼钩上。后来发现这儿的鱼都很傻，鱼钩刚放到海里就有鱼上钩，几乎就是直接提鱼了。他就尝试不用饭菜当鱼饵了，就在岛上扯一把杂草，或绑几片树叶，同样能钓上鱼来。他觉得，鱼真的会这么糊涂吗？便找一块小石头绑在鱼线上，连鱼钩都省了，同样能钓上来大鱼。他起初只是想吃鱼，后来鱼太多了，便把鱼剖开晒鱼干。一天，海上起了大风，一艘渔船没来得及赶回渔港，便靠在了岛上躲风浪。这次大风一刮就是十多天，等风浪过去，渔船上的老大要离开时，为了感谢他，收购了他的几筐鱼干，给了他一笔可观的钱，把他的嘴都喜歪了。当提心吊胆的牛部长赶到岛上，他显得没事人一样。牛部长知道一个人抗风浪时那孤独无援的痛苦、劳累和虐心，问他要不要回陆上歇几天，就是休整休整的意思。他说有什么好歇的，刮大风下大雨时怕，这风浪都过去了，还怕个蛋，不歇！牛部长心中暗喜，本来就是客套话，真要是回陆上，那只有他部长上岛了。牛部长就拍拍他肩膀，真诚地说，小伙子，好好干，将来我给你请功，还给你找个媳妇。牛部长一句不经意的玩笑话，像种子一样种进了小伙子的心里。天下还有这样的好事啊，守岛民兵能拿一份固定补贴，抓来的鱼干还能卖钱，部长还要请功，还要给个媳妇，美气死了。牛部长信口开河，目的只是想稳住古杰民，说过就忘了。一晃过去了五六年，牛部长要退休了，上岛的次数渐渐少起来，再加上古杰民已经死心塌地守在了岛上，立功的事，找媳妇的事，早忘到九霄云外了。古杰民听说牛部长要退休，内心焦急，对随船的人武部干部说，他可不能退，他还没给咱找个媳妇呢。人武部干部把话带给牛部长。牛部长这才认真起来，一边到县人武部给三山岛守岛哨所请功，一边托亲告友给古杰民找媳妇。请功的事容易，特事特办，三等功很快批下来了。媳妇的事犯了难，一连介绍几个，对方连面都不愿见。古杰民的媳妇解决不了，牛部长料想退休了也不会安心，便继续动员身边的力量。众里寻她千百度，终于有一个叫陈士花的姑娘愿意见一面。牛部长先见了陈士花，在她面前把古杰民夸成了英雄，和董存瑞、黄继光、邱少云、罗盛教一个级别，听得陈士花一愣一愣又心花怒放。但陈士花对这些似乎并不热心，只是关切地问，岛上有鱼吃吗？有海蛎吃吗？能捉到螃蟹吗？牛部长声音特牛地说，别的没有，好吃的海产品就像路边的青草一样，到处都是。待到正式见面这天，牛部长又对从岛上回来相亲的古杰民说，别看陈士花长相一般（其实是丑），外面光（漂亮）是驴屎蛋——人家老实肯干心灵美，温柔体贴会持家，还是逮鱼捉蟹的能手。俗话说，外有摇钱树，家有聚宝盆，别看你这几年在岛上苦点钱，有钱买不来心灵美，懂不？只要人家不嫌你，你可千万不能挑三拣四啊。就这样，在牛部长的说合下，这门亲事居然成了。古杰民人生大事解决后，便了无挂碍地守岛了，就算是有时候想媳妇，想疯了也不好意思说下岛不干的话了——又不是不能团聚。转眼就是二十八年，时间比放个屁还快，他的哨所早就成全国海防模范民兵哨所了，他的皮肤也渐渐被海风吹、海水泡，成了褐黑色了，胡子也早早就花白了，当然，岛上的队伍也扩大了，羊、猪、狗、鸡、兔，各路大军有几十口子，他把它们编成了五个班，羊羊班，狗狗班，猪猪班，鸡鸡班，兔兔班，有时还混合编队，猪狗班，猪羊班，猪鸡班。编到猪鸡班时，惹得陈士花哈哈大笑。由猪鸡班又衍生出羊鸡班，兔鸡班，狗鸡班，还把它们中身体强壮的任命为班长，他当它们的总司令，天天吆五喝六，嘻嘻哈哈，越当越有成就感了。

这不，古杰民又像得了胜仗归来一样，把一桶海蛎倒在操场上。操场是水泥操场，虽然历经几十年风雨，还是坚硬如初。古杰民坐在国旗杆下，开始剥海蛎。操场上堆着成堆的海蛎壳。两头大猪一边拱，一边大口大口地嚼食，嘴里发出咔嚓咔嚓的声响，感觉特别的香。古杰民听着大猪快乐的咀嚼声，心情也快乐起来，觉得猪们的日子真是幸福。但是营房门口的大黑却不安分地追起了鸡。大黑是一条性情温顺的小狗，从来不追鸡的，怎么突然疯啦？古杰民起初并没有注意，以为大黑只是调皮，逗鸡们玩玩的。可它先把鸡群冲散，然后认准一只芦花大母鸡狂追不停。岛上的鸡也跟一般的鸡不一样，像海鸥一样善飞，更像小鹰一样凶猛，平时根本不怕大黑，特别是芦花大母鸡，甚至经常和大黑斗狠，居然数次把大黑斗败。可怜大黑被芦花大母鸡狂追的狼狈相，曾引起古艳古巴姐弟俩发出快乐的大笑，古巴还数次嘲笑大黑是纸狗，纸老虎算什么尿蛋？纸狗才更尿呢。但是今天显然是太阳从西边出来了，一直占上风的芦花大母鸡，被大黑追得连飞带跑，身上的羽毛不断地飞散，有几次，大黑的狗嘴都咬到鸡屁股了。古杰民看不对劲，向大黑奔去，嘴里大声呵斥道，大黑，大黑，要死啦大黑！大黑根本不听古杰民的喊叫，一直把芦花大母鸡追到鹰嘴石的绝壁上。芦花大母鸡也不含糊，宁愿投海，也不愿落入狗嘴，它展翅就要往海里飞。就在这时，大黑被古杰民撵上了，一把逮住了后腿。已经起飞的芦花大母鸡发现得救了，在空中急转弯，准备向操场方向飞去。但它似乎刚从古杰民的头顶上飞过，就迅速降落，几乎是摔到了岩石上，一路歪歪拽拽、跌跌撞撞跑了。再说大黑被古杰民拖住后，似乎也消了火气，回过头往古杰民怀里跳。大黑脏死了，身上的毛粘结成一个一个的小块块，还一脸尿样子，它一跳一纵地抓搔古杰民，咬扯古杰民的衣服。古杰民发觉大黑的亲热有些过分，居然把他身上色彩不明的衬衫撕了几条口子。古杰民生气了，随手拾起一根棍要打它。大黑后退一步，冲他恶狠狠地吠两声，古杰民问它，想干什么？还不快滚！大黑并不滚，继续冲古杰民咆哮。古杰民生气了，挥起手里的小棍揍在狗嘴上。大黑负了疼，嗷嗷尖叫着，跑了。古杰民在它身后喝道，再去追鸡我剁了你喂猪！

2

古杰民以为不会有船来了——确实也不是来船的时候，谁在大热天大中午乘船渡海往岛上跑呢？不是有病就是神经不好，要么就是亡命徒。

古杰民一边哼哼着，一边动作夸张地干活。古杰民嘴里发出哼哼声是不由自主情不由衷的，哼哼声忽高忽低，忽尖忽沉，忽长忽短，忽快忽慢，这决定他干活的节奏和心情。陈士花有一次听烦了，说他哼哼声像猪，问他是不是跟猪学的。古杰民想想，说不是，是跟羊学的，逗得陈士花笑疼了肚子。古杰民没笑，他说的倒是实情。在岛上，似乎所有动物都发出同一种声音，猪的嘴里会发出哼哼声，这不奇怪，猪本来就喜欢哼哼，羊也发出哼哼声，就有些怪了，羊的嘴里发出的应该是咩咩声。更怪的是狗，除了偶尔汪汪几声，大部分时候也发出哼哼声，看谁都不顺眼，都要哼哼，不看谁也哼哼。还有鸡，还有兔子。鸡的哼哼有些怪异，无论生蛋觅食，还是散步休息，都是哼哼不断。兔子的哼哼最可爱，声音不急不慢，细声细气的，像个羞涩的小姑娘。其实，古杰民的哼哼也想不起来是谁跟谁学的。跟谁学的都有可能。当然，还有一种可能，就是这些动物的哼哼都是跟他学的。

古杰民的哼哼声可以说是习惯，也可以说是毛病，但更是一种放松和娱乐。

古杰民的哼哼声有了回应——手上不停嘴里也不停的古杰民听到别的哼哼声了，不是他手下的那些猪狗鸡羊，也不是风和海，是一种陌生的哼哼，急急的，喘喘的，有些变味，和岛上流行的正宗的哼哼声不太一样。古杰民对岛上发出的所有声音都很敏感，警惕地转身一看，果然上来一群人。领首的不是别人，正是曾经的战友陈二呆。再往下一望，小码头边已经停好一艘豪华小艇了。小艇是摩托艇，虽然不大，在海里像个小玩具，却风光十足，速度快，色彩艳，是陈二呆的标志。这些年，他在海边搞旅游开发，走了狗屎运，发了横财，把几个海滨浴场的游艇生意全包了，成了有名的大商人。

这个大商人不知哪个筋搭错了，十多天前来过岛上——那时陈士花和一双儿女都在。陈二呆也开着这艘游艇，带着两男一女，顶着烈日来到岛上，还带来许多水果、风鹅、冷冻豆丹等陆上好吃的。古杰民看到陈二呆，先是一惊，后来又开心了，毕竟是家乡来人，又是二十多年前的老战友，这些年虽然各忙各的，也断断续续有所联系。陈二呆第二次和第三次结婚时，都邀请古杰民出席他隆重的婚礼，还专门派船接送，新娘当然是一个比一个年轻了。这次陈二呆带那么多慰问品上岛，还是让古杰民吃了一惊。他和陈二呆关系虽也不错，但还没到送慰问品的程度啊。古杰民就说，二呆，有钱没处花啦？要往我这孤岛上送？我这四周可是汪洋大海哦，海槽海沟多，无底洞。陈二呆说，你这狗日的，怎么说咱们也做过战友是不是？老子发财了，就不能来看看你？无底洞老子也要把它填满！古杰民一眼看穿了陈二呆，他黑着脸说，我怕你狗日的是黄鼠狼给鸡拜年，没安好心啊。做生意的人，奸头蛆脑的，哪有白送的道理？送一个都想挣回十个，说吧二呆，你想让老子干什么？陈二呆哈哈道，到底是老战友，说话痛快。你这荒山野岛的，我想开发利用，给你个机会，挣点外快，赶快把你家的破平房改成小洋楼——你瞧你家那破平房，还能住啊？我看都不想看了，还不如猪圈，刘文道家的猪圈都是内外装修像五星级宾馆一样，养的猪都听着音乐睡觉，你家的破平房再不变成小洋楼，就拖奔小康的后腿了。你要想把你家的破平房变成小洋楼，只有多挣钱啊，钱从哪里来？钱不会从天上掉下来，就算从天上掉下来，也掉不到你碗里，所以，算你运气好，有我这个老战友，老子是为你着想啊，把你这破岛开发开发，利用利用，做成一棵摇钱树，你不用操心，在树下等着，钱就往你头上砸了，当心把你狗日的砸晕！古杰民一根筋，他耷拉着眼皮说，开发利用？就我这小岛？事是好事，你跟镇里的人武部谈了吗？陈二呆说，我说老古啊，你成天在岛上都待成鸟粪了，有些事，是一定要跟官方谈的，有些事，他妈的就不能跟官方谈——这事你就能做主了，又不是大张旗鼓的开发，老子就是借用你几间屋，简单装修装修，带些人上来玩玩，打打小麻将，搞点小娱乐，开开小洋荤。你呢，白手拿白鱼，把钱往口袋揣就行啦！古杰民一听，感觉不对劲，小麻将也许不小，就是赌博啊，要在我岛上开赌场？那可不行。什么叫开开小洋荤？卖淫嫖娼啊。古杰民说，二呆，你偶尔带个把人来玩玩，钓钓鱼吃吃海鲜什么的，我还能允你，你要这样玩，老子可不能答应，你那点小九九，就别在我面前打了，请回吧。陈二呆生气了，冷着脸说，你这脑袋瓜子是石头蛋子啊？开不开窍？古杰民瞪着小眼睛，嘴里发出了哼哼声。陈二呆看出来古杰民生气了，朝后躲一步，躲到跟他一起来的年轻女人的身后。年轻女人像触电一样，一扭腰肢，扭得幅度太大了，屁股甩出去很远，古杰民瞬间担心她收不回屁股了。出人意料的是，她屁股不但收回来了，还向相反的方向更大幅度地飞了出去，与此同时，她胸前的巨乳也配合着屁股左右甩动并上下颠簸。古杰民的眼睛不够用了，眨眼间，巨乳就涌到他眼皮底下，他听到女人操着东北腔的普通话，喘气一样地说，古大哥噢，你真是在岛上待傻了，社会发展到哪里都不知道了，跟你说吧古大哥，陈总这个事业，是很前卫很时髦很挣钱很牛逼的，其实陈总才不是为自己呢，他是想让你发财，也让你开开眼界的，你要识时务啊。古杰民后退两步，才看这个女人长相真不错，个高，胸大，身材好，脸色白净，两条大长腿露在很短的牛仔短裤外，白嫩得像假的一样。古杰民从没见过这样的女人，看一眼就被闪得头晕了，对她的话，就更不知道怎么接茬了。陈二呆看看远在营房门口带着古艳古巴向这边张望的陈士花，凑到古杰民的耳边说，这个美女怎么样？要不要尝尝？等陈士花不在岛上时，我把她送来，留给你，多久都行，十天半个月，你就没魂啦！古杰民突然心慌起来，紧张起来。古杰民一心慌一紧张就不会说话了，他只能愣愣地瞪着陈二呆，把眼睛瞪得很大。古杰民的眼睛不是那种水灵光鲜的眼睛了，他长时间看到的风景都是一成不变的，让他的眼神变得干涩枯燥，白眼珠多得像死鱼眼。陈二呆没见过这种眼神，就像古杰民没见过美女的巨乳肥臀一样，吓得向后退一步，又退一步，说，怎么？你想打人？别啊，真打你不一定是我对手，你真打我也不跟你打，谈生意嘛，生意不成仁义在……好好好，我怕你了……我他妈怕你还不成吗？什么眼神……我们先回啦，下次再来和你狗日的细谈。

古杰民早把陈二呆所说的"细谈"忘得一干二净了。留给古杰民最后的记忆就是那个操东北腔的年轻女人那甩动的屁股。

没想到这家伙又来了。

古杰民看着陈二呆脱了顶的头上油光光的闪着汗水，知道他还是为上次说的事来的。这次的随行人员似乎更多，三个女的一个男的共五个人。五个花花绿绿的人，嘴巴里发出哼哼声也是花花绿绿的，此起彼伏的。古杰民觉得他们哼得不好听，领头的陈二呆像草驴放屁，身边那个年轻人更不像话，把哼哼当成了气声演唱，一声大一声小，似乎光抽气不出气，这样会死人的，岛又不高，到顶也就五六十米，太夸张了吧。搞笑的是落在后边的三个女人，真是人见人爱花见花开，她们都打着一把太阳伞，各人的伞颜色都不一样——这岛上是打伞的地方吗？伞下边的人一个个奇形怪状，黄伞里躲着一截肥白的肚皮，肚皮下边是一条牛仔短裤——是那个操东北口音的甩屁吗？不太像，屁股似乎小多了。绿伞里的是一身黑裙子的瘦子，长裙子袅袅娜娜的，一直拖到脚面上。粉伞里躲着一堆肉，似乎没穿衣服——哇，泳装啊，这要多大胆量啊。古杰民不哼哼了。古杰民只听到他们哼哼了，他们的哼哼声花里胡哨的。古杰民不想跟他们混为一哼。古杰民摆好姿势，看着他们哼哼着渐渐走近，看着那个像东北腔的女人露出伞外的大屁股。

古杰民的眼睛一直在三把太阳伞下跳跃——他恨不得长三双眼睛，一双眼睛盯着一个。

　　陈二呆突然大声说，给老子把破伞都扔了，晒晒会死人啊？

　　三个女孩收了伞，停止攀爬，站在各自的位置，扭胯亮肚，噘嘴鼓腮，飞吻抛媚，扮成各种娇态仰望古杰民，或者是让古杰民欣赏。

　　有一层太阳伞遮一下，古杰民还有胆量欣赏，她们突然摆开来，把古杰民吓了一跳。古杰民下意识地掉转屁股朝着她们了。古杰民从未见过穿衣如此之少的女人，也从未见过这么漂亮的女人。穿衣少，露肉太多，像假的一样，太漂亮也像假的，加上她们怪异、夸张的身体语言，古杰民差点吓个趔趄。但古杰民还是看到那个操东北腔的女人了，没错，是她，虽然屁股不再甩出去很远，那一双大胸让古杰民看到了。

　　陈二呆看出古杰民害怕的样子了，哈哈笑道，老战友，你太不地道了，有拿屁股欢迎美女的吗？转过身来，睁开你的虾皮小眼，不看白不看，看了也白看——就看你小子表现了。

　　古杰民正后悔刚才的转身了，陈二呆的话，给了他就坡上驴的机会，转过了身。

　　坡上的几个女人一起发出尖叫声。

　　陈二呆也几个大步跨了上来。

　　陈二呆上来就给了古杰民一拳，说，这次和你狗日的好好谈谈。你别瞒我啊，岛上就你一个孤鬼了，我知道你老婆孩子都回家了——你说你寒碜不寒碜，这些年还让老婆孩子住在猪圈里……啊，猪圈一样的屋子里，不是我瞧不起你啊老战友，这可不是爷们儿的风格啊。我这人爽快，还是上次的事，借你几间房子用用，你这十八间大营房，石头钢筋混凝土，多结实啊，一大半都闲置了，租十间给我，你就别跟我谈钱了，要什么我都给你，这次我给你带来三个青春美少女，睁开了狗眼看看，这个组合怎么样？任你挑，要是都看好就都留下来，反正陈士花也不在，你就可劲地耍吧，哈哈哈！

不用听陈二呆的话，古杰民就知道陈二呆的意思了。古杰民不好意思地笑着，看着三个女孩呈扇形走上来——那个甩屁股的女人又甩起了屁股——原来不是不甩，是没到甩的时候，她是豪放型的，从各方面都能看出来。黑裙女孩是小清新，瓜子脸白白嫩嫩，在阳光暴晒下怪疼人的。那个肥胖的泳装女孩就是一堆肉。三个年轻女人站在他身边了，她们身上散发出浓郁的香水味和身后堆积如山的海蛎壳的腥臭味一起，随风荡漾。可能是因为香水味太浓吧，腥臭味也格外地真切，格外地层次分明，格外地强劲有力。古杰民身在其中，从未感到海蛎壳是这样的臭。古杰民嗅嗅鼻子，欣慰有这种强大的气味为自己撑腰，否则他真的要被香味击败了。但臭又变成香了——女孩们都向前跨了一步，离他更切近了，泳装胖子的小肚皮都似有若无地顶他屁股上了，他只好收收屁股，可小肚皮像弹簧一样又追上来。

怎么样老战友？陈二呆不失时机地说，觉得古杰民已经被拿下了。

不行。古杰民身体拘束，讲话却干脆利落。

什么？

不行。古杰民变了个口气，不紧不慢不软不硬地说，我说不行，你听不懂人话吗？老子当不了家，做不了主，这事你还得找人武部，找我屁用都没有！

糊涂啊老古。陈二呆说，我租你几间破房子，租就租了，你直接当家的事，他妈的谁来管你？还让老子找人武部？人武部在哪里？你烦不烦啊！破房子空着也是空着，闲着也是闲着，这他妈不是资源浪费吗？浪费资源是犯罪你懂不懂？你就不想让你这破荒岛变成一个小香港？你就不想过几天花天酒地的美日子？

没想过，反正我不当家。古杰民说，你再说也没用，我知道你小子能说，能把死人说活了，也把活人说死了，但对我没用，把嘴皮子说烂了也没有屁用，你想想，老子要是心肠子软，能在这里待几十年？

猪脑壳子，猪脑壳子……

陈二呆跺着脚，绕着原地转了一圈。

古杰民暗自乐了。猪脑壳子好啊，猪脑壳子不得罪朋友啊，猪脑壳子就得继续猪下去。

陈二呆急得脸都紫了，他一下子跳到一块裸露的石头上，指着远处的大海说，看到那天边的白没有？看看，白，那片白！

看到啦，怎么？我天天在岛上还能没你望得远？

白的那边呢？

那边？那边是他妈的太平洋，我望不见！

白的这边呢？

这边？这边老子望见！古杰民说，你小子有屁直接放，拐什么弯儿。

你望得远顶屁用！再看看，白的过来是什么？黄的，看到啦？你不瞎，肯定看到啦，黄的这边，看，蓝的。知道海水为什么黄为什么蓝吗？黄是因为浅，蓝是因为深。再看看蓝的这边呢？就是离岛最近的这块？你不瞎，肯定看到啦，是黑的，乌漆漆的黑，这么大一片黑，这么黑，为什么？黑洞啊！我告诉你，这片海域，海底状况非常复杂，洋流涌动没有规律，为什么？哈哈，这下你狗日的不知道了吧？有大海沟，还有大海洞，说不定哪天涌流大了，把你连人带岛给吸进了大海洞里……知道老子的意思吧？所以你就是猪脑壳子也应该赶快赚钱了，赚到钱才能回家盖别墅，盖上别墅才能回家养老，盖了别墅你儿子才能娶上媳妇！不是老子威胁你啊，该享受就享受，别到时候死了没尝过美女的滋味！

古杰民不为所动，黑嘴唇一撇，说，你说了半天，我承认你会说，会说不如我会听，所以跟没说一样！

我知道我说麻了嘴也没用。来，来来来，小丽，你来说。

小丽就是那个身穿黑色无袖长裙的女孩，她衣服倒是多一些，人瘦胸不肥，胸前波涛汹涌，乳沟像大海沟一样深不可测，她往古杰民身边靠了一下，用瘦削的肩膀顶古杰民的胳膊，不会说话似的撒娇道，待锅（大哥），待锅待锅噢，吾么（我们）老板的话听见没得噢？看看人家么？

古杰民扑哧笑了，又冷脸冲她道，不会说话啊？去！

古杰民的一声去，吓得小丽惊叫一声，向后来个大跳步，两手把嘴捂住了。小丽由于后跳步的幅度太大，差点摔倒。她花容失色地说，妈呀……臭死啦……

陈二呆说，臭什么臭，看你娇气的，第一个把你留在岛上，天天陪老古，天天闻老古的臭，臭就不臭了，就成香味了，你就习惯啦。

陈二呆说着，也朝古杰民靠近些。可能也闻到那股异味了吧，陈二呆也忍不住后退一大步，拿手扇风道，天啦，古杰民，老子什么臭都闻过，从来没闻过你这样臭啊，你他妈这是什么臭啊？你要臭死人不抵命的节奏啊！老古，我可对你说，你一定要改变现状啊，唯一的办法就是听我的，充分利用岛上资源，把这里建成小香港，建成花花世界，你的形象才能改变，你要穿西装，洒香水……这些臭海蛎臭鱼虾就别弄了，发干净的财，发香喷喷的财，赚鼓了腰包，你才能下岛回家养老。

古杰民听了，不开心了。他也不说话，黑着脸，把小桶里的海蛎哗啦倒到水泥台上，剥海蛎肉了。

好吧姓古的，老子的话丢这儿了，你他妈好好想想，动动你那猪脑壳子！陈二呆恨铁不成钢地说，我这些妹子你可是都看到了，哪个不比陈士花漂亮一百倍？你他妈就是猪也该有反应啊？是不是？睁开你狗眼再看看，要不都给你留下来？

三个女孩一起发出痛苦的"啊"声。

好吧，你太臭了，姑娘们都嫌你了。

古杰民往地上吐一口痰，还踢了一堆海蛎壳，把海蛎壳踢成了天女散花，意思是让他们快滚！

陈二呆说，好吧好吧，也许你狗日的洗个澡刷个牙就不臭了……不臭是不可能的。老子今天我不跟你啰嗦了。老子一定要把你改造好。看老子下次来怎么收拾你！

3

陈二呆一行人走后，古杰民心里乐滋滋的，心想，有种别怕臭啊，哈哈哈，臭不死你！

古杰民把海蛎收拾干净了，晾晒到水泥台上。水泥台被晒得滚烫，湿淋淋的海蛎响起嗖嗖声，立即被烫成半熟。水泥台是当年驻军的乒乓球台，上面已经晒了不少海蛎干了。古杰民摊晒好新剥的海蛎，绕到另一边，随手捏几个半干的海蛎扔到嘴里，吧唧吧唧嚼起来，满嘴生香。

古杰明看一眼旗杆的影子，准备做午饭。做什么吃呢？古杰民就把半干的海蛎抓了一大把——海蛎炖鸡蛋，鲜嫩爽口。

古杰明从操场穿过时，那群被追散的鸡陆续从荆棘丛里、岩石缝里、树丫上回来了。古杰民可以到石缝里、草窠里，随便能捡到鸡蛋的。但古杰民一眼没看到芦花大母鸡，便怪大黑真是不懂事了，好好的，逮芦花大母鸡撒什么气呢？又一眼没看到大黑，突然觉得事情不对劲，大黑会不会把芦花大母鸡咬死啦？就是撕撕吃了也是有可能的。翻眼狗，翻眼狗，狗翻起眼来主人都不认，何况对一只鸡呢，何况这只鸡平时又老是攻击它呢。

古杰民一边把手里的海蛎往嘴里送，一边找芦花大母鸡。他在营房前后寻了一圈，喊了几声芦花芦花，没听到应声。芦花大母鸡确实不见了。问题是，大黑也不见了踪影。古杰民一声大黑、一声芦花地喊，声音渐渐高起来。一时间，小岛上空响着古杰民古怪而尖锐的喊叫声。他的喊叫既没有得到芦花大母鸡的回应，也没有听到大黑的汪汪声，却引来无数只海鸥从小岛的上空掠过。海鸥遮天蔽日，呼呼刮大风般地淹漫而来，有雷霆万钧之势，顷刻间挡住了头顶毒辣的大太阳，天空顿时暗下来，像是黄昏来临一样。急速飞过的海鸥一直持续五六分钟。

古杰民呆了，长年驻岛，也是头一遭看到如此壮观的景象。从前也会有"海鸥过岛"的盛况，但那些海鸥不过一小群，而且分得很散。古杰民朝海鸥飞过的方向望去，虽然依然是黑乎乎的一片，但他知道，那里应该是一片散满芦苇的滩涂，是受保护的湿地，湿地里有许多好吃的螺蟹，海鸥集体觅食也有可能。

鸥过天明，小岛又恢复正常，古杰民开始沿着海边，呼唤芦花和大黑。

沿小岛海岸线一圈有一条简易小道，是当年守岛战士为了巡逻方便而修筑的，经过多年雨淋日晒，风吹浪打，有不少路段已经塌陷，鹰嘴石下背阴的悬崖上，钢筋混凝土修筑的一段十多米长的栈道也毁坏严重，每次古艳、古巴上岛，古杰民都要反复跟他们讲，千万不能到鹰嘴崖下。还吓唬孩子说，下面的大海见到小孩就咆哮，张开血盆大嘴巴，把小孩吸进海底。但是古杰民每天巡岛两圈（早晚各一次），都要从那里经过，在两米多塌落的地方，他用几根竹竿、木棍搭牢了，形成一座木桥，小心经过没问题。不过每次巡岛路过这里，跟在他身后的老杨都会耍赖不走。

对了，古杰民巡岛，都是带着大黑的，老杨有时候也跟着，另几只羊又跟在老杨的屁股后，还有两头猪，也哼哼唧唧尾随着。古杰民会自豪地给它们下达指示，一班为先锋，鸣锣开道，二班为中军，紧跟元帅保驾，三班殿后，收拾伤员病号。一班就是大黑，二班就是羊群，三班是猪。往往是，大黑在前头跑，过木桥时还吠几声，大约是在提醒主人吧。羊和猪们，到这里就折回去了。古杰民也不勉强，木桥危险，真要是掉下去可不是玩的，损失可就大了，不仅是经济上的，还有对这些动物结下的感情，也让他不忍失去它们。

当然，说到这段栈桥的陈年往事，他和陈士花曾经有过一次危险的经历。

那次巡岛，他是顺便带陈士花游玩的。早在新婚之夜时，陈士花就好奇地问这问那，问他岛在哪里，有多大。古杰民的回答也很精妙，说岛在海里，多大吗……还没有你这个大。当时古杰民的手就搁在她的乳房上。她嘻嘻道，这么小啊？古杰民说，还小啊？我一手都逮不住啦。陈士花就嘻嘻地往他腋下钻，认真地问，有多大么？古杰民告诉她，说零点几几平方千米你也不懂，明白说吧，吃袋烟的时间你懂吧？就是一支洋烟，点燃后，一边吃一边散步，一支烟吃完了，就把岛给走了一圈。陈士花想想，说，这么小啊？古杰民说，不光这么小，还有各种野兽。古杰民手上带把劲，说到野兽时，还在她乳头上弹弹。陈士花抬抬头，说，反正我不管，你吓唬不住我，我要跟你上岛。古杰民说，不行。陈士花说，凭什么不行？人家嫁给你就是想去你家岛上玩的。古杰民说，玩玩可以，玩过了你再回家，这儿才是家，懂吧？牛部长说了，外有摇钱树，家有聚宝盆，我就是树，你就是盆。陈士花又想想，古杰民的话也有道理，便妥协道，不许带家属吗？去旅游总可以吧？就这样，陈士花来到了岛上。那天是微风，是五月的一个艳阳天，风从海面上吹来，不大，有粼粼的波光，可能和海洋流动有关吧，浪小涌大。久住海边的人都知道，不怕浪，就怕涌。而这次的涌又特别有力，攒着许多的劲，挤拥着小岛，小岛似乎在随波逐流。陈士花还沉浸在蜜月的柔情蜜意中，挽着古杰民的臂，一边沿岛漫步，一边嘴里不停地问这问那，一个人住岛上怕不怕啊，最大的浪有没有岛高啊，想家了怎么办啊。她甚至还担心会不会有外国鬼子杀上岛来。古杰民都一一做了回答，对于最后一个问题，古杰民笑说，你以为这儿是在天边外啊？离我们家也就五六十里，或六七十里，你看没看见操场上那面五星红旗？那是国旗，我就是国家派来守岛的人……这个道理你还不懂……我也不懂……反正我在岛上，岛就是国家的，没有谁敢对我不礼貌，对我不礼貌，就是对国家不礼貌，懂吧？陈士花不是太懂。她也不想懂。但听他口气里又是自豪又是得意，心里头开始打鼓，憋了许多的话还是说了，那你想我了怎么办啊？古杰民说，想就想呗。其实，古杰民还有话，就是，想想就不想了。但他没说出来。陈士花又是噘嘴又是鼓腮地说，那人家想你了怎么办啊？你说你常常一年半年不回家的。古杰民说，是啊，隔着海，要是隔一条小河小沟，我就游过去了。陈士花拽拽他的胳膊，又提起那个问题，说嘛，人家想你怎么办啊？你又不让人家上岛，让我做个盆，什么狗屁聚宝盆啊，我不想做盆，我想做树，摇钱树。陈杰民说，那不行，岛上就……就一个编制。陈杰民撒了个谎，以为陈士花不相信的。可陈士花相信了。说话间，他们走到了鹰嘴崖绝壁的栈道上了。今天的涌是从东南来的，鹰嘴崖在背阴处，显得安静多了，加上这里环境美，有些风景可看，绝壁刀劈一般，绝壁上伸出来的像鹰嘴的巨石，还有伸向海里或悬吊在崖壁上的几棵杂树，包括海水拍打着嶙峋的怪石，飞溅起的洁白的浪花，都让陈士花陶醉其中，她四处打量着，感叹说，多美啊。古杰民也被感染了，把她拉进怀里，用力搂搂，嘴巴贴在她耳郭上说，美吧？陈士花扭回头，顶着他的下巴说，美！古杰民说，你也美。两个人搂搂抱抱，把持不住了，在栈道上就亲密起来。栈桥年久未修，风吹、雨打、海水浊，哪里经得住两个年轻人的疯狂啊？只听咔嚓一声，他们身下的栈桥塌了。幸亏没有完全塌，塌了一半被挂住了。两个年轻人惊惶失措、连滚带爬逃到一边，这才后怕。真要是滚下去，就算摔不死，也是头破血流体无完肤啊。还好还好，只是损失了一两件衣服。接下来，二人哈哈笑着、追逐着，抱着幸存的衣服，跑回了屋里。

这段经历成为他们日后追忆的调味剂，而且，每次巡岛到此，古杰民就会想起当初的荒唐，就会忍俊不禁又十分流连，感叹年轻真好，年轻真是什么都做得、什么都敢做的。当然，随着时间的流逝，他也渐渐淡漠了那次经历。比如现在，他一门心思要找到大黑，还有芦花大母鸡。可这两个家伙都跟他作对，没有一个肯露面的。特别是大黑，平时只要他巡岛，不用唤也不用叫，大黑就自动跑在前头做他的先锋官了。可今天居然喊了半天也没个影子。摆起谱来了，还有芦花大母鸡，真是母鸡当中的劳模，一天一个蛋，一年到头不歇堂，可能海鲜吃得多，营养充分，也或天生就是一只生蛋机器，它真要是叫大黑咬伤了，或被它拖到哪里吃了，就可惜了。

古杰明沿岛唤了一圈，叫得口干舌燥，回到营房，心里头还是焦急，煮饭也没劲，惦记着大黑和芦花，满眼也都是芦花和大黑的身影。煮饭的间隙，还探身门外，一声大黑一声芦花地叫。大黑和芦花，就像两个调皮鬼一样，藏起来不理他了。

4

古杰民一碗海蛎炖鸡蛋外加一大碗米饭搂下肚里，瞌睡虫便来骚扰了——这些年在岛上，养成一个坏毛病，饭后晕，吃过饭就犯困（有时没吃完就想睡了），碗一推，先睡觉再说。古杰民开吃时还想，今天不能睡了，手下两员大将失和（还有可能失踪），他得好好调解调解。但是当临要吃完睡意侵袭时，他又自己安慰自己了，也许它们只是和他玩个小迷藏，一觉醒后，芦花和大黑就会出现的。这样想着，他便安心回房躺下了。

古杰民睡眠一向好，身体一挨床便响起鼾声，而且没有烦心事能干扰他的好梦。就算是比失踪鸡狗更大的事，他也照睡不误。用陈士花的话说，他心大，能搁得下事。或说他屁眼儿大，心都从屁眼儿里漏了。其实就是说他无脑无心的意思，和没心没肺一个道理。比如陈士花怀上女儿古艳之前，心都急碎了，结婚都好几年了，一直没怀孕，能不急吗？他从岛上回家一次，也最多待个三天两天的，有时候只待一宿，鱼打水花一样，冒个泡就走了。她等不及啊，便主动出击，随着武装部的船上岛，一住就是一个星期，一月两月是常有的事，直到下一次船上岛时再跟着回去，可肚子依然不见动静。有一次在岛上，他们夫妇巡岛再次巡到鹰嘴崖下，陈士花说起那次危险的经历。古杰民突然大悟，看了眼陈士花羞涩的脸，神情紧张地拉了陈士花的手，加快脚步走了。陈士花以为他来了兴致，心里的春潮像脚下的海水一样激荡。可古杰民并没有那个意思，对陈士花的含情脉脉不但熟视无睹，还表现得有些不耐烦。待离开鹰嘴崖、回到操场上时，陈士花抖动着古杰民的胳膊，问他怎么啦怎么啦？古杰民才严肃认真地说，我知道你肚皮为什么不鼓了，不怪我种子不好，也不怪你地不肥。陈士花说，我晓得，我们在一起的时间太少了。古杰民说，不少，一天好几回叫少？古杰民停住不说了，捏一粒海蛎干扔到嘴里。陈士花急了，说，有话快讲啊！古杰民望向鹰嘴石，小声道，我们冲撞海神爷了。陈士花说，什么？古杰民声音更小地说，海神……要不就是岛神……那样坚固的栈道，水泥、钢筋、混凝土啊，炮弹都炸不坏，硬是叫我们干塌了，你想想，可能吗？我们不该在那地方干那种事……一定是岛神报复我们的。古杰民脸上有些惊恐。陈士花也想起新婚不久的那次岛上历险，想了想，靠到他身上，说，你别吓我啊。真的啊？古杰民只是灵机一动才有这念头的，谁知是真是假啊。但这个念头还真让他紧张，也让他不得不多想。接下来，他们都像霜打的茄子一样，蔫不拉几地黑着脸，谁都不愿说话了。陈士花愁眉苦脸，勉强做了饭，也没心思吃。古杰民同样心事重重。即便这样，他还是碗一丢，往床上一扑，鼾声就响起来了，给陈士花的错觉是，似乎他离床还有两三步远，就打起了鼾声。陈士花鼻子一酸，怎么嫁了这么个没心没肺的人？泪水顿时涌出来。她怕哭声会吵醒古杰民，索性跑出营房，跑到海边小码头上，认认真真痛痛快快哭了一阵。陈士花在哭中拿定了主意，不干了，不守这个破岛了，动员古杰民回家！回家养孩子！但她终究没说出口。她知道古杰民多么爱这个岛，多么爱在这里捞鱼摸虾逮螃蟹。直到第二天，她才嗫嚅着跟古杰民说了。谁知，古杰民不但没有反对，还表扬她有主意，能拿主意，还敢拿主意，不生个一男半女，这日子有啥过头呢？陈士花被他表扬得心花怒放，憋着劲、下了功夫做一顿好饭，意思有些告别的意思——虽然还有大半个月，船才能上岛。让陈士花哭笑不得的是，他把饭碗一推，说，要回你回啊，我可是这辈子死在岛上啦。说罢，又去睡了一个好觉。陈士花这回不是哭了，而是恨，恨得咬牙切齿。她要把他拖起来，和他干一架。她随手摸个板凳，冲进里间，听到古杰民鼾声如雷，拎着板凳的手又软了，心也软了，只好悄悄退出来，去操场上翻晒鱼干了。陈士花对眼前这些大大小小的鱼干，还有一堆堆海蛎壳、香螺壳、鱼骨头，从来都不讨厌，甚至心生好感。但这会儿，怎么看怎么生气了，觉得这些东西就是个祸害鬼，把古杰民给祸害了，拿起来摔，搬起石头砸，还用脚踢，把这些鱼干当成了古杰民，还边踢边说，叫你睡，叫你睡，你这个没心没肺的，你这个屁眼儿大掉了心的！就知道睡睡睡……有本事把我肚子睡大啊……可能是用力过猛吧，也可能是过于激动和生气，她突然一阵反胃，想吐。想吐就吐了。可吐了半天，居然只吐一点点酸水。陈士花一屁股坐到地上，哭了。陈士花也是个倔脾气，有病也不和古杰民说，心里暗暗下了决心，要收拾古杰明。但怎么个收拾法，又没有想好。古杰民呢，像是什么也没发生，照例是一觉醒来，到海边去捡拾些贝、蛤、鱼、蟹什么的，逮鱼的窝幔子（一种渔具）也起了，又把晒干的海蛎收进筐里，一口气干完这些活，逮眼看到陈士花倚在门上，望着他。他便向她招手，意思是叫她过来干活。可陈士花也向他招手。这时，太阳已经有一半落到海里了，国旗还没有降。他又向她指指国旗，意思是让她去降国旗。可陈士花并没有理会他，转身回屋里了。他以为她是做饭去的，也没多想，继续干活。等他什么都收拾完毕，准备回去吃顿可口的晚餐时，发现锅没动瓢没响，陈士花正在床上睡觉。古杰民不解她为何睡得这么早，在外间问，士花，睡啦？陈士花没理他，假装睡着了。士花，古杰民又说，你睡会儿吧，我做饭啦，做好了叫你。但陈士花并没有起来吃晚饭，一直睡到第二天近午时——这就是陈士花要收拾他的办法吗？她自己都不知道了。不过她感觉不舒服倒是真的。自从昨天下午反胃想吐，一听说吃饭，或闻到饭香，胃里就反酸水，犯恶心。古杰民以为老婆又因为没能怀孕而生闷气，就尽量不去招惹她。因为他领教过她情绪最低落时的脾气，最好的办法就是等过了这段时间，她自动就会调整过来的，这时候，他再在床上卖卖力，她又心生希望了。可当古杰民煎煎炸炸做午饭，整个岛上飘荡着菜香时，她更是心里泛酸、恶心想吐了。古杰民讨好地把饭端到她床前，她就忍不住趴到床沿呕吐了半天，酸水挂在嘴角上，嘀嘀啦啦很悲惨的样子。古杰民心疼地说，真病啦？她挥手说，我死了活该，不要你管！古杰民不想自讨没趣，就退了出去。可古杰民突然想起了什么，扔了饭碗又跑进来，大声说，士花，你怀孕啦？！陈士花心里正怨他呢，听他这一说，突然来了精神，是啊，这不就是传说中的妊娠反应吗？陈士花嘴一撇，刚要笑，那笑旋即就转成了哭，啊……哈哈哈哈……啊……陈士花两手抱着肚皮，又哭又笑，她脑子里迅速计算着上一次的例假时间，居然隔了四十多天，真怀上啦！古杰民也赶快护住她，轻轻抚摸她平坦而结实的小肚子，也眼含热泪了。本来要绝食抗议的陈士花，没想到幸福会如此之快地到来。虽然不想吃饭，但为了肚子里的小宝宝，她听了古杰民的劝，还是顽强地吃了一点。饭后，古杰民躺在她身边，说要给儿子取个什么名字。她说，你还重男轻女啊，要是女儿呢？陈士花没听到古杰民回答，就自说自话道，起两个名字，一个给儿子一个给女儿。古杰民这次回答了，不是说话，而是轰轰如雷般的鼾声。

古杰民的午觉如此坚硬强势，主要标志就是鼾声，鼾声越响，说明他越踏实。但，再踏实的觉，终于还是抵挡不住屋外的吵闹——古杰民罕见地被吵醒了，这可是二十多年来没有过的。醒后的古杰民，还懒在床上，只听屋外的声响特别怪异，特别惊悚，分不清是尖叫还是嚎叫，风声还是雷声，声音既惨烈，又热闹；既喜庆，又悲哀。古杰民决定还是起床，出门看个究竟。

古杰民站在门空一望，一群鸡，正围着一个什么怪兽疯狂啄咬。鸡们一只只张冠怒目，奓翎抖翅，上下翻飞，左右蹦跳，尘土飞扬。在鸡们中间，一只黑乎乎的东西奄奄一息地游动。那些说不清道不明的怪声，就是它和鸡们同时发出的。鸡也会发出各种怪叫，这是古杰民头一回听到的。当然，那个躺在地上的怪物大约也在发出不同的声音——因为鸡是实在发不出兽声的吧。古杰民好生纳闷，是什么东西惹恼了这群鸡？以至于蜂拥而上，群起而攻之？古杰民跑过去看。这一看不要紧，吓了古杰民一大跳，妈呀！是大黑，是跟随他多年的小黑狗，这太恐怖了。要是在平时，都是大黑逗芦花大母鸡玩的，有时芦花大母鸡也会逗大黑玩，今天可不是玩，今天鸡们可是动杀心了，大黑发出的，已经不是狗叫声了。古杰民立即大喝鸡们，嚯！嚯！嚯！鸡们这才炸开营，四散逃跑。有几只鸡展翅而飞，交叉着从古杰民的头顶飞过，鸡爪划到了他的头顶，差点把他脑壳给抓破。

可怜大黑身上的肉皮脱落了许多，身上露出一个个小血洞，冒出血珠珠。在它四周，是洒落一地的鸡毛和黑毛。

大黑大黑……古杰民轻轻地唤道，大黑。

大黑像是睡着了，对主人轻柔而焦急的呼唤充耳不闻——它太累了，没有力气睁开双眼了。过了一会儿，才像回应主人似的抽搐一下，艰难地睁睁眼，终究是没有睁开来，只露出一条亮亮的细缝，随即又闭上了。

任凭古杰民的唤声再怎么锲而不舍，它再也睁不开双眼了——大黑被鸡啄死了。

5

大黑怪异的死给古杰民刺激很大。古杰民觉得事情蹊跷，鸡怎么会把狗给啄死了呢？明显不合常理嘛。通常情况下，都是狗追鸡——虽然芦花大母鸡性情刚烈，敢和大黑斗，但多半也会败下阵来落荒而逃——那也是大黑故意让着它，表现的是"好狗不跟鸡斗"的高风亮节。除非特殊情况，否则太阳不会从西边出。如果太阳从西边出了，不是太阳的问题，是"人"的问题了。追根究底，还得从芦花大母鸡身上找原因。可是芦花大母鸡真的失踪了。失踪的狗被鸡们追了出来，啄死了。失踪的芦花大母鸡呢？它那么能干，那么会生蛋，那么有个性，真是可惜了。如果陈士花回来，一定也会寻找它的，说不定还会责怪他。如果她知道大黑死了，她会比他更加悲伤。因为五六年前，大黑就是她抱上岛来的。大黑初上岛的时候，多么小多么可爱啊，肉肉的，走路还踉跄，爬一点点坡也会滚下来，谁都欺负它，鸡、鸭（那时候还养了几只鸭子。岛上有个储存淡水的蓄水池，鸭子会跑到那里洗澡，弄脏了水，影响饮用，长大就把它们杀了炖汤了），还有羊和猪。小时候的大黑温顺可爱，不争强斗胜，稍大后，也会吠几声，也不过吠几声而已。它最喜欢陈士花了，几乎一天到晚跟在陈士花的脚边。多年来，大黑也一直是陈士花最贴心的随从。

可陈士花离岛才几天啊？大黑就死了，而且是以这样的方式。

营房的边上，是一个坑道，很隐蔽也很坚固。现在，坑道的一截改成了猪窝。古杰民到猪窝来，一面是找芦花大母鸡（已经损失了狗，可不能再损失了鸡啊），一面是查看猪们。两头大猪头挨头在酣睡，猪嘴上还有海蛎壳的粉末，不像偷吃了鸡（也没有偷吃的历史）。猪窝边上本来弄个羊圈。羊们太调皮了，除了大风雨大暴雪，平时从来找不到这里——满山跑，满山都是它们的窝。去西滩的险路边上，也就是招头崖下的小石洞，居然成了它们的家。古杰民又找到了小石洞，没看到羊，更没有芦花大母鸡，连根鸡毛都没有。岛上原来养几只家兔，几年下来成了野兔。古杰民巡山时能碰到几只，有时候又一只碰不到。兔子似乎灵异得很，不想见到时，随时会出现，一丛荆棘里，一个石缝里，几棵盐蒿旁，它们的身影无处不在。可当想看到它们时，又都躲起来不见了。古杰民知道芦花大母鸡和兔子无关，看到看不到它们无所谓了。

太阳还很高，晚潮还没有来，操场上一大堆事也不想干了。古杰民在岛上转一圈，坐在蓄水池的水泥台上望海发呆。

大海在古杰民的眼里，什么时候都是好看的，什么时候又都是不好看的。说白了，就是看和不看一回事，一望无际，浩浩渺渺，空空荡荡，望不到边可以是很大，望不到边也可以是很小。海面上的波、浪、涌，他都见惯了，日出日落的风景也稀松平常，远远近近的小渔船倒像是一张纸上的小墨点——现在还是封渔期，没有船，海面上什么都没有。什么都没有古杰民也能一坐半天，或一坐一天，第二天继续坐一天，就是连续坐几天也是正常的。就像他干活一样，能一天不住手或几天不住手。坐也不是他想坐，干活也不是他想干。都是他日常情状的一部分。

古杰民坐了一会儿，感觉有小风吹来，这才动一下。其实也就是目光在动，身体依然像一块石头。他目光向远处望去，并没有起风的迹象。但是，他看到天边的变化了，那是在东南方的海上，黑了一片，只是一小片。那黑还在移动中，在不断变大。是要下雨吗？不奇怪的，海上的天变化快。要下就早点下，已经好多天不下雨了。缺什么来什么才是自然。古杰民想到的是收操场上的各种干货，又不想去收。这些海产品，让雨水泡泡也未见得是坏事，因为雨过天晴，小半天又晒干了，雨水一冲，干净亮堂了许多。古杰民便继续坐着，看那片黑的变化，浓黑、浅黑、灰黑、暗黑，各种黑，在迅速碰撞、交替、变化着，说明那里起了风，而且不是一般的风。

古杰民眼睛一眨，一群羊从天而降般地从他面前呼啸而过，向鹰嘴崖方向飞奔。从水池边，到鹰嘴崖，是一段十几米高的险峻山坡，羊们要干什么呢？古杰民的身体还是动了，他看到冲锋在前的老杨，一向稳重的老杨，这时成了惊弓之鸟，慌不择路地越过那段荆棘树丛。在它身后，五六只羊和它保持一样的姿势，紧紧跟随，攀崖爬壁，疯一般冲到鹰嘴崖上，从灯塔边上加速蹿过，毫不犹豫地飞了出去，飞下去就是海啊，古杰民只看到白光一闪一闪，羊们便无影无踪了。古杰民心头一惊，倒吸一口冷气。上岛二十八年来，什么样的经历都经历了，还从未见到集体投海的动物。

古杰民傻了。

古杰民还没有回过神来，一股劲风突然撞到他身上——突如其来的，风力陡增，差点把他撞翻，像被猛推了一掌。古杰民这才看到，东南方向的天空，伸下一根巨型黑柱，在海面上旋转、奔腾，在它根部的海面上，被抽了一个大黑洞。

龙卷风！古杰民脑海中突然冒出一个可怕的念头，从风向上判断，龙卷风正向三山岛方向奔袭而来。古杰民知道龙卷风的威力，会把小岛连根拔除吗？小岛会像一棵小树苗一样在强劲的风力下飘向天空吗？

风吹起操场上的鱼干、海蛎壳等物品，从营房屋顶上直蹿天际。

下意识中，古杰民向营房奔去。

古杰民攀岩扶墙，费了大力才没被风吹倒。他逃进屋里，关紧门后还心有余悸，同时他又后悔不该往营房跑，应该躲进坑道，坑道的尽头是一个山洞，有厚重的水泥门，又隐蔽在山体下，安全系数会高些。而营房的劣势立即显现出来了，窗户哗地被鼓开来，窗棂散落一地。从窗户里吹进的风，撞在墙上，发出噗噗声。古杰民立即就失去了安全感——风像一头发怒的怪物，咆哮着，撞击着，整个营房在抖动。紧接着，暴雨像无数颗子弹一样射进屋里。但，很快，古杰民就意识到，射进来的水弹，不光是雨，还有海水。海水被风卷起来，打在岛上，灌进了屋里。天也顿时暗下来，像黄昏突然来临一样。

6

还好，古杰民担心的事没有发生，他从门缝里看到，那个连海接天的大黑柱，并没有冲着小岛来，更没有把小岛连根拔起，而是在小岛的正前方，百米开外吧，突然停住，又快速向天空飘去，被拔起的海水，升到天空又轰然落下，砸进海里，溅起了滔天巨浪。

雨也似乎随着龙卷风去了，而风没有减弱，反而有了加强的趋势——喷溅的浪花从屋顶翻了过去。海浪撞击小岛的巨大轰鸣声，像从海底冒出来，隆隆的，轰轰的，铺天盖地。

对于大大小小的风浪，古杰民经历很多，他怕过，也不怕过。怕是因为总有风浪他没经历过。不怕是经历太多了，或明知怕也没用，反而不怕了。但有一次风浪，给他留下的印象太深了。那是十七八年前，陈士花怀孕九个月了，正准备跟随下一趟船回大陆的家里待产，突如其来的风浪把他们阻在小岛上。那次风浪和后来的许多次风浪不一样，是从小渐大的。开始只是两三级风，并不吓人。这样的风，登陆艇完全能够靠上小码头的。没想到第二天风力到了三四级，登陆艇靠小码头虽然有些难度，也不是不能靠，只是陈士花大肚子，船靠得不稳，她不能一跃而上了。更没想到的是，第三天风力又大了，四五级，或者五六级的风，还伴随着大涌。这样的风浪，小艇是无论如何也不敢冒风险靠码头的。按计划，还有三天，登陆艇就要来了。但愿明天或后天，会风平浪静吧。古杰民这样想。从小风吹起的第一天他就这样想了，就计算着日子了。因为这一次，无论如何要让陈士花回去，否则，孩子就要生在岛上了。岛上缺衣少药，算上陈士花肚里的孩子才三个人，遇到意外连个帮手都没有。然而，这几天的风不但没有停息的意思，还越刮越起劲了，到了第七天，居然演变成大风浪，不要说船的影子没有见到，连门都不敢出了，真怕被风刮进了海里。他们躲在屋里，耳边尖啸声像雷一样滚过，一声比一声紧，一声比一声急，逼得人不敢喘气了。再看大海，像被激怒一样，层层的浪山一样涌来，一眼望不到边，一浪紧跟一浪。古杰民和陈士花坐在床沿上，透过窗户看着风和浪轮番摧残着小岛，开始还讨论什么时候风会停息，浪会静止，还担心肚里的孩子，还想着武装部领导会不会忘了他们，还做着坏打算——万一要生了怎么办。后来便什么也不说了，因为有些话已经说了很多次了，各种各样的预案都设想过了，说来说去也没有新意，说来说去风也不听话，还是和谁较劲一样的没有丝毫的妥协。说来也怪，这次风浪是慢慢起来的，去得却突然。古杰民是在一觉醒来时，发现四周静极了。推窗一望，大海像蓝色的镜子一样，平静安详，初升的阳光照在海面上，反射着迷人的色彩和光芒。古杰民回去推推陈士花。陈士花哼一声，又睡了。这几天，他和陈士花一直失眠，两个人的眼睛常常一整夜都是睁着的。有时他跟她说，睡吧，她应一声。过会儿，她又跟他说一声，睡吧，他也应一声。可两人都没睡。可昨天晚上，天还没黑透，在风声和浪声中，早早就都熟睡了，像是有预兆一样。古杰民看着陈士花的睡态，没再叫她，心里说，睡吧睡吧睡吧。古杰民就出去忙了，看看鸡，鸡们满山跑了，精神抖擞的。看看羊，有两只精力过剩的大山羊正在顶牛，几只小羊在一旁熟视无睹。看看猪，猪在拱石头，找吃的，石头下边有什么好吃的呢？应该是快乐地玩耍。对于它们来说，像是什么都没发生——可不，这次风浪并没什么了不起的，至少不是他上岛以来最大的，因为对于临产的焦虑、担忧、失眠，才觉得事情重大。他回身看看营房，看看家，脸上露出平静的表情，甚至有些微笑，便从另一间屋里收拾一些逮鱼的渔具，挑着，沿着石阶，下到海边逮鱼去了，嘴里还唱着渔歌，并不好听，却快乐无比。正在他忙碌时，陈士花睡眼惺忪地来到他身后。他看着她挺着大肚子，满脸惊异地看着海，问她怎么不再多睡一会儿。她纳闷地说，这风怎么突然就没了呢？他说，你还想它刮啊？她说，不是啊，夜里还那么凶，说没就没了。古杰民说，大海就是这样，是个调皮鬼，捣蛋鬼，你要怕它，它就一直吓唬你，你要不怕它，它就躲你远远的了。陈士花说，你是怕还是不怕呢？古杰民说，当然不怕啦。陈士花说，我呸，还不怕，不是也一整夜不睡吗？古杰民想说，不是怕风怕浪，是怕风浪阻碍登陆艇出海。但他没说。他的睡眠一向是好的，除了刚上岛时偶尔流露出的孤独、失眠，时间不久就习惯了。陈士花其实也知道丈夫的失眠是对自己的担心，因为实在找不到玩笑话说，才这么冒出一句的。她朝远处望望，看远处的海像蓝缎一样的静美，忍不住感叹道，真好看。陈士花在岛上已经小十年了，虽说是断断续续的，每年至少也有八九个月在岛上，按说也是历经风浪的，估计也是这几天的惊吓，突然而至的风平浪静，才让她感觉什么都是好的。陈士花跟在丈夫的身边，看丈夫熟练地做这做那。由于风浪的原因，这时候的沙滩上、礁石缝里，到处都有海螺和香螺。古杰民一会儿就捡了一筐。陈士花指挥着古杰民，那里，看，那个大。这儿，快来快来呀，这儿一堆呢。看看看，看见没？那只海螺好大啊……呀，还有一条鱼，什么鱼啊？这么大，像一头大猪。陈士花完全忘了这几天的风浪给他们带来的惊吓，像小孩一样嘻嘻哈哈快快乐乐。直到登陆艇出现在远处的海面上，他们才跑到小码头迎接去了。

在无数风浪里，这是他头一次遇到的龙卷风，也是头一次遇到营房的玻璃被风吹碎了，更是头一次遇到海浪卷上了屋顶。海浪卷上屋顶的飓风巨浪他听说过，水文记录保存在武装部的档案室里。

这回他是真正领教了。开始只是浪花喷溅进来，从窗户里，从门缝里，接着便有一个浪直接拍到了门上，啪一声撞开了门。另一边荣誉室的门也发出轰鸣声——也被风浪撞开了。可以想象，墙上的锦旗、奖状已经被陆续吹落。这些锦旗、奖状是他二十八年如一日守岛挣来的，有几十面。原来没当回事，随便挂挂，随便扔扔，损坏、损失了不少。直到几年前，有人写篇报道，让上级知道他一个人守岛二十多年，来参观学习的人多了起来，人武部这才来人，把他的仓库腾出了三间，协助他把这些锦旗、奖状挂到墙上，居然在屋里挂了好几圈。锦旗不怕风吹水泡，晾干了还可以挂起来，纸质的奖状怕是泡成水了。古杰民担心起来。

海浪还在继续翻上来，屋里开始积水。而且已经不是喷溅的海水了，几乎是海浪直接打进了屋里。这排坚固的营房有危在旦夕的可能——不是被飓风刮进海里，就是被海水淹没。怎么办？古杰明再次想起营房上边的坑道，要想办法在天黑前躲进坑道里。古杰民这才真正清楚，当年守岛官兵修固坑道，并不仅仅是防止敌人的轰炸，也是为预防百年一遇的风浪准备的。但是，外面的风像雷滚一样，浪也时不时吞舔着营房，怎么出去？从这里到坑道，虽然只有二三十米的距离，但要爬过一个山冈。那儿正好是风口，面对这么大的风，自己会像一枚小树叶一样飞到天空的。操场上，不是什么东西都没有啦？就连旗杆也没了踪影。古杰民绝望地看着外面，他眼睛几乎睁不开了，海上的浪黑乎乎的，看起来比岛还高，狰狞恐怖，张牙舞爪，不像是一场风暴，简直就是一场虐杀。面对这样的虐杀，古杰民真是毫无还手之力啊。

又一个大浪，哗——轰，劈头盖脸，几乎覆盖了营房，蒙了他没头没脸。屋里的海水一下就漫到他腰里了，接着又顺着门流回去。古杰民被呛了一下，也让他清醒——人面对绝境时，会突然开窍吗？也许是的吧，古杰民想到从营房门口向坑道延伸的那一排铁环，二十多年来，他一直没弄明白这排铁环的意义，曾有过的几种猜测，都被他一一否定了，比如穿电缆线，比如拴巨型军舰，比如拴牢投入海底的侦察设备。现在终于明白了，什么都不是，就是在大风浪来袭时，躲进坑道时做拉手用的，有可能在那些铁环里还穿有钢缆。古杰民决定冒险，没有钢缆，他就抓铁环，向坑道移动。一个一个铁环，人可能会被吹得飘起来，但只要用力抓紧了，就能成功。就算不成功，也努力过了，比在屋里等死强——营房已经摇摇欲坠了。

在一个巨浪的间隙，他趴到地上，费力地挤出了门，抓住了门前半米外牢牢扎在岩石里的铁环，然后用另一只手去抓另一个铁环。或许是身后有营房的屏障，风力受到阻碍，他并没觉得艰难就开始移动了，但身体明显左右飘移。古杰民手上的力量很扎实，几下就窜了几个铁环，在没有营房遮挡的山梁上，他感受到在他面前挥舞的死亡了，飓风几次掀起他的身体，还有一个巨浪打来的海水，砸在他身上，他几乎失去了控制。还好，这段艰难的山梁还是被他征服了，铁环延伸进坑道时，风力只在他头顶呼啸了。但巨浪似乎不依不饶，跟着他一头撞到坑道里，他身体被驱赶得一个趔趄，海水也从他身边涌了进去。坑道里的两头猪突然挨刀一样地尖啸起来，从坑道里冲出。古杰民无法躲避，身体被猪蹭一下，差点跌倒。古杰民没有机会破口大骂，只见两头大猪一前一后，拼命冲出坑道，向山下冲去，向海里冲去，还没冲到营房门口，两百多斤重的猪就被吹翻在地，打了几个滚之后，飞上了天空……

7

躲进坑道底部山洞里的古杰民，浑身都是水，不知是汗水还是海水。古杰民并没有觉得安全。两头大猪的逃离，或自杀式逃离，给他一个不祥的预兆。紧接而来一声巨响，又分明是营房坍塌的声音。古杰明庆幸自己的冒险。

天黑下来了，洞里伸手不见五指。他曾经在洞壁上藏了一些东西，手电，蜡烛，火柴，甚至养了几箱蘑菇。现在，这些东西要派上大用场了，这给了他极大的安全感，特别是几箱长势不错的蘑菇，能坚持几天不会饿死了。在坑道里还有一个惊喜的发现，原来失踪的兔子，都躲进洞里来了。古杰民抱起一只大白兔，心里有种妥帖的温暖感，也有一种悲怆感。同时，他也意识到了，为什么一早上老杨和它的羊们要堵他的路，甚至在风暴刚来时就集体飞赴大海自杀；为什么成群的海鸥会向滩涂迁移；为什么鸡狗也表现反常，特别是芦花大母鸡，简直判若两鸡，而大黑更是不可思议地死于鸡啄；为什么连两头大猪都从坑道冲出去，结果被刮上了天……现在他明白了，一准是这些动物敏感地意识到，大难来临了，同时，它们也是以这样的方式提醒主人。是啊，龙卷风不过是大难这头恶魔的先锋官而已，狂风巨浪也只是表象，真正的灾难躲在最后还没有出场——或许，就要出场了。幸亏要开学了，幸亏古艳和古巴提早回到大陆的家里，幸亏陈士花被他赶回去帮助一双儿女准备开学事务去了，不然，他们还会留在岛上的……

古杰民心里一酸，悲伤像风暴一样突然袭来，他心里不由颤抖一下。怀里的兔子感觉到他心里的颤抖了，也瑟瑟抖个不停。古杰民俯下脸，贴贴大白兔，大白兔似乎安静了些。

虽然是在洞里，古杰民依然能听到外面的轰鸣声，依然感觉到地动山摇。好吧，古杰民听到心里嘀咕一声。古杰民警觉一下，不行，就这么认命？但是，还有什么办法呢？

古杰民紧紧抱着大白兔子。

一向睡眠特好的古杰民，提醒自己，不能睡，不能睡。如果睡着了，就不知道会发生什么，或许就永远不会醒来了。可瞌睡还是找到了他，头一低，一个瞌睡，头一抬，又是一个瞌睡。后来，居然还是睡着了，还做了个梦，梦见阳光灿烂的好日子，梦见一双儿女和陈士花在阳光下欢笑着向他跑来。

大白兔从古杰民怀里逃走时，惊醒了他的好梦。古杰民脑子清醒得很，知道古人说，梦反梦反。是啊，如此美好的梦境，是大难前的安慰吧？但是，不对呀，四周很静啊。古杰明精神一振，跳起来，跑出洞口，站在坑道里，呆了——真的躲过了一劫？

天早就亮了，是个晴天。风小多了，也就七八级吧。而且是个阳光很透的晴天。古杰民没想到他还能重新走进这样的天气里。他向前跑几步，俯瞰操场和营房，但见操场上光秃秃的，水泥台和旗杆不见了，营房塌了一半，还好，给他留了一半。古杰民松一口气。迅速跑下去，在完好的各个房间检查一遍。也没有什么好检查的，营房上的门窗都消失了，房间里空空如也，什么东西都没给他留下，都被大风卷走了。回眼再望望岛上，植物全部不见了，残余的大大小小的树，全成了树枝，没有一片树叶，好在鹰嘴崖上的灯塔还巍然屹立。古杰民看着如此的惨相，鼻子一酸，眼泪涌出来。眼泪一涌就不可遏制，瞬间淹没了脸。昨天呛了不少海水，也没觉咸，今天的泪，让他感觉又咸又苦，这种苦和咸，有一种重返人间的亲切的味道，而悲伤也迅速大面积地袭来。

他的泪更汹涌了。

泪眼朦胧中，他看到了船。

啊，登陆艇来了，真的会有这么快吗？古杰民顾不得抹泪，往海边冲去。岛上都被海水泡透了，大多数地方滑湿难走，他几乎连滚带爬地跑到海边简易的小码头上。船也正往码头接近。他看到陈士花了。还有陈士花身边的几个人，他们都身穿军装，一齐向古杰民挥手。古杰民认出其中一个是人武部部长。部长向古杰民大声说话。船的噪声很大，古杰民听不到他说什么。但古杰民看到陈士花泪流满面了。是啊，他们肯定也知道岛上发生了什么，能看到古杰民就心安了。

登陆艇并没有继续靠过来，也没有停下来，七八级的风浪不适合停船，更不要说能靠上简易码头了。古杰民知道船并不是开走，而是做绕岛一周的航行了。古杰民又跑回岛上，向鹰嘴崖跑去。古杰民站在灯塔边上，看到小小的登陆艇上所有人都在向他挥手。他也向他们挥手。古杰民跑回营房，他想找一面国旗，没有找到，随便一面旗帜也行啊，可那么多旗帜一面也没有了。古杰民不死心，从营房后窗望去，在山崖的一棵树丫里，他看到有一抹红色，缠绕在上面。他费不少力气，把它够下来，果然是一面锦旗。他手里挥着不知印着什么字的已经撕裂成布条的锦旗，在岛上跑来跑去。绕岛航行的登陆艇不知绕了多少圈了，他一直向他们挥动着，挥动着……当登陆艇离开时，他还向他们挥动手里的旗帜，冲着远去的登陆艇，大声喊，放心！放心！他不知是对人武部长说的，还是对老婆说的，放心！放心！放心……

登陆艇终于还是变成了一个小点，最后连小点也没有了。古杰民一屁股坐到礁石上，默默地望着大海。大海还是不变的大海，当然，岛也是不变的岛，他也是不变的他，而此时，他又变成礁石的一部分了。

过了好久，他才慢慢扭头，向岛上望去……

8

一直到下午五点钟，古杰民都在忙活。满目疮痍的小岛，他完全不认识了，完全变成另一个岛了。以前的岛，对古杰民来说多亲切啊，多熟啊，熟得就像他了解身上的某个器官。现在变成什么了啊？古杰民知道岛还是那个岛，只是一切都面目全非了。早上的登陆艇返航后，他知道他们还会来，很快就会来，而且会带来许多建设物资，让小岛再度恢复生机。

风似乎小了很多，也不过三四级吧，或者两三级，天黑前或许就没有风了。还会有船来吗？风浪倒是挡不住那艘老旧的登陆艇了，就是渔船也能自由航行了，可天要黑了，这个时间不合适。应该没有船来了。古杰民从海边滩涂上捡来被巨浪带上来的大海螺，准备填饱肚子，挺过这一宿。

天气晴朗，海浪不再那么声势浩大，甚至有些轻柔。傍晚的落日照射在海面上，一眼能望去很远。突然的，古杰民发现很远的西边飞来一个白点，阳光下的白点闪着金属的光芒。白点很快，像光速一样，迅速就变成一艘飞在水皮上的快艇了，快艇里的人都穿着橘红色救生衣。白点被一窝橘红色替代了。古杰民开心地乐了，哈，陈二呆狗日的来啦！他倒是会钻空子。

古杰民往海边连滚带爬地跑去。

古杰民几乎和小快艇同时到达小码头。

风虽然小多了，浪也只是普通的浪。但是由于快艇块头太小，也不敢靠上来，怕把小快艇撞坏了。古杰民看到舱里还是上次上岛的那些人，特别是几个美女，人人一脸的兴奋和惊恐，看到古杰民都尖叫起来，其中一个大声说，亲爱的，谢谢你，我赢啦！哈哈，她们几个骚货，说你肯定叫大风卷进海里……我说嘛，你那么臭，大海才不要你啦！

陈二呆一脚踢翻了说话女孩，骂道，就你他妈嘴骚！

一舱人都哈哈大笑了。

古杰民根本不讲究了。他隔着十来米远，大声说，狗日的上来啊。

陈二呆抱起一只大西瓜，说，接住！

西瓜在海上飞了起来。

在女孩们的惊叫声中，古杰民稳稳地接住了西瓜。

陈二呆又扔了一个大礼包。

在小快艇慢慢接近小码头时，陈二呆飞身跳到了岸上。快艇就像一枚树叶一样摇晃，摇晃的幅度很大，其他人肯定上不来，其实那些女孩连站都站不稳的。陈二呆也真是拼了，还敢把她们也捎过来。

快，开走！陈二呆跟他们挥一下手。

快艇一加油门，蹿了出去。

古杰民和陈二呆一个抱着西瓜，一个拿着大礼包，往岛上爬。

狗日的，关键时候还是朋友吧？说，是不是老子第一个来看你的？陈二呆喘着粗气说，你他妈不交我这个朋友你是瞎了狗眼了，哈哈哈！

古杰民说，人武部的人早上就来了。

啥？屁话，老子不信，早上的风有六七八级，他们那条破船，又老又慢，打死他们也不敢来，别蒙我了。陈二呆的口气特别自信，老子看风小了才敢出动，而且天黑前肯定息风……还是我惦念着老战友啊。怎么样？昨天下午和这一夜，日子不好过吧？要是有我们在，你就不寂寞啦！

古杰民说，是啊，是啊，要是有你们在就好啦。老子想好了，你要几间？

几间？想通啦？哈哈，这就对了嘛，十间或十二间，这么说吧，除了你住的，都包给我得了。陈二呆措手不及的惊喜，也没让他昏了头脑，价格不能贵啊，你准备开价多少？干脆这样吧，你直接拿抽头？抽头你懂吧？

赌博啊？

话不能这么说，是娱乐。

不要钱。

啥？

不要钱，我说不要钱，没听懂吗？古杰民大方地说，不就几间破房子嘛，咱谁跟谁啊是不是老战友，你负责装修就行，顺便也帮余下的房子装修装修，一言为定啊。

一言为定……我他妈怎么感觉有讹？不会是你那几间破营房都被大风扫平了吧？别忙，别忙别忙啊，老子闻到气味不对。陈二呆警惕地说，马上到顶了，老子得先考察考察。

好啊，就听你的。

说话间，到了。

你狗日的说过一言为定的。古杰民望着陈二呆，脸上露出一丝不易察觉的微笑。

陈二呆真的呆了。眼前的景象把他吓傻了，嘴里喃喃道，老子来错地方了吧？这哪里啊老战友？

古杰民已经坐到岩石上了，他一拳砸开西瓜，吃起来。古杰民的吃相真难看，几乎把脑壳子伸进瓜壳子里了，把吃西瓜当成了饮水。

陈二呆瞪瞪他，又纳闷地跑到营房的废墟前，看一眼就被吓跑回来了，对正在埋头吃瓜的古杰民说，好好吃你的瓜，你狗日的命大，老子比不了啊！老子得回了，老子快艇再快，也得一个多小时啊，再见！

古杰民没听清，吃瓜的噗吱声太响亮了。待他囫囵吞枣地吃完西瓜，抬头一看，不见了陈二呆。

人呢？人呢？

古杰民看到连滚带爬的陈二呆快冲到小码头了，看到快艇也正向小码头靠近。古杰民大声喊，一言为定啊！

你去死吧！陈二呆把手拢成喇叭状，冲他喊，臭蛤蟆，别想吃天鹅肉，我呸！

古杰明哈哈笑了，大口地啃起了西瓜皮。

闸　口

表现好，是我提前出来的主要原因。

我的刑期是十六年。进去时，我还是个不到十八岁的少年，虽然提前两年半出狱，岁月也只留给我一条青春的尾巴，再也回不到年少无知的从前了。

去朱滩，是我临时的决定。

在去朱滩之前，我对未来没有一个完整的规划。我见到的第一个朋友是胡大指。大指拍拍我肩膀，说我猜你想见一个人。我说谁。他就说了顾一飞。其实我最想见的是荣荣，大指的妹妹，那个腼腆秀雅、内心敏感的女孩。大指知道我的想法，他尽量少提荣荣也是知道我的想法。荣荣毕竟死了。我在劳改农场时就听说荣荣跳江自杀了。我就是有一千个一万个心愿想见荣荣，也实现不了了。我想到墓地去看看。大指伤心地说，连尸体都没有找到，哪有墓地啊。我的泪水夺眶而出。滚滚东去的长江成了荣荣的墓葬地，这是我万万没有想到的。

我的情绪也感染了大指，顿了片刻之后，他改变了初衷，和我说了许多关于荣荣的话题。说到荣荣，怎么也绕不开顾一飞。大指说，顾一飞早就不是那个小不点了，他在你出事第二年，突然放起个子来，蹿到一米八，出息大了，在长江口捞鳗鱼苗，发了大财！

"一寸鳗苗一寸金"，这家伙冒着生命危险，在七级风浪中，一网捞过五万条鳗苗，五万根黄灿灿的金条啊！

于是，我只身前往长江口，前往朱滩。

十多年前，顾一飞还是个流鼻涕的青瓜蛋子，哭着赖着要跟他姐姐和我们一起玩。我们不想带他，他姐姐顾盼盼更是烦透了他，经常不问青红皂白，噼噼啪啪就给他一顿嘴巴子，打得他眼泪纷飞。顾一飞实在禁打，多次鼻青脸肿后还是嘴硬地说，肖夏怎么去？肖夏就是我。我们同龄，在他的脑子里，我能跟盼盼他们一起玩，一起溜旱冰，一起看黄带，他也能去。但是盼盼不理他的茬，盼盼一把拧过他的耳朵，咬牙切齿地跟他小声嘀咕半天。说了什么我们不知道。我们知道的是，顾一飞从此不再是跟屁虫了。因祸得福的是，他在严打时躲过一劫。而他年轻美丽的姐姐顾盼盼，因为聚众跳裸体舞，被执行了枪决——听说枪决名单里也有我，由于我未满十八岁，才改判十六年。

去朱滩的沿江公路险象环生，大小轮渡乘了好几条。过了东兴再往东，一股海腥气扑面而来。隔着一望无际的芦苇荡，能看到远处白花花的一片水域，不知是大海还是长江。我知道这儿是长江口，向远望就是海，近看就是江，在长江口是江海不分的。这白茫茫一片，难道就是我今后要劈波斩浪、谋生发财的地方？

朱滩的天空阴云密布，云里翻滚着水汽，随时要挤下雨来。我走在水泥和石板混合铺成的街道上，打听一个像单位又像地名的地方——闸口。他们听后，都狐疑地看着我，不吭声，然后，默然地指向一个方向。

一个大院堵在路头。大院的门口，横七竖八蹲着躺着三四十个人。他们看到我时，腾地跳起来。我被吓了一跳，以为遇上传说中的江盗——他们向我狂奔而来。我还没来得及做出逃跑的动作，就被他们淹没了。

一瞬间，我眼前交替出现数十张纸片和照片。我眼睛被晃花了。四周回荡着各种喘气声和口臭味。镇定下来后，发现他们争先恐后展示在我眼前的纸片和照片上，都是一具具模糊不清的尸体，有的肿胀变形，有的已经腐烂，连面部也只是一个轮廓而已。而我眼前真实的面孔居然也是模糊的，杂乱的，像不断变化的幻影。经过一番抢位，照片上的脸和真实的脸在我眼前突然静止而清晰了——他们在等待我开口说话。有一张黑脸，磨盘一样霸道地横亘在我面前，几乎碰到我的鼻子了。

肖夏？人群里突然发出叫声，狗日的，是你啊肖夏！

一飞？我认出了一张曾经非常熟悉的脸。

在我们相认后，人群集体发出一声合唱般的叹息，跟着就散了。

你怎么来啦？一飞一脸的惊疑，你来这里干什么？

可能是觉得问题太多了吧，一飞用手上的纸片扇自己的嘴，随即又把纸藏到屁股上。我知道，纸上是一具尸体。一飞尴尬地一笑，说，是的，你说过要来的……来吧，来了也好。不过肖夏，这会儿不是逮鳗苗的时候。鳗苗嘛，冬春之交，就那么三五天时间，放个屁就结束了……你来了也好，我正缺人手。

什么叫也好？什么叫缺人手？我心里犯起了嘀咕，感觉他不像是发财的样子，不像手里有五万根金条的暴发户，相反，还有些失魂落魄穷困潦倒。

一飞似乎看出我的疑惑，恢复了常态，挺一下胸，口气很大地说，要想富，走险路，你来就对了。来，我带你看看我的江口。

他不说海，不说江，而是说江口，而且是我的江口，觉得他还是挺霸气的。我们翻过防浪大堤，沿着两边都是芦苇的小道来到江边。一路上，他手里的那张纸一直拿在手上。我几次偷看一眼闪烁不定的尸体，好奇他为什么要拿一张死人的照片。而且他的同伴也是人手一张，内容虽然不一样，都是死人却是一致的。一飞不急于解释，而是大声说，你以为江口里只有鳗鱼是宝啊？错。我等着他继续说下去，他却指着江心被雾霭笼罩的一团黑影说，那是什么？我说，我查过地图了，应该是崇明岛吧？一飞又严肃地大叫一声，错，那是舌头。如果是青天白日，如果你坐在直升机上，你会看到一张大开的嘴，吞吐着小鱼小虾，看到没有？那些小不点，都是万吨货轮，都被这张嘴一口一口吞进了胃里。看看江边，这些江岔，像不像豁齿？我把目光从远处收回，看江岔里挤挤挨挨拥着的无数条各种式样的船。再看一飞，他的神情逐渐趋向自豪。这才是我想象中的一飞。一飞说，看，那条大船，就是我的。我看到江岔里停着无数条小船，没有哪一艘特别的大，都像水汪里的一窝小鱼。一飞称长江口的万吨货轮为小不点，为小鱼小虾，称他们的小舢板为大船，这样的反差，进一步让我觉得，一飞是个人物了。

我们回到"闸口"时，"闸口"的那些人还在。他们都露出友好的笑容。其中一个矮胖子还大声说，晚上要喝两杯了。一飞凶狠地指他一下，说，没你事。又指着一个瘦子，排骨，晚上叫朱四烧几个硬菜，为我朋友接风。胖子立即苦下脸来，凭什么啊一飞，我也去好不好？一飞隔着数米远啐他一口。这是答应他了吗？

穿过一个水泥铺地的院落，是一排高大而坚固的平房，平房的门大开，门框上黑乎乎油腻腻的。进门是红砖隔开的一个个房间。一飞把我领到其中的一间，一股恶臭味直钻我鼻子。我瞬间想到我劳改十多年的农场，说真话，这里的环境比劳改农场差远了。屋里还有一台黑白电视机，十二寸或十四寸吧，一直闪着雪花。一飞手扶一下天线，屏幕上出现了画面。一飞松了手，跟我一笑，意思是，这电视能看的。

现在时令不对，一飞面色严峻地说，鳗苗大战早就结束了，下一场大战还要等到大半年以后。开门见山吧，肖夏，我现在的工作是捞尸，捞尸你懂吗肖夏？我似是而非地点一下头，心想，看出来了。一飞声调突然快乐起来，流水般地说，每天都有人来认尸——谁不想见亲人最后一眼？谁不想自己的亲人魂归故里？我们只收取少许的捞尸费和保管费，他们就和亲人团聚了，知道吧肖夏，我们是在做公益善事啊。一飞话音刚落，院子里响起喧嚷声，和轰隆而过的风声纠缠在一起。喧嚣声让一飞精神为之一振，几乎要往外冲了。与此同时，那个叫排骨的瘦子飞进屋子，像被风捅进来一样，大喘着气。一飞喝问道，谁的？排骨半天才说，胖狗的……胖狗的，狗日的。我没听懂排骨的话，前半句是肯定的答复，和后半句联系起来，这种骂人的话也太奇特了。一飞听懂了，他大笑一声，说，该轮到胖狗吃一口了。经一飞这么说，我也听明白了，有人来认尸了，是那个叫胖狗的胖子捞上来的尸体。

晚上欢迎我的酒会没有胖狗，就一飞、排骨和我三人。酒席设在一飞的房间里，没有桌子，床前放一只长方形的子弹箱，子弹箱上抹着黑色的油污和汤汁。凳子只有三只，一只是三条腿的方凳，一只是一个倒扣过来的柴油桶，另一只是一飞比猪窝还乱的床。我们分别坐在这三只凳子上，把子弹箱围在中间，子弹箱上，是排骨弄来的酒菜。排骨够狠了，菜都是面盆装的，一盆红烧杂鱼，一盆红烧鸡块，还有两瓶坛装汤沟大曲。排骨愤愤不平地说，胖狗赚大了，那破尸卖了一万，屁眼儿都笑裂了，请大伙下馆子去了。一飞吐一块鸡骨头，安慰道，别急排骨，你手里没有尸，可你有好几条腿啊，不差给他们。我听了，心里一紧，好几条腿？我筷子上正夹一块鸡腿，手一抖，掉回盘子里，我再没有勇气去夹了。一飞和排骨似乎一点也不介意，他们堂而皇之地谈论尸体和腿，谈论价钱，就像在玩弄自己的脚丫子，就像在说一个日常的话题。排骨说，我那几条破腿……就你这条腿还有希望——狗日的胖狗的尸至少有我半条（腿），他捞尸时我见眼了，见眼有一份，狗日的不讲规矩了。一飞大度地说，别计较了，你光见眼不行，得帮他一把才作数。排骨显得十分伤心和失落，眼里噙着泪，端起大碗酒，咕嘟就是一大口。一飞踢他一脚，仗义地说，等我这条尸出手了，算你两条（腿）。排骨又喝一大口，抬起头来时，已经泪流满面了。他哽咽着对我的肩窝就是一拳，兄弟，你来对了，一飞是真朋友！我说我懂，我来就是投奔一飞的，是吧一飞？一飞说，不用说了，来，咱三弟兄，透一杯。透一杯，就是干掉眼前的一碗酒。我估摸一下，这一碗不会少于三两，差不多有三两五了，喝下去，我就醉了。一飞和排骨都是一饮而尽。我喝了三口，也把烈酒干了。排骨摸起酒瓶，又倒酒了。排骨端起酒，碰一下一飞面前的酒碗，忏悔地说，我不是人一飞，我还想弄条船自己玩，我他妈配玩船吗我？排骨自说自话，把碗里的半碗酒又干了。排骨手里的碗掉到地上，头一低，趴到子弹箱的一堆鸡骨上，不动了。

我也喝多了。

我现在躺在床上，对，肯定是床了，我摸到了席子，还摸到了一侧的墙壁，我摇摇屁股，还听到吱呀声。我四周一片漆黑，脑壳子昏昏沉沉，摇屁股时还钻心地疼——不是屁股疼，是头疼，而且到处都是酒臭味，酒臭味并不是固定的，而是在我四周横冲直撞。这是什么地方？怎么睡进来的？喝到什么时候？我完全失去了记忆。我努力回忆着，想把我失去的记忆找回来。胖狗醉醺醺跑回来，大叫着饿死了，饿死了。然后，硬是把排骨的脑袋扳起来。排骨睁开眼，一边骂他舍得喝酒舍不得吃饭，一边给他装一碗大米干饭。胖狗接过碗，狼吞虎咽，不消几分钟，就把一大碗饭扒进了肚里，碗底半碗的鱼刺鸡骨也被他吃得一干二净，更让我惊异的是，并没有听到他咬嚼的咯嘣声。胖狗放下碗，顺口气，冲一飞吼道，凭什么？凭什么？凭什么大黑脸抢走我两条腿？一飞，哥，亲哥，我那条船送你了，我那条破船，不玩了，宝马配英雄，哥别嫌弃我船小船破，小弟以后就靠哥了。排骨狗日的，快给老子上酒。胖狗端起酒碗，碰一下我的碗边，这位兄弟，你投奔大哥投对了，来，我敬你一杯，干！

对，记忆就从这里丢失的，我干下这碗酒，就没有记忆了。再往后，就是我现在醒来了，在回忆了。那么，这是一段多长的时间？我腕上的表还在，但是看不清几点几分。我口干舌苦，眼睛酸涩，想睡觉，想喝水，什么水都行，江口那么多水，为什么没人给我一碗？水水水……我也学着他们大声说话，水……

来了肖夏，给你水。

一个女孩的声音在我耳边响起。

谁在说话？谁家小姑娘？多么熟悉的声音，多么甜美……荣荣？这不是荣荣吗？果然是荣荣，荣荣身穿白色连衣裙，从蓝色天空飘逸而下。荣荣恬静地笑着，半隐半露着洁白的牙齿，手持一瓶最流行的玻璃瓶汽水，飞到我面前。我已经闻到汽水的酸甜味了。我伸手去接汽水，可怎么也接不着。而荣荣再次飘起来，向天空升去。我踮起脚尖，我也想飞。我似乎也飞起来了，可荣荣还是离我越来越远。我急了一身汗，惊醒过来。我心慌慌地跳。多么奇怪啊，会在异地的江边，见到荣荣，虽然是梦，这样的见面还是让我心生感动。荣荣，刚才真的是你吗？你还那么年轻，美丽，还那样善良，纯洁。我坐起来，懊悔这个回笼觉太短暂，懊悔没有和荣荣多说几句。我头疼欲裂，但我还是仰望上苍。我看到一丝亮色，虽然微弱，也足以让我兴奋，那是天国的一扇窗，专为荣荣开放的窗。我试图从一抹亮色里再次看到荣荣，而我看到的是几颗星星。

我下床，沿墙摸索，果然摸到了灯绳。

这是一间高大而空旷的房子，除了一张床，还有床头的半桶水。我捧起桶，一口气把桶里的水喝了，肚子立即鼓胀起来，同时也好受了不少，头疼的症状也减轻了。我推测，这应该是那排大房的一间，应该是一飞为我安排的宿舍。如果不出意外，或者我心甘情愿，这儿就是我以后的家了。我下意识地看一眼那扇窗户，满心地希望刚才的梦境重现。想着那短暂而逼真的梦，荣荣再次出现在我眼前。荣荣，久违了，原谅我很久才这么认真地想你。

十多年前，江阳老城一个灯光旱冰场上，许多人在溜旱冰，这是刚刚在小县城青年人中流行的运动，我们很快就成为其中的佼佼者，特别是大指荣荣兄妹、张龙张虎兄弟，还有盼盼和她最要好的问题少女朋友李洋洋，当然，我也算一个，还有一直跃跃欲试而没人带他的顾一飞。相比较一飞，我幸运多了，大指喜欢带我，他和张龙张虎兄弟似乎很要好，又似乎常常因为什么事而争执。我就成为大指最推心置腹的朋友了。大指喜欢穿一条喇叭裤，裤脚的直径是一尺二，而且扫在地上，比张家兄弟要宽一寸多，尖头皮鞋也比张家兄弟的皮鞋要尖细一些。张家弟兄的标志性穿着，是领子又长又尖的粉红色花衬衫以及披肩的长发。他们都是时髦青年，溜旱冰的技术也不相上下，即便是我心里向着大指，我也不得不承认，张家兄弟依然是旱冰场上屈指可数的王子。而盼盼、洋洋和荣荣，她们的技术就立分高下了。特别是荣荣，她胆小，虽然起步不比他们晚，但一直不敢溜，都要手扶栏杆。至于我，技术差是因为没有旱冰鞋。荣荣溜一会儿，会把旱冰鞋借给我溜几圈。所以，荣荣不能像盼盼和洋洋那样成为旱冰场上的冰花，与我常借她的鞋也有关系。那天傍晚，工人文化宫露天旱冰场上的灯光还没有亮，黄昏正在来临。荣荣一手扶栏杆，一手解鞋带。我就站在她对面，近在咫尺地看着她，她光洁的脑门上有一些汗迹，秀雅的鼻尖上似乎也有细密的汗珠，脖颈里空荡荡的，能看到她很深的领口，能看到领口里小小而精美的乳房。我很紧张，有点喘不开气。好在荣荣很快就脱掉旱冰鞋。当她把旱冰鞋推给我的时候，也同时直起腰来。但是，她的眼睛却突然定住了。我顺着她目光看去，灯光球场一侧的梧桐

树下，顾一飞正向她傻笑挥手。荣荣收回目光，笑着说，小屁孩，
不爱理他。我和荣荣同时在人群里找顾盼盼。因为我们都知道，顾
盼盼要是看到她弟弟跑来了，会毫不留情地把他揍回家的。盼盼正
和洋洋手推手地溜滑，身姿优雅而曼妙，洋洋涂着灰色的嘴唇、指
甲和眼影，盼盼嘴唇和眼影是更为夸张的玫红色，两人都翘起圆滚
滚的屁股，挺着胸，一边转圈，一边做着花哨的动作。在她们两侧，
跟着的溜冰者，像鱼群一样。突然间，张龙张虎兄弟跟上了盼盼和
洋洋。他们只是对一下眼神，迅速就变成了张龙和盼盼、张虎和洋
洋的组合了。冰场上突然响起一声嘹亮的口哨，接着便是嗷嗷的起
哄式喝彩。张龙和盼盼、张虎和洋洋显然很享受这样的赞美，他们
在旱冰场上当仁不让地成为了焦点。我几乎要看呆了。荣荣惊讶地
感叹道，多好呀！又看着我说，你傻站什么呀，上呀。荣荣脸突然
红了，我还没有反应过来，她已经伸出双手把我推进了冰场。我跟
跄一下，才混进人群里。我全神贯注地保持着注意力。因为我知道
自己的水平，还不能一心二用，还不能一边溜一边做着潇洒的动
作，我连剪着双手的燕子形动作都不敢做。即便这样，我还是摔了
一跤。我被一个家伙带了一下，没有保持住平衡，摔倒了。我小心
地滑行到边栏。隔着滑动的人群，我看到了荣荣。我以为荣荣会看
到我摔跤的狼狈相。没想到她根本就没有注意到我。她正在和顾一
飞说话。不知什么时候，顾一飞已经跑过来了，他站在围栏的外边，
趴在栏杆上，正吃着雪糕。荣荣也在吃雪糕，和顾一飞说着什么。
我看到顾一飞张开大嘴笑逐颜开。我心里难受——突然地难受起来。
那种难受实在是不好形容，酸酸的，恨恨的，苦苦的。我知道都是
因为顾一飞，我的好朋友顾一飞，他怎么会去和荣荣搭讪呢？就是

因为他有钱请荣荣吃雪糕吗？顾一飞家是双职工，特别是他父亲，是磷肥厂党委书记，家里有钱。我要有钱我也请荣荣吃雪糕，喝汽水。顾一飞还在傻笑。荣荣可能也在笑吧？他们在谈论什么呢？有什么事这么好笑呢？有什么事还会比张龙和盼盼、张虎和洋洋的溜冰更精彩呢？就在我心烦意乱时，令我高兴的事情发生了，顾盼盼像是神兵天降，闪电一样滑行过去，一把抓住顾一飞。顾一飞手里的雪糕掉到地上。顾一飞挣扎着，要挣脱姐姐的手。也许盼盼对他的挣扎更是恼羞成怒，伸出另一只手去抓他衣领。这一抓就抓出了顾一飞的假领子。围观的人哄堂大笑。盼盼也笑了。顾一飞却哭着跑了。这对顾一飞是个莫大的羞辱。假领子对于少年顾一飞，就像女孩被当众扯了胸罩一样。就在顾一飞和姐姐短暂的争执中，荣荣已经悄悄退到一边，她红着脸，装着一副若无其事的样子后，又突然四下张望——荣荣在找我吗？是的，荣荣在看到我时，跑过来抢过我准备给她的旱冰鞋，又小跑着走了。荣荣，荣荣。我在她身后喊。荣荣头都没回，裙摆快节奏地击打着她匀称的小腿，疾步消失在路灯的暗影里。

　　说真话，十多年来，我在梦中见到荣荣还是头一次。而且是在这样的环境中。算起来，荣荣跳江自杀已经九年了，我早已接受了这个残酷的事实。我最后一次见到荣荣是在万人审判大会上。那是一九八一年年末，我清楚地听到审判长洪亮的宣判声，顾盼盼等六人被判死刑，立即执行，李洋洋、张龙张虎兄弟等多人被判处无期徒刑，十多人被判有期徒刑，有期徒刑的人里就有我。我的刑期是十六年，是有期徒刑里最高的。当我听到宣判结果时，并没有觉得十六年的概念意味着什么，只是解脱地长出一口气。我抬起头来。

我一眼就看到人群里一双惊疑的大眼睛，正是荣荣。荣荣迅速躲开我的目光。我羞愧地低下头。

这个梦境是最好的醒酒剂。我的脑壳子不再那么疼。我放开门，来到院子里。我知道现在刚过午夜，许多人已进入梦乡。天上有零零落落的云，有忽隐忽现的星星。如果荣荣在天上，她会看到我吗？她知道我加入捞尸队伍吗——我觉得我会留下来，和顾一飞一起打拼，开创我的新生活。

没想到我在到达朱滩的第三天，就随一飞上船了。上船之前，我还将信将疑，真的是前晚喝醉啦？真的睡了二十个小时？一起上船的排骨只是笑。这家伙一点歉意都没有，笑得特别自豪，以为把我灌醉就是立了大功。一飞站立岸边，对着江口挺挺胸，挥挥臂，秀秀胸肌，然后飞身跳上船。他上船后瞥一眼江堤方向。精明过人的排骨发现了一飞的眼神，讨好地说，狗日的胖狗，尽他妈嘴花，大黑脸迟早会弄死他。一飞哈哈一笑说，启航！

我们的船是一艘破旧的铁皮船，动力是支在船尾的一台黑乎乎的柴油机，冒出的烟也像一根黑色的柱子。掌舵的是排骨，始终保持一副鬼鬼祟祟的样子。一飞坐在船头，镇定自若胸有成竹。我在中间的舱位，半蹲着，手扶船帮，尽管装得淡定，事实上心里十分慌张。小船离岸后，向宽阔的江口驶去，严格地说，我们行驶的水面，已经不是江了，是海了。

我们沿长江口外的北槽水道驶向茫茫大海。有许多大船从我们身边驶向江口方向。我们避开这些庞然大物，半小时后，已经望不见岸线了，四周黑茫茫的全是水。

小船突然出现大幅度的起伏。

一飞看着我，大声说，别怕，这是涌。海里行船不怕浪，就怕涌。或许是为了证实涌的可怕，船艄一下子几乎竖了起来。一飞摔倒在船板上。随即，船头又一头栽下去，几乎要插进深海。我双手抱紧船帮上的栏杆，心想，就是翻船了我也不松手。排骨抱着钢管舵杆，身体几乎做了一个托马斯全旋的飞行动作，他尖着嗓门儿说，返航吧。一飞说，从32号灯浮处绕一圈，让肖夏感受一下，难得啊这大涌。我知道了，这次出海的主要目的，就是让我感受一下，我说怎么只有我们一条船，我说怎么没带网具。我不知道对我的测试是不是合格。小船在大幅度前仰后合时，我确实恐惧、惊慌。但是排骨不是也怕了吗（也许他天生就是怕事的模样）？一飞不会因此找借口把我赶走吧？我也学着一飞的样子，强作镇定。

又是约半个小时，小船才绕过一个巨大的灯浮，往回行驶。

明知往回是逆流，感觉却快了许多。涌还跟着我们，如影相随。我似乎吃透了涌的脾气，不像浪那么暴躁、急促，仿佛在使着暗力，悄悄较劲。直到快驶进长江口时，涌才小一点，跟着突然就消失了。我看到两侧的岸，看着屁股底下相对平稳的小船，心里踏实了许多。在一飞的指示下，我们的小船沿着北滩逆流行驶。

北滩有成片的芦苇。正是涨潮期，浑浊的江水只露出芦苇的梢头。我们的小船贴着芦苇而上。岸就在身边。浅滩上有水柳，水柳下是茂密的水草，水柳的那边就是江堤，能看到江堤上行驶的车辆。我心里不仅踏实，还多了份欣赏的惬意。可能是脸上露出轻松的笑容让一飞发现了。他说，从这儿跳下去，你能游到岸上？我看着江水，拿不准，因为水里漂浮着不少杂物，有蒲包、席片，还有白色的塑料泡沫。我还看到一头肿胀的死猪，身上缠着捕鱼的丝网，加上近岸的水草和未知的水底元素，会受到阻碍的。如果不幸撞上一头死猪，不把我吓死了，也把我臭死了。一飞没等我回答，就说，开玩笑开玩笑……一飞的话没有说完，就大叫一声，停，停机！一飞的眼睛像锥子一样望向江中，眼珠子射出的金光穿透了江水，江水在他的目光中划开一条缝隙，缝隙里忽隐忽现浮着一具物体。这时候我才感受到排骨的敏捷——他不但让船停下来，还让船舷横过去，挡住了物体。与此同时，一飞已经操起了卡在船帮上的巨型网兜，准确地网住了水里的物体——其实我已经意识到，那是一具尸体。我看到宽松的白色衣裙，看到漂荡的黑色长发。我的心跳骤然加快，节奏比突突空响的柴油机还响亮，甚至轰响声也盖过了柴油机。这太他妈神奇了，完全是误打误撞，居然撞上了尸体。我想，哪里是尸体啊，这就是钱财啊，就是黄金啊。一飞显然很有经验，他稳住网兜，小心地上提，拉近。排骨大叫一声，鲜尸，哈哈哈是鲜尸我操！一飞迅速跟他瞪眼。排骨反应更快，呸呸两声后，又扇了自己几个嘴巴——对尸体不敬的自我惩罚。我插不上手，看着一飞。一飞果然想起了我，他说，肖夏，你去帮排骨稳住舵。我就跑到船艄，抱着舵杆。排骨说，拿住了，别动，别动就行。我把舵杆紧紧抱着（其实并不费力气），看到一飞和排骨小心地把尸体起到船上。

是一具女尸。

整个过程，一飞和排骨都很谨慎，就像落水者还活着一样，生怕弄疼了她。或者捞起的是自家的姐妹。从衣服的鲜艳度上和死者的肌肤上可以判断，这确实是一个溺亡时间不长的年轻女性，她脸色苍灰，像浮着一层白霜，眼睛微闭，乌紫的嘴唇半开半合，长发零乱了，从额头遮住了半张脸，正静静地躺在中间的船舱里——就是我一直蹲着的地方，如果不是亲眼所见，还以为她就是一个熟睡的邻家姑娘。我开始不敢看。看着看着也就习惯了，并且还有一些奇怪的心理活动：死人也无非就是人死了而已；活人我都不怕，还怕死人；死人的事是经常发生的，就是我们身边的亲人也不例外，比如十多年前被枪毙的好朋友顾盼盼……我怎么想起顾盼盼啦？我下意识地抬眼看顾一飞。这一看，吓我一跳，一飞正定定地看我，嘴唇战栗，脸色和舱里躺着的姑娘别无二致，完全是另一个人了，什么事把他吓成这样？我再看躺着的姑娘时，我的心也一下抽紧了——舱里躺着的，怎么是荣荣？这是一个惊天的发现。我被子弹击中了要害，出现短暂的窒息和抽搐。天哪，荣荣……我一下子意识到一飞为什么脸色苍白呼吸急促，他显然也认出了荣荣。荣荣，我听到我内心的呼唤。荣荣一动不动，不，她动一下——小船启动了。排骨不知道船舱里的尸体是我和一飞熟悉的童年的玩伴和少年的好友，他兴高采烈地说，返航喽。但他马上就发觉气氛的异常，发现一言不发脸色难看的一飞，发现一飞超乎寻常的紧张。在排骨看来，尽管对尸体的尊重是这个行业优秀的潜规则，但也不至于肃穆到这个份上啊。我已经清醒过来，完全清醒过来，知道她不是荣荣。荣荣已经死了九年了。她只是略有些像而已。相信一飞也是清醒的。但是这样的境遇，就像心头的伤疤在毫无预知的情况下被突然揭开，鲜血重新喷涌，遥远的记忆涌上心头……

那是周三一个阴晦的下午，一切看起来都很平常，江边公园里有老人在散步，公园里的露天电影院空空荡荡。我和大指骑着自行车沿露天电影院转一圈。大指骑一辆长征牌加重自行车，后衣架上载着荣荣。荣荣脖子上挂着白色的旱冰鞋，嘴里吃着冰棍，因为大指愿意带她玩而显得特别开心，脸上的小酒窝忽闪忽闪的，跟我有一搭没一搭地说话。荣荣说什么我都愿意听，但她突然略有忧伤地说，顾一飞连旱冰都不会溜，我就不搭茬了。荣荣仍然自说自话，顾一飞真可怜，还没听过邓丽君的歌，顾盼盼太霸道了，凭什么把顾一飞管得那么死。大指帮了我的忙，大指说，天底下像我这样的好哥哥哪里有啊。荣荣并不领情，噘着嘴说，哥你还说，你有时也不带我玩的，当我不知道？大指转头跟我挤一下眼，表示我们对荣荣共同隐藏着一些秘密。大指说，该带你玩我一次都不落，不该带你你就在家偷偷听邓丽君吧。荣荣就把嘴噘得更长了。

我们的目标不是露天电影场。电影场的露天电影只有周末才上演。我们的目标是和露天电影场隔着一个人工湖的防空洞。防空洞建在公园边的小山上，张龙张虎兄弟、顾盼盼、李洋洋和河东街的二疤头他们，早在几天前就密谋好了，今晚要在防空洞跳舞。据大指透露，他们已经跳过几次了，还跳过裸体舞。荣荣刚才说大指有好几回不带她玩，就是指跳舞的事。

江边公园小山上的防空洞实在太隐蔽了，四周种着高大而茂密的香樟树，把洞口遮蔽得严严实实。我和大指骑着自行车已经从洞口经过三次了，当然，荣荣也经过三次。一条窄小的柏油路通向洞口，这条路并不长，能看到不远处紧闭的水泥门，虽然只是一闪而过，虽然那门感觉很小。但我们看清四周并没有埋伏，也没有暗哨，甚至连一个人影都没有。我们的侦察是成功的。当然，荣荣浑然不觉，她以为我们只是带她兜圈。因此，荣荣才急不可待地说，去冰场吧，我冰鞋都带来了，脖子都累酸了。肖夏，要罚你帮我拿鞋。我说好啊。我双手撒把，接过荣荣递来的冰鞋，挂在脖子上。荣荣的冰鞋是我见过的最漂亮的冰鞋，通体洁白，连滑轮都是白色的，旱冰场那么多旱冰鞋，没有一双冰鞋和荣荣的相同。荣荣的冰鞋就是一对洁白的鸽子，纯洁而高贵。但是，当我们第四次从防空洞门前经过时，荣荣又改变主意了，她说不去冰场了，和你们一起玩。我是太沉不住气了，脱口就说，今晚我们不玩。荣荣拉下脸，撒谎。我立即紧张了。荣荣又笑了。我的此地无银三百两的把戏，让她看了出来。她拿出一块花生牛轧糖，轻巧地剥开糖纸，咬一口，把另一半的牛轧糖向我举来，嘴角勾起诡谲的微笑，意思是说，带不带我玩？带我玩就请你吃糖。我见到糖就咽口水，何况又是我最喜欢吃的花生牛轧糖呢。我死劲咽一口满嘴的唾液，伸手去拿。正巧遇上大指的自行车一颠，半块花生牛轧糖掉了，被我自行车前轮无情地碾过。我脸上惋惜的表情一定太夸张了。我不停咽口水的动作可能同样的夸张。荣荣脸藏微笑，有些狡黠和可爱，她把嘴里的半块糖又咬了一半，捏在拇指和食指中间，示意要塞进我嘴里。我看到荣荣的脸通红。我也极不好意思，我的馋相也太丢人现眼了吧。但我还是把自行车靠近荣荣。荣荣准确地把四分之一块花生牛轧糖送进我口中。由于我害怕再有闪失，嘴巴张得奇大，差不多把荣荣的一只手都吞进嘴里。好在荣荣反应也极其敏捷，她迅速缩回手，拿出一方洁白的手帕擦拭我粘在她手上的口水，低下头吃吃地笑。我把那四分之一花生牛轧糖用舌头在口腔里翻动几下，除了浓烈的甜，还有一种奇怪的味道。

但是，荣荣还是失算了，我没有告诉她晚上的行动，这是大指对我的硬性指示。当然，我和大指也没有陪荣荣溜旱冰。我们把她丢进工人文化宫灯光旱冰场，去向盼盼、洋洋她们汇报去了。临走时，我看到荣荣咬着嘴唇，不看我，也不看她哥哥。她小睫毛忽闪着，脸上的小酒窝更深更可爱了，我知道她心里一定做出某种决定了。

那是我最后一次见到荣荣（宣判大会上不算）。

没想到再次见到荣荣（权且这样称呼这具年轻的女尸吧）是以这样的形式。

我睡觉的隔壁就是冷库。荣荣就被冷藏在冷柜一个巨型抽屉里。她身上已经裹满了白布。也拍了多张照片，全身的，脸部特写的，都有。数个小时前，荣荣被迎下船时，引起"闸口"小小的轰动，这么优质的尸体真是多年难得一见。在迎接尸体的人群里，大黑脸和胖狗是我熟悉的（印象深刻）。在冷库处理尸体时，胖狗不停地骂排骨，骂排骨自私鬼，胆小鬼，小气鬼。排骨边忙边和胖狗对骂，也骂他自私鬼，胆小鬼，小气鬼。我能感觉他们为什么对骂，胖狗一定是抱怨上船时排骨没喊上他，而失去了"一条腿"的机会。排骨骂他基于同样的理由，只不过情形有些相反，骂他为什么说一套做一套，没有跟一飞上船，更没有实际行动地把那条破船献给一飞。一飞也无心阻止他们的对骂，只是不断地提醒他们手上轻些。我知道一飞是怕碰疼了荣荣，我也怕他们碰疼了荣荣。但排骨、胖狗等人显然是这方面的熟练工，就是高度腐烂的尸体他们也能妙手包裹好——这是他们的信仰。他们敬尸体就像敬神一样。因为尸体已经不是单纯的尸体。尸体会给他们带来财富。他们如果对尸体不敬，就是对财富不敬，就会得到报应。在白布裹到荣荣的颈部时，我看到一飞自然地接替了排骨的工作。一飞短了一截的左手小手指，把落在荣荣眉毛上的一片草叶划掉时，一滴水珠落到了荣荣的额头，那是一飞的泪。

在他们把荣荣送进那只巨型金属抽屉时，我鼻子酸了，眼泪夺眶而出。我在心里无数次地提醒自己，她不是荣荣她不是荣荣她不是荣荣，可眼泪不相信我的话，眼泪就像长江口的涌一样，在我体内澎湃着。

第二天，胖狗单独请排骨去朱滩江鲜馆喝一顿去了。胖狗也请了我，我没去。因为一飞也没去。胖狗对没能请得动一飞表示足够的遗憾。他敲开一飞的门，跟一飞赌咒发誓，说他没有和我们一起上船下江，实在是被大黑脸拉去赌钱了。一飞对他近乎纠缠一样的邀请突然暴怒，一拳砸在胖狗的肉鼻子上，要死快去死，你他妈再没完没了我把你扔进江里！说罢，一把撞上门，坚硬的门板又击中胖狗红肿酸疼的鼻子了。胖狗捂住鼻子，两眼汪泪地说，我是真心的老大……

自荣荣入柜以后，一飞就把自己关在屋里没有再露头。如果不是倒霉蛋胖狗，没有人以为他还在屋里。我也不便去打搅他。因为大指说得十分清楚了，在我判刑后，到荣荣跳江自杀这三年多时间里，一飞和荣荣开始真正的恋爱。更确切地说，是一飞在追求荣荣，一飞的身高和心气成正比例同时爆棚。如前所述，在短短不到一年时间里，一飞身高增长二十公分。我能想象出来，有了身高的优势，加上我已经坐牢，缺少直接的竞争对手，一飞有理由相信他的魅力。何况，他对荣荣的爱是真实的，伸手就可触摸到的。但是，一飞真正不能理解的是，荣荣对他的示好充耳不闻，虽然不表示拒绝和反感，也没有明确认同。更让一飞难以接受的是，荣荣在他的爱情雨露滋润下，不但没有更加鲜艳夺目，反而日渐枯萎，就像断了根须脱离泥土的花朵。荣荣脸上的小酒窝不见了，那是因为荣荣不再笑了。荣荣白皙的长颈里再也不挂溜冰鞋了，那是因为荣荣不再去旱冰场了。她连最喜欢的零食——花生牛轧糖都不再吃了，那是没有心情享受美食了。荣荣突然就变成另一个人。一飞认识的那个荣荣，突然变成了另一个完全陌生的荣荣，这让他过了好长时间都没有适应。这样马拉松式的追求一度让一飞非常痛苦，也让一飞更加坚定地认为荣荣的冷漠，完全是因为我，因为我的牢狱之灾。一飞也曾现实地责问过荣荣，肖夏有什么好？啊？他有什么好？一飞的口气随即又软了，肖夏就是再好，他也要十六年才能出来，十六年，十六年你都三十多岁了。荣荣让他闭嘴。闭嘴！荣荣厉声说。荣荣突然变成一只小母狼，她郑重地告诉一飞，我不爱你。一飞也不示弱，你撒谎！荣荣冷静下来，比郑重更加郑重地说，我不爱你不是因为肖夏，绝不是。为什么？为什么？那是为什么？！一飞几乎是声嘶力竭了。一飞的手指就是当着荣荣的面一刀切下的。一飞举着滴血的手，看到没有，我爱你！荣荣在短暂的惊愕之后，不再看他滴血的爱情宣誓，低下头，自言自语说着什么，决绝地转身离开。荣荣从此不愿再见一飞。荣荣经常一个人发呆出神，经常一个人自言自语。没有人听懂她在说什么，咕咕叽叽，咕咕叽叽，重复着同一种嘴型，发出同一种声音，咕咕叽叽，咕咕叽叽。一飞也负气不再找她。有一天，荣荣独自一人来到江边公园，沿防空洞门边的台阶，拾级走上了山顶。荣荣的咕咕叽叽自然引起家人的关注，她走上山顶时，哥哥大指也尾随而来，劝她尽快到磷肥厂上班——她因病请假快一年了，一飞的父亲因为女儿跳裸体舞被枪毙而受到影响，调离磷肥厂党委书记的岗位，到计经委做一名有职无权的工会主席。新任磷肥厂领导不会再照顾荣荣了。荣荣如果超假不上班，很可能会遭到开除。这是一飞告诉大指的。大指在山顶的望江亭里跟妹妹讲明了道理。荣荣什么道理都懂，她神情呆滞地看着哥哥，听着哥哥说完，然后点头，嘴里继续咕咕叽叽，咕咕叽叽。就是这时候，一飞也找上山来了。这是一飞负气不理荣荣三个星期后第一次来找荣荣。谁知荣荣看到一飞后，表现更为极端，仿佛条件反射一样，突然蹿出望江亭，向江边狂奔而去。尾随而来的大指和一飞，眼睁睁地看着荣荣纵身跃下悬崖，鹅毛一样轻飘飘坠落进黄昏的长江里。那天的荣荣穿一条白色的连衣裙，在黄昏的坠落中像江鸥滑翔一样美丽。可惜荣荣没有像江鸥那样贴着江面飞翔，她很快就在大指和一飞眼前消失了。

我知道，关于这一段叙述，略微有些渲染的成分，因为大指不会讲得这样详细。但是一飞把自己关在房间一直不肯出来却是真实的。

夜深了，我无心入睡，也没有半丝的睡意。我从房间走出来。院子里一片月光，清冷的月华洒在斑驳的水泥地上，有几株矮小的芦柴顽强地钻出地面，在夜风中招摇。夜晚的院子里十分空旷，江边特有的泥腥味在朦胧、冷僻的夜空萦绕，有仿佛的白光，在我眼前灵异地一闪而过，待我要捕捉时又不见踪迹。

冷库就在我的眼前。

让我大为吃惊的是，冷库的大铁门没上锁。冷库是"闸口"人的宝库，虽然很多人都有钥匙，但大家都遵守一个规则——开锁进门、出门上锁。因为此前听说过抢尸的事。十几个手持棍棒的男人，硬是把一具尸体抢走了。那是"老大"的尸体。"老大"遭此一劫后，在"闸口"渐渐失去威信，最后变态一样疯狂下海，疯狂捞尸，直至溺死在32号浮灯处，连尸首都没有找到。从此"闸口"群龙无首，人人头顶一方天，人人都是老大，人人又都不是老大。直至现在，一飞和大黑脸才有脱颖而出的苗头。但他们也没有独立控制冷库的能力。是谁这么粗心呢？我立即想到不是谁忘了锁门，而是冷库里一定有人。除了一飞还有谁？我悄然来到冷库门口，不是也想看看荣荣吗？我心里嘣嘣狂跳，一方面是害怕，另一方面是怕让一飞发现我在偷窥他。我看到冷柜前那束昏黄的光。那是手电筒发出的。光束映现出一飞蜡黄的脸。他半跪在最底一层大开着的抽屉前。抽屉里是荣荣的尸体，这是毫无疑问的。一飞默默地注视着尸体。我不想打搅一飞。如果一飞糊涂了我可不能糊涂，他面前的尸体不是荣荣。荣荣已经死了九年，即便她的尸体后来没有找到，也不可能在长江里漂浮这么久。但我相信一飞也不是真的糊涂，这个被捞起的女孩，一定勾起一飞内心深处的情感。好吧，让一飞再待一会儿吧，如果一飞愿意这样寄托对荣荣的哀思和怀念，就让他安静地怀念吧。

那天晚上，从江边公园绕到旱冰场，丢下荣荣后，我和大指骑车来到洋洋家。在洋洋家碰到盼盼和张龙张虎兄弟，他们四人正在打牌，打一种叫掼蛋的牌。龙虎兄弟掼蛋水平很高，为了实力均衡，把他俩拆开，分别和盼盼、洋洋配对。两个女孩掼蛋的水平显然不能和她们的漂亮脸蛋相提并论，抓一手好牌也会输。龙虎兄弟就分别抱怨对方。两个女生嘻嘻哈哈，深一脚浅一脚，一口砂糖一口屎，赢能赢得莫名其妙，输也输得匪夷所思，不拿打牌当回事。我和大指分别在盼盼和洋洋身边相眼。开始我们都不说话。我们知道龙虎兄弟很计较，脾气急躁，多嘴多舌会引起他们的反感。但是大指忍不住开口了。在大指的指导下，洋洋和张虎连赢两把，连跳六级。就在他们即将连赢第三把时，张龙不愿意了。张龙把牌一掼——牌像礼花一样炸开来，飞溅到房顶上，落了满屋。张龙说，大指你他妈不多嘴会死啊！防空洞一带什么情况？给老子汇报汇报！大指显然也没有想到，他脸色煞白，手足无措。因为我们都知道龙虎兄弟的凶狠和残暴，除了随身携带的刀，能把身边所有的东西当武器，不留情地击打我们的要害部位。我们之所以没有及时汇报防空洞一带的情况，是因为他们正在打牌，怕冲撞了他们。现在看来，没有把探听到的情报及时反馈，是个不小的失误。大指当然实话实说，平安无事。张龙望向我。我急忙说，平安无事。龙虎兄弟互望望，满意地笑了。张龙带劲地搂过洋洋的肩，来，我们俩一家，把盼盼打死。盼盼你牌打得真骚，跟你一家晦气死了。盼盼咯咯大笑起来，笑得飞花乱坠。牌局重新开始时，格局变成了这样，张龙和洋洋一家，盼盼和张虎一家了。我还坐在盼盼身边没动。大指不敢去相洋洋的眼了（尽管大指很想，洋洋也想）。大指站在我身后，我们一起看盼盼打牌。天还没有黑透，离跳舞时间还很远，估计这场牌还要打一会儿。不知为什么，大指突然站立不安，不时看腕上的钟山表，像是突然有了心事，对我也是对大伙说，我找荣荣去，荣荣被我放旱冰场了，说好天黑前去接她的。洋洋娇嗔地说，大指别走呀，你一走我肯定会输滴。张龙说，啃腚（肯定）？还啃×呢。大指你他妈要滚快滚，我看你烦死了！洋洋说，晚上把荣荣叫上啊，我喜欢你妹妹，带她出来玩玩嘛。已经走到门口的大指说，一定叫一定叫。盼盼嘴里叼着烟，也含混不清地说，大指你去旱冰场啊？大指，帮我办个事，一飞要是在，你把他给我弄回家。大指大声答应着，人已经出门了。大指走了以后，我有种预感，觉得他晚上不会去防空洞跳舞了，一来是因为张龙当面骂他，让他在洋洋面前很没面子（他暗恋洋洋我能看出来，当然，洋洋和龙虎兄弟也看出来了），二来因为他新灌的磁带装在军便装肥大的裤兜里没有拿出来，磁带都是最新的港台歌曲，靡靡之音，很适合跳舞。他不拿出磁带，说明对晚上的舞会失去了兴味。

　　大指那天找没找到荣荣我不知道，在旱冰场看没看到一飞我也不知道。我只知道那天舞会上，大指、一飞、荣荣，他们三人都不在，这是预料之中的。大指、一飞在不在舞场我无所谓，荣荣要是在多好啊。但是大指事先已经跟我说了，让我千万不能把防空洞舞会的事告诉荣荣。所以荣荣一直蒙在鼓里。早知道大指不来，我就悄悄把荣荣带来了，让她见识见识。我们是在晚上九点半以后分三批潜入防空洞的。河东街二疤头的父亲是人防办主任，他搞到防空洞的钥匙，带着第一批人先到，在洋洋家打牌的人是第二批，我作为盼盼他们的跟屁虫，带着洋洋走私来的双卡录放机，跟着第二批队伍也成功地潜入防空洞。第三批来的小青年更牛逼，他们都住在县委家属大院，背景一个比一个吓人，穿戴也更时髦。由于不是第一次秘密跳舞了，大家互相打打招呼，就放音乐开始了。开始是跳贴面舞，后来是慢三慢四，接着是快三，再接着是迪斯科。盼盼、洋洋和龙虎兄弟是跳迪斯科的高手，河东街的那一拨也不差，盼盼更是出众，她既能跟上节奏，扭动的幅度又大，屁股像是脱离了野蛮细腰而甩了出去，让人有伸手接住的欲望。果然，张龙向她伸出长臂了。张龙没有用手去接，他一个旋转送出了扭动的屁股。两个又圆又大的屁股开始频繁地碰撞和摩擦。最牛的还是县委家属大院那拨家伙，他们会玩霹雳舞，会走太空步，会在地上玩打滚舞。有一个瘦得跟猴子一样的家伙，还用两只手在地上跳迪斯科，而他跷上天的两只脚，就成了一双手，不时地蹭到和他对舞的一个女孩的胸上。女孩子面色青灰，笑得龇牙咧嘴，一把扯开衬衫纽扣，露出了粉色的蕾丝文胸，大方地接纳了瘦男孩的"手"。老实说，她的胸并不美，甚至过于扁了些，但在灯光的作用下，也闪着耀眼的光芒。他俩的风头一下子盖过了所有人。盼盼显然不能容忍瘦男孩的一枝独秀，她和洋洋对个眼色，开始了脱衣舞的表演。盼盼像使了什么魔法，两条胳膊一抖，薄如蝉翼的上衣就滑落了。现场立即发出尖锐的吼叫声。我的视线被众多人体遮挡，还没有看清，洋洋的上衣也脱落了。灯就在这时候突然灭的。没有人知道这是大逮捕的开始，所以现场发出更尖厉的口哨声、喝彩声和咒骂声，以为接下来会有更开放更刺激的节目。

然而，当灯再次照亮时，许多身穿白色制服戴红色领章的公安人员突然出现在大家四周……

我们被一锅端了。

当又一个白天开始时，"闸口"人照例在门口聚成几堆，打牌，下棋，笑骂。一飞手里有两张尸体的照片，一张"老"的，还有一张是"荣荣"的。一飞坐在倒扣过来的破船底上，不断地抽烟，面前已经有一堆烟屁股了。那棵细小的江柳，制造出一点点阴凉，正巧笼罩着一飞。一飞孤独的侧影，看起来不像是捞尸者，而更像是一个寻尸人。我手里也持有一张"荣荣"的照片。在慢慢移动的阳光下，我经常会盯着手里的照片看得出神，看着照片上双目微闭的熟睡一般的"荣荣"，猜测着，认尸者会是谁呢？是一对中年父母，还是年轻的丈夫？

近午时，人群已经分化成几拨。有经验的一飞、排骨和胖狗，已经准确判断到，又一具尸体被认领了。或者，又成交了一具尸体。不知是谁的尸。排骨嘀咕一句。胖狗说，千万别是大黑脸的。

大黑脸运气真的好，真的是他的尸体成交了。

大黑脸大赚了一笔。他把"闸口"所有人都吆喝去朱滩喝酒了。一飞、排骨、胖狗和我除外。望着他们一路打闹的背影，胖狗脸上稍微有些失落，他这点细小的变化也没有逃过排骨的眼睛。排骨说，就这点出息？胖狗喂一声响鼻子，大声说，你他妈太小瞧老子了，你他妈再敢小瞧老子，老子把大黑脸做了给你狗日的看看！排骨上前搂抱住胖狗的肩，亲密无间地说，开个玩笑胖狗，我大哥手里的尸，看到没有，值大钱的，两万三万不打底。排骨从口袋里掏出"荣荣"的照片，在胖狗眼前亮一下，仗义地说，我那一条腿，分你半个。

很快，路头又来三个人。我们为之一振，他们是寻尸人吗？

果然是，那一对中年夫妇是"荣荣"的父母，那个年轻人是她哥哥。

我们以为，一飞会狠狠地要一笔。

一飞问清了事由，核实了尸体后，闭口不提钱的事，弄得那对夫妇也不敢开口，只是担忧地看着一飞和我们。失去女儿再加上失去钱财，这样的打击，怕他们连直立行走的力气都没有了。运尸车开来了。在搬运尸体前，中年男人哆哆嗦嗦从包里抠出一团报纸包，低三下四地问，多……多少钱。一飞不抬头，眼睛盯在照片上，盯在荣荣的脸上。一飞尖俏的喉结滑动一下，金属一般叮当作响地说，一百万。

多少？惊讶的不是那对中年夫妇，惊讶的是胖狗。他几乎失声叫道，一百万？！排骨狠狠踢他一脚。我看到排骨也是一脸的惊讶。中年夫妇终于明白了一飞的话。女人腿一软，瘫坐到地上。男人顾不得女人，他也膝盖一软，跪在我们面前，青紫的嘴唇颤抖着，睁圆的眼睛望着一飞，满眼都是话，却没有说出一句来。只有我知道一飞的心，他依然把照片上的女孩当成了荣荣。一飞又冷冷地说，一百万我卖吗一百万？站在母亲身边的年轻人欲拉起母亲，嘴里嘀咕道，妈，不要了，咱们不要妹妹了。女人在听了儿子的话后，终于哭出了声，而且一哭出来就冲天地嘹亮。一飞无力地挥一下手，说，走吧，不要钱，不要钱还不行吗！一飞说完，头一昂，阔步而去。

天气预报连续预报长江上游多数地区连降暴雨。汛期提前来临。"闸口"人明显地喧哗和骚动起来。

一飞喊我到他的房间里闲聊，话题和前几次大同小异，主要是一飞觉得我应该回江阳。他看出我满脸的疑问，进一步说，你和我不能比，我出来混这些年了，需要暴富起来，才有脸回。你不一样，你刚出来，算是重新开始。我觉得这没什么不一样，我也要暴富。

我也要有钱。有钱才能创业。可我嘴上没这样说。我嘴上说，我和你一起干。一飞面色严峻，他猛吸一口烟，扔了烟屁股，仿佛做了重大决定似的，语气重重地说，你不行，你没经验，会死人的。我说，不就是死嘛。一飞被我的话震住了。一飞看着我，半天才说，荣荣会真的死吗？一飞的话又震住了我，难道他还相信荣荣没有死？大指跟我说过，在他们亲眼看到荣荣跳江后的好几个月里，一飞一直不停地到下游的城镇、江村寻访。一飞不相信荣荣会死，他总幻想着有过路船只会救起她，或者她自己游上岸来。在那段时间里，一飞头脑严重错乱，经常自责。他的自责是有道理的，对于那次公安机关顺利查明舞会地点，并把我们连锅端后，荣荣就一直在自责中，她曾经有机会给我们通风报信，可因为一飞的一句话，而错过了。

出事那天傍晚，荣荣刚被我们放到旱冰场，一飞就来了。一飞在旱冰场没有看到姐姐顾盼盼，他暗暗开心。在护栏外，专心致志地看荣荣溜旱冰。他还以为荣荣没有发现他，正想怎么让荣荣惊喜，是去买雪糕呢还是去买汽水？就在他拿不定主意时，荣荣在他面前一个急刹，停住了。荣荣说，我旱冰鞋坏啦。一飞说，坏啦？我帮你找修鞋师傅修修吧？

两个年轻人，走在街道上。走了好远都没找到修鞋师傅。荣荣忍不住了，说，你知道他们秘密舞会在哪里吗？一飞好奇地问，什么秘密舞会？荣荣得意了，这你都不知道啊？一飞摇摇头。荣荣说，我也不知道，不过，有可能在江边公园。一飞似懂非懂地噢一声，把尾音拖得很长，回想了一会儿，忽然说，能在江边公园哪里呢？荣荣说，你骑车带上我，我们去江边公园玩一会儿。

在江边公园，荣荣指挥一飞，沿着大指和我骑行的路线，也绕了三四圈。一飞心里美呀，一个美丽的少女，坐在他后架上，不要说骑行三圈四圈，就是三十圈三百圈，他也高兴啊。但是，在绕第五圈时，一飞和荣荣看到两三个人从防空洞方向的林荫小径上走出来，其中有一个高个子，荣荣认识，是她班上同学的父亲，在公安局上班。在回家的路上，荣荣把自己的担心告诉了一飞。一飞坚定地说，别乱说啦荣荣，他们傻呀，把秘密舞会放在防空洞？

回家以后，荣荣还一直觉得心里有事，直到她哥哥大指来家时，她才放心下来，觉得舞会也许真的取消了，或者根本就不在江边公园的防空洞。当第二天，全县城人都在讲述夜里的大逮捕时，荣荣才跟哥哥说了她看到同学父亲去防空洞的事。荣荣后悔莫及，觉得是她害死了我们，觉得她完全有时间向我们通风报信。

大指在告诉我这些时，后悔自己没有解开妹妹心里的疙瘩。对于一飞在荣荣投江后，不辞而别就业不久的长江钢铁公司，他没有过多的评论。

在"闸口"的这些天里，我已经感觉到一飞的终极目的，虽然不现实，也要努力去做，就是要见到荣荣的尸体。在没有见到荣荣尸体之前，他有权利幻想荣荣还活着。所以，直到这时候，在这个风雨之夜，他还心有不甘地说，荣荣会真的死吗？我喃喃着告诉他，都九年了，不会见到她了，就是尸体……一飞突然打断我的话，住口，一派胡言！

一飞话音未落，门被一脚踢开，一张又黑又大的脸突然出现在门前——大黑脸。他进门的方式太霸气了——关键是，他一脚踢开门，并没有进来，庞大的身躯把门堵得严严实实。远处的雷声和院子里的风雨声，从他身边灌进来。大黑脸像是元帅检阅士兵一样，看一飞，看我，最后把目光盯在一飞身上。大黑脸满嘴酒气地冲出话来，知道了吧？一飞说，知道……了。听话听音，我感觉一飞并不知道，他什么也不知道。我也不知道大黑脸问什么。大黑脸走近一步，身上滴下的水立即汪了一地，重重地说，长江上游热闹了，雨是倾缸而下，长江洪峰明天就到。我们有三十一条船，包括你的。那些躲在江岔子里的尸，还有不愿意下海的尸，会跟着洪峰冲下来。我们带上网具，三十一条船一字排在入海口，想想吧，我们会像捞鳗苗一样……大黑脸的嘴被一个酒嗝噎住了，没顺出气来。但，我显然听明白了他的话。大黑脸不管一飞同意不同意，转身走了，到了门口才放一个响屁——其实是一个酒嗝，跟着扔下一句话，明早出发！

一飞对我说，去，把排骨和胖狗给我叫来。

我在胖狗的房间里没有找到胖狗，在排骨的房间里没有找到排骨。在另一端大黑脸的房间里，我听到里面传出嘈杂的笑骂声。我预感到一飞的身边没有人了。大黑脸在"闸口"的地位突然蹿升。

这真是振奋人心的一天。

这天，天上乌云翻滚，长江口浊浪排空。海水正是大潮汐。海水上顶。从海里涌来的浪和长江的急流相撞，使长江口潮流变化多端。

第一次洪峰已过九江，几个小时后即到南京，天傍晚到达长江口。大黑脸在宣布这些消息时，"闸口"的人已经陆续上船。

一飞突然喊我了。我矫健地跳过几艘船，一跃飞到岸上。一飞身边站着大黑脸。大黑脸和一飞都手拿对讲机。我感觉大黑脸更像老大。大黑脸挺一下胸，说，你就是肖夏？情况是这样的，我们把老底都拼上了，可能要到明天早上才能返航。但，家里不能没人。冷库得有人看守。你留下，看好门户守好家。我一听，急了。这么重大的活动，这么好的机会，怎么会落下我呢？不行，我不干。我对大黑脸说，眼睛却瞅向一飞——我知道是他想照顾我，不让我上船的。一飞假装无能为力的样子说，看家是大事。大黑脸在我眼前挥一下对讲机，厉声说，你以为玩船是过家家？好，你不守家，我守！大黑脸说出这样的话，我屁也不敢放了。

我像一只饿了一季的江鼠，在"闸口"周围到处乱窜。长江口几天前就封航了，江口显得空旷。我看到我们的船队像一队蚂蚁一样向江口开去，渐渐被雾霾淹没。我回到院子里，在院子里转圈、飞奔，在破落的篮球架下起跳，不停地触摸锈迹斑驳的篮球圈，篮球架在我的碰撞下发出噼噼啪啪的怪叫。

夜里，我被惊醒，轰隆一声，不像雷。我想听到第二声。可我听到的，是窗户被撞开的声音，一股劲风在屋里冲撞、旋转。

第二天早上，风停了。阳光灿烂。我想象中，院子里应该是凯旋的人群，正在往冷库的冰柜里装运尸体。但是院子里空无一人。我看到破败的篮球架趴在地上，碎了。我跑出大院，跑上江堤。眼前的景象吓我一跳，昨天一飞他们出发的地方已是一片汪洋，芦苇更是不见踪影。我预感到情况不妙。

又过一天，还是没有他们半点消息。

我到朱滩街上，到朱四江鲜馆。江鲜馆里没有客人，朱四和他老婆还有一个服务员抱着一台黑白电视机在看。电视新闻里正在播放长江上游的抗洪抢险，预报第三次长江洪峰已经过镇江，第四次洪峰已经在宜昌形成，未来还有形成第五次第六次洪峰的可能。接着便是各地暴雨成灾的画面。我没有打扰他们，悄悄看桌子上的一张《江海晚报》，这是一张出版于一九九四年五月二十二日的报纸，也就是今天的新报纸，头版黑字大标题十分醒目："昨夜长江口发生海损特大事故"。我细看内容，知道有三十余条非法捕捞船，在七至八级大风中，有六条舢板倾翻，其余船只上的人员被随后赶到的上海海事局救援船救起。截至发稿时，共有十二人失踪，二十余条船受损。

我心里倒吸一口凉气。

几天后，陆续有人返回"闸口"。排骨也回来了。排骨脸上有新结的疤痕。排骨简要复述了获救经过。正如我预感的那样，失踪的十二人里，有一飞，也有大黑脸。

我砸开一飞紧锁的门。几天无人居住，一飞的房间里霉味、酸味、臭味此起彼伏。床头那台黑白电视机，居然一直开着，屏幕上闪着雪花。我踢一脚子弹箱。子弹箱上的碗碟摔到地上，碎了一只。鬼使神差地，我掀起箱盖。箱子里的物品让我异常震惊：一双旱冰鞋。只有一双旱冰鞋。这是一双我曾经熟悉的旱冰鞋，尽管已经陈旧发黄，尽管鞋帮上三道蓝色的斜杠脱落了一道，我依然认出来，这是荣荣的旱冰鞋。我小心地取出旱冰鞋，轻轻掸去上面的灰尘。更让我惊异的是，鞋子下边压着一封信，一个泛黄的、有水渍的信封。信封上的收信人是顾一飞。我拿起信封，抽出里面的纸，小心展开，内容极其简短，或者都不能称之为信了，没有抬头称呼，没有日期，也没有落款，一行娟秀的钢笔小字：是你告密的，对吗？

我认得荣荣的字，这是她的亲笔信，没错。虽然只有短短的几个字，传达的信息却极为明白：是荣荣在质问一飞。虽然是问号，却是肯定句。

我脑子里混乱极了。

在破损的、高低不平的院子里，我穿上荣荣的旱冰鞋，一圈一圈地溜旱冰。不知什么时候，这项八十年代初特别流行的运动，突然就从城乡消失了。会溜旱冰的年轻人已经不多了。我的表演，自然引起幸存的"闸口"人的好奇和围观，排骨还怒骂两句来喝彩。但他们没有想到我一直在溜。他们吃完中午饭看我在溜，吃完晚饭看我还在溜。现在已经月上中天，我依然没有停下来。我的花样并不多。我双手背在身后——这是荣荣惯常的动作，一圈，一圈……我眼前模糊了。我看到了许多人，许多熟悉的面孔。在众多重叠的面孔里，荣荣的面目越来越清晰，她正笑着向我滑来。

跑

1

我父亲跟着祖母到南浦滩去收麦子。

南浦滩有我家一块地,号称三十七亩。三十七亩一块田产,听起来怪喜人的。其实南浦滩是一块盐碱地,四面高中间低,像一口锅,只能在"锅"边上有选择地耕种,基本不收庄稼。我家这块锅边上的田产,是我祖父赌钱赢来的。那年我祖父贩私盐,经常出没于海州城和各滩圩的河边沟坎或地垄田边,夜出昼伏。某天,我祖父在二圩滩赢了大贼头钱六不少钱。钱六是什么人啊,只能赢,不能输。但他输给我祖父也活该他倒霉,我祖父没有本事,但他的内侄,就是我父亲的表哥,有人有枪,日本鬼子都敢杀,还怕你一个做贼的?他也只能认栽。但钱六毕竟贼心眼多,白花花的现大洋他可不想往外掏,就把三十七亩兔子不拉屎的盐碱滩折价给我祖父了。我祖父知道钱六这种人,借坡下驴,就收了这块地。

南浦滩的麦子,只管种,不问收,靠天吃粮,年景好时,能收一船，年景差时，连种子都收不回。

这年的年景算不上好，听我家伙计瘸三说，种子能打回来——不错的收成了。

本来可以划船去的。南浦滩离家太远了，七八里地。收一天，打成捆，装上船，运到我家的打麦场上，也不算累。但是开春时，鬼子把船都征走了。什么征啊，就是明抢。我家那条修修补补用了几代人的小木船，泊在南沟的码头嘴，被鬼子撑走了，瘸三亲眼看到，连屁都不敢放。我祖母在西湖干活，听说船叫鬼子撑走了，往家里跑。我祖母小脚，跑起来一点也不像小脚，像草上飞一样，看到的人都惊呆了，纷纷问，谁呀这是？大丑妈啊？家里失火啦？有知情的说，差不多，船叫日本人撑走了，能不急？问的人叹口气，怪不得。又叹口气，这年头啊……我祖母没有追上自家的船。我祖母可能使出她平生所有的力气，或者她平生所有的力气都用在这次奔跑上了，嘴角跑出了两团白沫，脖子跑粗了半圈，肺像炸裂开来地疼。也是这次奔跑跑伤了祖母，此后老人家再也不能跑了——别说跑了，就是走路稍微急些，也会累得气喘吁吁的了。

南浦滩的麦子，正如我祖母预料的那样，稀稀拉拉的，穗头像秋天的狗尾巴草，在东南风中一招一招的，轻飘飘没一点重量。我祖母拽几穗在手里，窝在手心搓几下，吹吹，手心里只有几粒针眼样的粒子，再捏一粒放嘴里，牙齿一对，吐到手心，竟是两层皮。麦子连粉都没有，收它做甚呢？我祖母犯愁了，收吧，这满眼望不到边的一片，一脚踩下去都踢不倒一棵麦秆，能打多少粮食？不收吧，又跑了好几里地。

麦地里，一棵棵高大的海英菜倒是比麦子抢眼。海英菜真是怪

一个人的岛

得很，不怕盐碱地，盐分越大，长势越好，青青葱葱，蓬蓬勃勃，梗是青的，叶是绿的，把细瘦的麦秆欺凌得东倒西歪。我祖母看着麦田中的一团团绿，说，打些海英菜吧。

海英菜是好菜，救荒的菜，揪下嫩头，开水烫一下，晒干，包饼、烧汤、炒菜，怎么吃都行。看来麦子真让祖母失望了。

我父亲和祖母就在麦地里，一把一把地打海英菜。突然响起一阵风声，呼呼的，轰轰的，呼呼轰轰连成一片。我祖母觉得风声不对，抬头看，一队日本鬼子，还有汉奸队，在麦田的那一端，也就是盐沼的边上，向南急行，白煞煞的尘土都被走飞了起来，被他们惊起的一只野兔子，从我父亲和祖母中间穿过去。

兔子！我父亲惊叫一声，撒腿要追，被祖母一把逮住了。

想死啊！祖母拽住父亲往麦地里蹲，糟啦，鬼子一定去朱滩……

父亲大喘气，朝兔子逃窜的方向望去。

我祖母生气了，抖一下父亲的胳膊，厉声说，什么时候啦，还想兔子！你表哥在朱滩开会。鬼子摸你表哥去了。

摸，是贼语，就是偷偷下死手的意思。我父亲知道厉害了，吓得脸色发青。父亲的表哥就是我表叔，他比父亲大六七岁，二十刚刚出头，就是新四军淮北分区盐东小区游击队指导员了。我父亲更小的时候就喜欢跟在表叔的屁股后玩耍，喜欢拿他的快慢机瞄准，和表叔特别亲，也特别崇拜。表叔看我父亲喜欢舞枪弄棒，就对我祖母说，大姑，让大丑跟着我，不差给别人。我祖母瞪了表叔一眼，知道"跟着我"就是干革命的意思。"不差给别人"，就是还有前途。但我祖母骂道，你脑壳子进屎啦？大丑就兄弟一人，要是死了，

136

老陈家就断子绝孙了。我表叔听了，不说话。不说话就是赞同我祖母的话。别看表叔年轻，他已经打了四年多鬼子了，还多次护送盐船到根据地去，有胆有识，更通情达理。就在前天，他和一个通讯员还在我家住了一宿，我祖母给他包了锄头饼，馅子就是海英菜干。所以，在他的心目中，我祖母和父亲都是革命中的人了。

我去朱滩，给表哥报信。我父亲说。

咋去？

跑啊，从南浦滩绕过去，溜着大海堤，穿过那片盐沼芦荡，铁定比鬼子快。

只能这样了。我祖母说，我跑伤了，跑不动了……大丑，乖儿，小心鬼子子弹——它跑得可比你快……

我父亲咬紧下唇，点点头，弓着腰，向东跑去。

东边一溜都是我家的田，不用说父亲很熟。一直通到海堤的沟沟坎坎，河河汊汊，我父亲也不陌生。去朱滩，要往西南走。我父亲却往东南跑，就是要躲开鬼子的视线，绕个大圈，过了七里墩，再过十里墩，再往西南，赶在鬼子的前头跑到朱滩。

我父亲拿出追兔子的速度，跑了多长时间都记不得了，只是憋足了气，赤着双脚，小碎步，大张嘴，赶在小傍晌时，跑到朱滩村后。

一直溜在沟底或芦荡边的日本鬼子，发现一个黑影，箭一样往村子飞去，眼看就要进村了，知道这次偷袭败露了。鬼子跳出来，站成排，举起三八大盖，一起向我父亲开火。

枪声惊动了朱家祠堂开会的淮北分区三十多名抗日干部，他们迅速撤出村庄。表叔撤退时，逮眼就看到那个在盐田埂上奔跑的小人，看到鬼子的子弹打得那个小小的人影像兔子一样跳跃，知道是他表弟。但是情况危急，他也不能去接应，只好又返回祠堂。

不消片刻，我父亲就跑到祠堂门口。表叔一把拽住他，向另一方向狂奔而去。

转移到安全地带后，我父亲喝着水，查看自己的裤子，发现大腰裤肥大的裤裆和裤脚上，共有十几个枪眼，硬是没伤到一块皮肉。我父亲说，都说我能跑，我操，还是没有鬼子枪子快。表叔不放心，把我父亲裤子扒下来，又检查一遍，果然没伤着一根毫毛。我表叔在我父亲屁股上拍一掌，说，还是你快！

2

我父亲一个人在南浦滩扦麦穗。

我父亲背一只花篮（芦苇编织的筐，系上带子，可以背在身上），在麦田里寻找相对粗壮些的麦穗。粗壮些的麦穗很难找到，大部分都是没有麦粒的"细鬼精"。

太阳已经高高挂在天上了，从东南吹过来的海风腥湿而火辣。我父亲满头大汗，想找个地方洗澡。南浦滩有许多可以洗澡的汪塘和盐沼，大片的，小片的，水深的，水浅的。雨季马上来临了，一场雨过后，大大小小的汪塘会连成一片。我家这块地的南边，也就是"锅底"，在雨季中会成为湖泊，连我家这块田产，也都半隐半露在水里了。我父亲朝锅底方向望去。他知道那儿塘深水清。

父亲没有看到水塘，他看到一只野兔——在他十几步开外的地方，一只大野兔，正支起耳朵，也向锅底望去，它大概也被热晕了。我父亲心里一激灵，就被兔子察觉了。兔子一头钻进了麦田。我父亲几乎同时跟着兔子狂追而去。稀稀拉拉又矮又瘦的麦稞挡不住父亲的视线，也不影响父亲的奔跑，却对兔子的逃窜跳跃造成不小的障碍。

兔子知道被追上的命运，它逃窜的速度让我父亲只能看到它腾起的烟尘。父亲盯着那股烟尘，紧追不舍。兔子没有料到父亲会比它能跑，无论向南，向西，向北，还是向东，都无法摆脱父亲的追赶。父亲更是憋足一股劲，心想，连鬼子的子弹都追不上我，你兔子还能比鬼子子弹快？兔子肯定没有子弹跑得快，父亲的追赶也越来越有信心。兔子跑出麦田，父亲追出麦田；兔子跑向岗头，父亲追上岗头；兔子跑向水洼，父亲追向水洼；兔子跑进海英菜地，父亲追进海英菜地；兔子再跑进麦田，父亲再追进麦田。有一度，兔子对着一块水洼冲去。水洼里生着许多藤状的水草，兔子的短腿在水洼草窠里使不上力，被父亲几步撵上了。父亲踩在水洼里的脚激起很高的水花。那是兴奋的水花，那是得胜的水花。父亲腾空而起，俯冲着扑向野兔，两手掐向兔子的腰身。但是父亲太小瞧兔子逃生的能量了——兔子身子一挺，挣脱父亲的双手，窜到岸上。已经摸到兔毛的父亲哪里能轻易放过它呢，虽然父亲在跳出水洼时，脚脖子被水草绊一下，摔了个狗吃屎，还是爬起来，继续追赶野兔。在父亲的穷追下，兔子已经失去了腾挪闪跃的能力，只能沿着一条直线奔跑，向拦海大堤撞去。那可是一条死路，大堤那边是一望无际的大海，即便退潮了，也是一片广阔的滩涂，无遮无拦的滩涂，在滩涂上奔跑，只能束手就擒了。但是，兔子没能翻越大堤，它在往大堤上逃窜时，一头栽下来，滚到我父亲的脚边，蹬几下腿，死了。

我父亲也一头栽倒在大堤上，过了一会儿才翻过身，"四爪"朝天面向天空，得意地颠颠屁股，大口喘气。我父亲和兔子一样累。兔子跑死了，我父亲还活着。我父亲伸手摸到了兔子，心里还在和兔子较劲，跑啊？跑啊？你能比鬼子子弹还快？小兔崽子，跑不死你，跑不死你……

蓝天上白云一朵一朵的，变幻着各种造型，像许多淘气的动物，有一朵就像奔跑中的兔子。还有一朵，像一袭白裙的少女。

你把兔子追死啦？

我父亲耳边突然响起女孩子惊讶的问话，声音细小而温馨，似乎也带着喘息，刚刚奔跑归来一样。我父亲吓了一跳，以为是天上那朵云，那个白衣白裙的仙女。我父亲睁大眼，看着变换着美丽姿态的少女，等着她再说话。但她没有再说话。风吹动她的裙裾，头发也四散开来。我父亲小声问天，谁在说话？

我啊，我说的，你傻傻的，累死了吧？

父亲一个挺身坐起来——因为声音不是来自天上的白衣少女，而是来自他身边。而且说话者还拿脚踢他一下，踢在他的脚板上。我父亲收一下脚，心想，我这是宝脚，追兔子就靠这双脚了，给表哥通风报信也靠这双脚了，没有这双能跑的脚，表哥不会另眼看我的。所以，我父亲对女孩的举动，没有一点好感。我父亲跳起来，不满地说，上来就打人，你谁呀？

谁打你啦？女孩很委屈。

眼前是一个陌生的女孩，十岁，还是十五岁，父亲辨不出来。父亲夸张的动作显然吓着了她。她脸红了，眼下边和鼻子两侧细密的雀斑越发地明显。女孩虽然红了脸，却一点也不是害羞，相反的，却紧闭着唇，目露凶光，抬腿还想踢我父亲。我父亲已经喘开了气，翻身一个滚，躲开她。父亲盯着她，一会儿才问，哪来的？

谁？

你。

这是我家好不好？女孩脸上的表情似乎更生气了，她抬眼朝一个地方望去，说，看。

我父亲顺着她的目光，什么也没有看到，满眼都是高高矮矮的芦苇。我父亲说，什么啊，你让我看什么？

我家房子啊，看到没有？

没有！

女孩往前跑几步，离开了大堤，停下等我父亲，说，来呀，这里看。

我父亲不想跟过去。可女孩抿着唇，紧紧地跟着我父亲。我父亲拎着野兔，也跟着她往芦苇里走，转了几个小芦柴汪，女孩又说，看。

我父亲这才看到那间丁头舍，红草铺顶的丁头舍。丁头舍前是一片水塘，很大的一片，连绵着，实际上是几块大大小小的水塘连在一起。水塘边上生长着密密匝匝的芦苇，芦苇中停着一艘小木船。紧靠小船的岸边，有一个瓜棚，番瓜的藤蔓已经扯扯拉拉地爬上棚顶了，金黄色的番瓜花在绿叶间特别醒目。

这是南浦滩，是我家……的地。我父亲看着陌生的丁头舍和瓜棚，话有些气短。

南浦滩？雀斑女孩抬手一指，那儿，那儿才是南浦滩，这是小板跳，小板跳好不好？

我父亲心里一惊。我父亲顺着女孩的手向西南望去。我父亲知道小板跳在哪里。在南浦滩的东北，紧靠海边了。我父亲把自己吓着了，他一眨眼，跑了六七里地了。跑到东大堤了。我父亲望不见南浦滩，望不见那里的麦田。我父亲掸掸腿肚子上沾染的白色的尘土，查看一下腿上被青草、盐蒿、麦穗抽成一条一条白的红的黑的痕迹，嘀咕道，这么远，这么远。

其实，其实这儿也不叫小板跳，那儿才是。女孩抬起另一只手，指向北方，眼睛却看我父亲手里的兔子，继续说，我也不知道这叫什么地方……你要回家吗？

父亲不理她，拎着兔子从她身边走过去了。

父亲赤着脚，感觉脚上、腿肚子上，火辣辣地疼。

让父亲不快和紧张的是，女孩犹豫一下，也跟着父亲走了。女孩跟在父亲身后，隔着三步或者五步的距离，不说话。父亲慢走，她也慢走。父亲快走，她也快走。父亲停下来，她也停下来。父亲回头走，她也亦步亦趋。父亲转了几个圈，她也跟着转几个圈。父亲不是快乐，也不是紧张，而是害怕了。她是谁？要干什么？她细瘦，不高，脸上黄巴巴的，头发也稀黄稀黄，也是赤着脚。她脸上除了生气，没有别的表情。她为什么生气？凭什么生气？她怎么会在这杳无人烟的芦苇荡里？莫非她是传说中的小狐仙？我父亲更加害怕了。我父亲眼看着前边一棵高大的海英菜，心想，走到那棵海英菜跟前，她再跟着，就跑，不信你能撵上我，我也跑得你现了原形！但是没等父亲走到那棵海英菜前，女孩说话了。

你喜欢吃虾皮？女孩紧走两步，要和父亲平行了。

不喜欢。

你喜欢吃咸鱼干？

不喜欢。

你喜欢吃海英菜干？女孩凑近我父亲，头几乎要碰到我父亲的下巴了。

不喜欢。

你拿兔子……要，要卖钱吗？

不卖钱。

吃吗？

不知道。

能……能给我吗？

啥？我父亲大叫一声，站住了。

女孩一个激灵，也停住了，嘴角撇一下，差点要哭。

我父亲突然觉得，女孩的表情不是生气，是想要哭的样子，女孩一直想要哭。

女孩看着我父亲手里的兔子。

我父亲拎着兔子的两只耳朵，下意识地往屁股后边藏。

也不是你买的……你脚大，能追，能跑……兔子跑不过你……改天，改天再追一只嘛……我妈病了……很重。女孩的声音越说越小，越说越细，最后成一股气流了。

我父亲看到，女孩把脸憋得更红了，连脸上密密的雀斑也跟着红了。我父亲还看到，女孩的眼里涌出两行泪。

你妈病啦？在哪？

在屋里……躺着了。

就是那间……丁头舍？

女孩没有回答。女孩趁我父亲没注意，一把抢过兔子。女孩把兔子抱在怀里，看着呆呆的父亲，哇一声哭了。

女孩一边哭一边往回跑。女孩的哭声很响，听不清是哇哇哇，还是啊啊啊。

女孩奔跑的速度奇快。我父亲第一反应是追上她，抢回兔子。但我父亲只追几步，不追了。父亲停住了，他望着奔跑的女孩，望着她变形甚至扭曲的身影，担心真要追她，会把她追死的，会让她现了原形。我父亲可不想把女孩追死，不想看她变成一只小狐仙。

女孩宽大的衣服被风鼓了起来，在我父亲的视线里渐渐小了下去，最终被一片更密的芦苇挡住了。

3

我父亲背着大花篮，花篮里装着满满的麦穗，天晌歪时才到家门口的麦场上。我祖母接下大花篮，花篮沉甸甸的。我祖母心疼地说，累死了，累死了吧大丑？大丑真能干，扦这么多麦穗，快去把锅里的盐锅贴子吃了。

盐锅贴子是新收的小麦磨成糊糊做的，加入盐油，还拌有切碎的葱花和番瓜叶子，好吃。我父亲香香甜甜地咬嚼几大口，突然想到失去的野兔子，心里难受起来。一条大野兔啊，要是能拿来家，肉可以吃，皮毛还能做个围脖子，冬天垫在衣领里，和瘸三去城里做生意不怕刀子一样的西北风了。可惜野兔子没了，叫一个不知名的瘦女孩抢了。她凭什么抢人家的东西？瘦女孩宽肥的大襟褂子，瘦瘦的瓜子脸，脸上细细密密的雀斑，乞求的眼神和欲哭未哭的表情，在父亲的眼前生动起来。还有那间丁头舍，丁头舍前的瓜棚，池塘里的芦苇，芦苇丛中的尖梢小木船，这些景象既陌生又亲切。

我父亲犹疑了一会儿，把咬了几口的盐锅贴子包在番瓜叶子里，放进花篮，对祖母说一声，我去南浦滩啦。就撒开脚丫子，跑了。我祖母刚听到父亲的话，转身找人时，发现父亲已经跑下去老远了，只看到那个巨大的花篮在摇晃。祖母欣慰地说，这孩子，长大了。

南浦滩热浪袭人。父亲走在麦田里，麦田里白色的碱土上冒着热气，我父亲故意把盐碱土踢飞起来，故意走出动静来。父亲的眼睛还八处张望，嘴里还发出吼吼的怪叫——很遗憾，没有兔子被惊起来。只有一只"黄愣子"（一种鸟），从父亲身前不远的地方飞到天空，扑棱着翅膀呱呱呱地叫。黄愣子一点也不愣，它飞起的地方都不是它的窝。当它感到不安全时，会从窝里跑出来，在麦田里跑好远好远，再起飞，尖叫，来迷惑人的视线。我父亲不上它的当。我父亲也没有心思去追一只黄愣子。一只黄愣子怎么能和一只大野兔相提并论呢。再说，我父亲还有别的事，他要把花篮里的盐锅贴子送给脸上有雀斑的女孩，她一定没有吃过这么美味的饼，还有她母亲，那个躺在丁头舍里的女人，肯定也饿得不行了吧？

我父亲向东北方向跑去。

脚下并没有路。一些水洼、浦滩、池塘，还有河沟、断断续续的芦苇，会挡在父亲的前边。父亲毫不犹豫就跑过去了。有的池塘水深，快要漫到膝盖了。有的水洼浅，浅水洼里会有茂密的青草，赤脚走在水草上特别舒适，凉凉的，软软的。父亲的跑，不像追兔子那样飞快了。父亲匀速地小跑着，能感觉到背上花篮的节奏，能感觉到花篮里一跳一跳的盐锅贴子。

我父亲在飞身跃过一片小水洼时，突然看到远处芦苇荡里冒起的浓烟了，浓烟上还不时有火苗跳跃。

我父亲拿出追兔子的速度，向浓烟方向跑去。

穿出一块芦苇，我父亲已经看清了，那是丁头舍在燃烧。水塘边的丁头舍冒着浓烟烈火，靠在丁头舍上的还有一只小船，是那艘泊在水里的尖艄小木船。小船在烈火中发出啪啪的炸裂声。

我父亲呆住了。

更让父亲呆住的，是在上风头的瓜棚下，有五六个鬼子正在喝酒。瓜棚的木柱上，绑着一个血肉模糊的人，他是谁？不像是脸上有雀斑的女孩。是她父亲还是她母亲？我父亲不知道。我父亲被惊吓得还没有回过神来。我父亲眼睛一眨，看到瓜棚边上，是五六支靠在一起的枪，都上了明晃晃的刺刀，有一支枪的刺刀上，还插着一张皮，是兔皮。天啦，鬼子把兔子炖了！

父亲的心揪了一下。

鬼子发现了父亲，哇哇叫着，跳出来一个。

我父亲吓了一个屁坐，跌到地上，把花篮都坐扁了。

这是个面目狰狞的鬼子，满脸红红绿绿的伤疤，大鼻子上红的白的像一堆生蛆发霉的黄瓜头，嘴唇也裂了开来。他摸过一条枪，正好是刺刀上挑着兔皮的枪，喝问我父亲。我父亲听不懂，爬起来就跑。豁唇又哇里哇啦叫着，引得另几个鬼子哈哈大笑起来。

我父亲跑几步，没听到枪声，便在水塘边站住了。我父亲不知道那个雀斑女孩是死是活，也不知道熊熊燃烧的丁头舍里有没有人。女孩生病的母亲躺在丁头舍里，如果她还在丁头舍里，肯定被烧死了。对呀，雀斑女孩呢？她是不是也叫鬼子剥了皮？听说上清泉炮楼里的鬼子专剥漂亮女孩的人皮。这儿离上清泉炮楼最近，这些鬼子可能就是上清泉炮楼的鬼子，他们不是剥了兔皮吗？我父亲心里像被撕了一下，突然疼痛起来。隔着一小片稀疏的芦苇，那浓浓滚起的烟，那忽隐忽现的火苗，烛在我父亲的脸上，烛在父亲的眼睛里。父亲的眼睛下意识地看到脚边的池塘里有东西，还发出怪异的咕隆声。

我父亲吓得跳一下。

声音又响了。压在喉咙里的、气流一样的声音就在我父亲脚边。是说话声。谁在说话？

走啊……走啊……

我父亲低头一看，是她，雀斑女孩。她没死！父亲心里惊喜着。父亲看到，雀斑女孩的身体漫在水里，大襟褂子的颜色和水色差不多，头藏在茅草窠里，不注意真不知道池塘边的水草里藏一个人。雀斑女孩正脸色煞白，泪流满面地盯着我父亲，嘴巴冲着我父亲急速地嚅动。我父亲刚要高兴，却高兴不起来，因为鬼子又叫了。鬼子对着父亲拉动枪栓。哗啦，声音清晰。我父亲害怕了，他怕鬼子的枪，也怕躲在水里的女孩暴露。

我父亲退两步，转身就跑。

鬼子的枪响了。我父亲听到子弹从耳边飞走的声音。吱哟，吱哟。子弹的呼啸声似乎会拐弯儿。

我父亲跑得更快了。

我父亲听到鬼子怪异的大笑，就像子弹的尖啸声一样从身后传来。

4

我父亲没有跑回家，也没有扦小麦。我父亲跑到我家麦田里，才敢回头望去。在丁头舍的方向，父亲隐约看到那股浓烟。远望中的浓烟，细细的一条，还没有升到天空，就呈雾状消散了。我父亲蹲下去，又站起来，又蹲下去——他怕鬼子会追过来，其实他知道，鬼子早就不追他了。鬼子只冲他后背放了两枪或三枪，冲他发出一阵哄笑，就任由他奔跑了。我父亲一口气跑进了麦田，才稍微喘口气。但我父亲蹲不下来，放下花篮。花篮上有密密麻麻的洞，那是花篮特有的。我父亲跪在麦田里。他想看到火光中那个躲在水里的雀斑女孩，她会躲多久呢？鬼子会发现他吗？那个血肉模糊被捆绑在瓜棚木架上的人是她父亲吗？我父亲踮起脚尖，继续望着那股烟。那股烟恐怕还要烧一会儿。长年浸在水里的小木船，与其说是木头，还不如说是水，不容易烧，烧多久也不会起火，如果把火救下来，小木船还能用。

火要救，船要救，人要救……我父亲第一次遇到这么大的事，第一次遇到无力处理的事，人就呆了。呆若木鸡的父亲望着望着，突然哭起来，号啕大哭起来了。他担心躲在水里的雀斑女孩，担心被绑在瓜棚木柱子上的那个人，担心雀斑女孩的母亲被烧死。我父亲担心的事太多了，他没有办法，只能哭了。哭着哭着的父亲就向东南望去。我父亲知道十里外有一个叫朱滩的盐村，村头的朱家祠堂里，他表哥在那里开过会。但我父亲也知道，他表哥的队伍飘忽不定，在"两合水"（指海水和淡水的交界处。这里特指敌占区和根据地的交界处）地区活动，来无影去无踪，他去哪里才能搬他表哥这个救兵呢？我父亲哭得更凶了。

太阳已经落山了，火烧云也即将消失，一道暗紫的光色正缓慢离去。麦田里、暗影中的父亲，一会儿向东北望望，那里的烟没了，是被黑暗吞没的。一会儿向西望望，西边也是渐渐变暗的天色。我父亲想去看看丁头舍，想去看看那个雀斑女孩。可我父亲害怕、犹豫、胆怯。我父亲慢慢移动着脚，他心里在说，回家吧回家吧，可却不自觉地向东移动，不断又向家的方向眺望。夕阳余晖中，我父亲看到一个高大魁梧的人影，正一歪一歪地走来。

瘌三！我父亲惊叫道。

我父亲向瘌三跑去。

麦田里的父亲没有主心骨，心里全乱了，想的和行动不能一致。但我父亲善跑，能跑，会跑，只要是跑的姿势，他就完全进入另一种境界，尽情而欢畅，身体飘起来，两条腿变成了巨大的翅膀，像黄愣子一样升上天空。

我父亲一头扎进瘌三的怀里。瘌三知道父亲善跑，但像这样的跑还是吓了他一跳。当他看到父亲满脸泪水时，知道出事了。瘌三两手掐住父亲的胳肢窝，把父亲举起来，上上下下检查了几眼。瘌三脸对着父亲的脸，焦急地问，怎么啦大丑？

鬼子！

瘌三赶快放下我父亲，把父亲按在麦田里，自己也趴下了，在哪？

在……小板跳。

瘌三吐口长气，骂道，小兔崽子，那么远，吓尿啦？花篮呢？

鬼子放火……烧人了。我父亲跳起来，向丁头舍方向望去。那里一片模糊，不要说那股烟，连什么都望不见了。

天黑了，不是咱的事，管不了，花篮不要了。大丑，跟我回家！瘸三再次掐起父亲，把父亲放到肩膀上，向鱼烂沟方向走去了。

我父亲甩着腿，别过头，向丁头舍方向望。

瘸三尽管听不懂我父亲话里的全部意思，但他知道我父亲一定受到严重的惊吓，而且跟鬼子有关。瘸三虽然一条腿略短些，走路依然健步如飞。他两只大手拢紧父亲的腿，说，大丑，你他妈给老子听好了，不是你的事你假装什么看不见，知道你爹是怎么死的吗？不就是多看一眼把自己害死的？送一担大白菜，乱看什么看？吓死了吧？该！

瘸三说的是我祖父。

我祖父前年挨在年根进城赶集，挑一担大白菜卖。一担大白菜，一百五十多斤，刚进海州城，就被两个鬼子盯上了。鬼子枪一挥，我祖父只能跟着两个鬼子走了。一担大白菜，本来能卖几个钱，打二斤肉过个肥年，这下毁了，一分钱也没有了。我祖父只能自认倒霉。半道上，我祖父想扔了大白菜跑，可他不敢。我祖父胆子小，加上两个鬼子一前一后夹着，我祖父只能吭哧吭哧地跟着鬼子走出了海州城，走过巴狗庄，一直走到上清泉。上清泉在海州南门外一座小山根，山不高，就是一个大土堆，山下的泉水却甘甜如蜜，是方圆百里有名的泉。海州一带是盐碱地，四面又被八大盐场包围，地下水不是咸的就是苦的，只有穷苦百姓饮用，有钱有势的人家都专门备有骡马驴车，定期到上清泉驮水吃。日本鬼子侵占海州以后，上清泉就被日本鬼子霸占了，派兵把守，不许老百姓饮用。原来是一个班看守，有二十来个鬼子，后来换成一个组，只有七八个鬼子带十多个伪军，领头的是一个军曹，外号叫花脸。花脸因为在淞沪战场上受伤破相，才被派到海州的。我祖父一出海州南门，就知道这担菜要挑到上清泉了，我祖父腿就不停地打抖——上清泉的鬼子别看人少，干的坏事最多。海州城外围的十多个据点炮楼，只要传出鬼子又强奸挖眼剥人皮了，十有八九就是上清泉的鬼子干的。我祖父怕归怕，抖归抖，还是一路换着肩，出了一身大汗，把一担大白菜挑进了上清泉边上的鬼子据点。

上清泉的炮楼和别处的炮楼不一样，在炮楼的屁股上，有一幢两进的高墙深院——原来的泉神庙。鬼子进驻以后，老老少少几个和尚被赶走了，寺院就成了海州一带鬼子最气派的军营。就是这个高墙深院里，常传出杀狗一样的惨叫声。这是什么声音呢？院里的汉奸们说法不一，有的说是杀狗的，有的说是杀猪的，更有离奇的说法，不是杀狗也不是杀猪，是花脸自己在叫。偶尔从寺院外边路过听过的老百姓知道，什么杀狗杀猪啊，就是杀人！一时间，上清泉鬼子炮楼成了阎王殿，附近村子里最恶毒的骂人的话就是，把你送到上清泉炮楼！所以我祖父一进据点，热汗冷汗一起涌出来了，棉袄的后背都湿透了，怕自己和大白菜一样，进得去，出不来。

我祖父倒是出来了，却没能活多久。他被吓着了。什么事吓得呢？从祖父的片言只语中，大致是这样的，他挑大白菜进了鬼子据点，害怕，加上劳累，连头也不敢抬，只看着前边鬼子的脚后跟，呼哧呼哧地走，走进一间带条石门挡的屋里，鬼子哇啦哇啦两声。我祖父听不懂，估计叫卸菜。他就卸菜了。我祖父解开落底（行脚挑担的工具）上的绳索，感觉身边两个鬼子哈哈大笑着跑了。也不是跑远，就是隔壁的套间。套间里突然响起哗哗啦啦快乐的怪笑声。我祖父抬眼看过去，看到后跑进去的两个鬼子挂着枪，看着什么，跳着笑。还有两三个鬼子，赤膊上身（也不怕冻），在细心地修理一头猪。这头猪挂在墙上，粗大的大铁钩穿透脖子，被拉得很直。一个大个子鬼子，拿着尖刀，在猪身上比画着。我祖父看到，猪的脑门上，一块巴掌大的皮耷拉着，盖住了眼睛。大个子鬼子用尖刀在猪脸上拍拍，哇哇一声。猪说话了。猪大叫一声，痛快！

我祖父魂就被吓没了——那不是猪，那是人！鬼子在剥人！

我祖父一个软腿跪到地上。

大个儿鬼子转过身来，脸上花花朵朵的。大个儿鬼子看到我祖父了，尖刀一指，大花鼻子炸开来，哇地叫一声。

我祖父爬起来就跑。

我祖父跑出了鬼子的据点，门口炮楼上的鬼子发现了，对着奔跑的祖父放了几枪。我祖父顾不得乱飞的子弹，往家的方向一路跑去。我祖父一口气跑了三十里路，跑进了村庄，跑到家门口的打谷场上。我祖父在打谷场上摔了一跤，脸贴地，重重地摔在地上。

我祖父被家里人救起时，已经没魂了，处在半昏半死的状态，他的话东一句西一句，深一句浅一句，轻一句重一句，熬了三天，死了。

耳朵是祸根，眼睛也是祸根。你一个小屁孩，乱跑什么？几根麦子，不要了！瘸三扛着我父亲，在黑暗中说。我父亲不搭理他。我父亲只听到瘸三走路的嚓嚓声。嚓嚓声一轻一重，一高一低。我父亲也一歪一歪的。我父亲想，要是遇上他表哥，肯定不是这样的。

5

我祖母听了瘸三的话后，坚决不让父亲再去南浦滩了。南浦滩的麦子，三天没收一颗。第四天，我父亲害病了——打摆子。打摆子这种病，时冷时热。冷的时候，就是晒太阳、盖被子都觉得掉进了冰窟窿，冷得打战，上牙直嗑下牙；热的时候，也没有汗，头昏昏沉沉的，浑身肉疼骨头酸。

这天上午，我父亲头昏脑涨，睡在打谷场上，两眼望着天空。天空什么东西都没有，碧青、瓦蓝、透澈，连飞鸟都不见影子。麦子该收的已经收仓入库了，不该收的就撂荒了。在我家干活的几个伙计都去玉米地、黄豆地和高粱地里锄草了，现在的打谷场上，只有我父亲一个人在酣睡。这已经是第几天酣睡啦？我父亲记不得了。他也不想记。他连那个雀斑女孩的样子都忘记了。我父亲为此十分苦恼，使劲想啊想啊，试图让那个雀斑女孩能回到他的记忆里。可惜女孩故意和他作对，硬是躲得他远远的，不是背影，就是埋在水草里的样子，要不就是一团浓烟或时隐时现的火苗。

我曾祖父这年已经七十多岁了，老得不成样子了，心情也一直不好。这天午后，他听说他唯一的孙子病了，便拄着拐棍，一步挪一寸地到处找。从他居住的后院，找到前院，没有找到他孙子。又从前院找到牛屋，也没有找到。又从牛屋找到花园，也不见他孙子的影子。柿树下也毫无踪迹，就连石板路边蹿出青青荷叶的水缸里，他也用拐杖，把荷叶拨开，在水里戳戳。我曾祖父足足找了小半天，急得老人家汗流满面，也没得到他孙子的半点消息。后来，在我小姑姑的牵引下，我曾祖父才在打谷场上的草垛根，发现了酣睡的父亲。我曾祖父用拐棍敲敲他孙子，把他孙子的屁股敲得梆梆脆响。我父亲只是缩缩屁股，又不动了。我曾祖父摸摸他孙子的脑门，大声喊我小姑姑，让她跑下湖去喊我祖母，说大丑害病要死了，赶快送到城里，找万福诊所的侯医生。

我父亲其实是连病带累的——就在他记不得雀斑女孩的模样时，他再次跑到南浦滩了。到了南浦滩肯定找不到女孩，他拖着沉重的双腿，继续向东北方向跑去。父亲这一回吸取了教训，没有冒失跑进芦苇丛中，而是在接近芦苇丛时，试探着向前走的，而且眼睛也是四处搜寻。我父亲还多了一个心眼儿，他没有从丁头舍方向进入，而是向南，和丁头舍错开了好远的距离。越往南水塘越多，芦苇越密，这正好可以掩护我父亲。我父亲缩紧脖子，躬着身子，尽量让自己本来就瘦小的身体变得更小。我父亲走几步停一会儿，走几步停一会儿。我父亲停下来就蹲在草窝里，或更低的水塘边，一动不动大气不敢出地隔着芦苇，四下打探。我父亲觉得他的一双眼睛不够用了，不能同时看四个方向。

有几只黑色的水鸡，从我父亲面前的水面上漂过，还有两只野鸭，带着一群小鸭子，快快乐乐地玩耍。一只黄羽毛红尖嘴的小鸟，比麻雀还小，在芦柴叶上跳来跳去。我父亲喜欢这些小东西。要是在平时，他肯定会想法套一只水鸡玩玩。但他现在一点心思都没有，连冷热病都消失了一般。我父亲这样穿梭着走了一会儿，看不到有人生活或经过的痕迹。就在我父亲非常失望和极度焦急的时候，他看水塘边的一个虾篓了，仔细再看，还有两个。我父亲心跳突然加快了，有虾篓的地方肯定就有人。我父亲屏息敛气，听了一会儿，没有动静，又似乎有动静，喘息声、叽叽声、咔咔声、噶噶声，都很细微。我父亲开始寻找这些声音，可这些声音又像约好一样突然消失了。我父亲知道这是水里的鱼们在亲切交谈，是芦叶和芦叶在窃窃私语，是草的喘息和泥土舒展发出的声音。其实什么声音都没有。我父亲继续穿梭，继续跑动。在一个更大的水塘里又看到籪了。芦苇编织的籪，有的已经东倒西歪了——应该是被有劲的鱼撞的吧？有一段籪几乎倒伏在水里了。我父亲知道了，籪已经好久无人打理了。

突然的，一道垄起的土堰拦在父亲的面前——原来已经到了拦海大堤了。在芦苇丛中和拦海大堤不期而遇，一点也没觉得拦海大堤的雄壮，相反，还有一些猥琐。大堤上也长满瘦小的芦苇，芦苇中杂生着盐蒿。我父亲爬上大堤，趴在芦苇和盐蒿下边，看大堤那边的海。退潮后的大海离我父亲有了一段距离，那浪也不再汹了。黑色的滩涂上，有一汪汪水泽，在阳光下闪闪发亮。我父亲知道，这时候的滩涂上，能找到小鱼小虾小蟹的。但是滩涂上没有一个人，空旷无边，冷冷清清，只有海鸥在飞起飞落。

趴在草窠里的父亲感觉头疼得很厉害，也感到浑身发冷。我父亲没敢再待，他悄悄地滑下大堤，钻进了芦苇。

回家的路似乎太遥远了，我父亲走一会儿，跑一会儿，遥遥的路还是望不到头，还是不见鱼烂沟村的影子，而且越走越累。等到我父亲终于走到我家门口的打谷场上时，一头扎到草垛根不动了。

6

瘌三牵着毛驴，毛驴背上驮着两口袋小麦，还驮着我父亲，走在通往海州的乡村小道上。我父亲打摆子有些天了，本来就瘦小的体格，现在更是瘦成一根细芦柴了，似乎一阵小风都能把他从毛驴背上吹下来。蔫不拉几的父亲，一软一软的。牵着毛驴的瘸三也一歪一歪的。只有毛驴稳稳发出嗒嗒的驴蹄声，很有节奏，不急，也不慢。麦收一过就是雨季，雨季的天，孩子的脸，一会儿晴一会儿阴，一会儿下雨一会儿阳光。

夜里下过雷阵雨的小路上，留下一串驴蹄印和一串脚印。

路上少有树木，茫茫无际的盐碱滩上，除了一丛一丛的芦苇和海英菜，毛驴背上的父亲是最显眼的风景。前边就是黄九堰了，过了六里宽的黄九堰，就是海州西门了。黄九堰一带更是地势低洼，水渍遍地。所谓"堰"，已经是几百年前的旧迹往事，早就没有踪迹可寻，走在哪里都是路。瘸三牵着毛驴，沿着"S"形的路影行走，驴蹄也歪扭起来，经常陷进水汪草滩。我父亲夹紧驴肚皮，也跟随着歪扭起来。我父亲居高临下，歪扭中看到身后不远处有三个人。

三个人见父亲回头望他们，停下不走了。

有人。我父亲警觉地叫一声。

哪？

后边……

瘸三回头望，踮着脚尖望，蹦跳着望，并没有看到人。瘸三生气地说，看到鬼啦？神道道的，再乱叫我捏死你！这鬼地方，有人就是贼！

真有人，我看到了。我父亲说着，又扭着脖子回望。果真没了人影。明明有人的，三个，怎么会不见了呢？

瘸三不再说话，而是低声喝着毛驴，驾！

瘸三拽着毛驴快跑一会儿，跑进一个水塘。水塘不深，刚刚漫了脚面。瘸三对我父亲说，坐稳了。膀大腰圆的瘸三话音未落就钻到驴肚子下面，扛起了毛驴。毛驴先是不服，但四蹄离地后，便老实不动了。瘸三扛着毛驴，蹚过水塘，走进一片高粱地。高粱地面积不大，也不稠密，瘸三很快就穿过去了。他专找水汪走，又蹚过一条小河。小河那边是一大片芦苇。瘸三扛着毛驴一口气躲进了芦苇丛中。我父亲没想到瘸三会有这么大力气，一头驴啊，驴背上还有人，还有两口袋小麦。

就在瘸三把驴放下前，我父亲又扭头望去，他又看到那三个人了。远远的，三个人正团团转，弓腰曲背在地上寻找什么。找什么呢？我父亲想，莫非是找驴蹄印？

瘸三把父亲从驴背上抱下来，厉声说，不许吱声。又对毛驴说，给老子闭嘴！

四周全是芦苇了。我父亲不敢喘气——他倒是没觉得好怕的。但是瘸三铁青的脸还是让父亲知道形势相当严峻了。我父亲看看毛驴。毛驴的脸色和瘸三不一样，从从容容地，眨着大大的驴眼，对发生的事充耳不闻。但毛驴还是不识时务地放一个臭屁。瘸三捏着鼻子做出要踢毛驴的样子，终是没有下手。瘸三恶狠狠地骂道，你个驴日的，存心要把贼引来不是？回家剥了驴皮填草！

瘸三话音一落，就呆了，傻了。

齐斩斩的三个人已经站到芦苇边了。一个瘦高个子眯眯地笑。一个矮冬瓜鼓着脸，疑惑地瞪着瘸三和毛驴。中间那个其貌不扬的中等个子，赤着黑红的上身，把一件绸缎衫子裹在手上，衫子里支起一个东西，明眼人一看就知道是枪。他拿枪指着瘸三，咧咧嘴，嘿嘿两声，阴阳怪气地说，跑啊，跑啊，你能跑不是？再跑老子一枪崩了你!

瘸三不认识他们。但瘸三知道许多人讲过钱六的故事,说他右手是六指。别人的六指是生在小手指边上,他的六指生在大拇指边上,特别难看。因此,他使枪时,都要用衣衫包住右手。瘸三知道他就是贼头钱六,吓得快夹不住尿了,哆嗦着,不知如何是好。

钱六等三人没有立即抢驴抢粮抢东西,而是相互望望,脸上布满了疑惑。矮冬瓜搓搓鼻子,问,你小子想死想活?

想活……活,我把东西全给你……

钱六说,老子问你,你家的驴没有翅膀,怎么会飞到芦柴汪?二里远就不见驴蹄印了,怎么回事?快讲!

瘸三吓青的脸色还没有变过来,被钱六一问,想一会儿才说,我扛……扛进来的?

撒谎!矮冬瓜说,一头毛驴,还有口袋,还有小孩,你扛进来?吹牛吹大了吧?

钱六举一下手,制止矮冬瓜。钱六说,好,你小子再扛一次给老子看看,照原样扛回老地方。你小子要真有这块力气,老子饶你不死!

瘸三不知道钱六是什么意思,他跪下就磕头。

矮冬瓜跳近一步,踢了瘸三一脚,把瘸三踢翻过去。矮冬瓜说,快扛,你要真能扛,我给你磕头!

瘸三眼泪鼻涕都下来了,他带着哭腔说,六爷,六爷六爷,我我我我家老爷认识你……

你家老爷?谁?

鱼烂沟陈府陈阁老……你和我家老爷赌过钱,你还输过一块地给我家老爷啊。

输地？

就是南浦滩那块啊，三十七亩……

钱六哈哈大笑了。另两个贼也笑了。他们笑了一通后，钱六才说，老子哪有地啊，老子立锥之地都没有，南浦滩三十七亩哈哈哈哈，才三十七亩，那次说了不算，现在重说，南浦滩一千亩，全是你家陈阁老的，听到啦？你他妈得把毛驴扛回去！

瘸三这时脑子也清楚多了，他听懂了钱六的话。南浦滩的地，并不是钱六的。那是无主荒滩，钱六说什么就是什么，钱六想把它输给谁就输给谁。瘸三脑子一清楚，心里有底，话就有了些硬气，他定定神，小心说，六爷，这是我家少爷，他表哥尹大福也佩服你的。瘸三说着，把我父亲从驴那边拖了出来。

瘸三后一句话起了作用。因为钱六在听了尹大福的名字后，表情明显暗了一下。

另两个贼也互看一眼。矮冬瓜说，他妈的，尹大福……算个屁啊！他请六爷喝酒，六爷还没瞧上他！

另一个接住话茬说，他敢拉拢六爷入伙，花了他的狗眼！六爷独来独往，日本人都请不动，别讲他尹大福那几支破枪！

钱六也不理会瘸三抬出我表叔这个茬，少啰唆，快扛，老子说话算话，你他妈只要照你说的，把毛驴扛出去，老子就饶你不死！

瘸三没有招了。没有招的瘸三又哭了。瘸三像毛驴放屁一样轰轰哭两声后，把我父亲拎到驴背上，又把口袋向驴脖子上移移，说，大丑，咱们走。

瘸三鼓鼓气，钻到了驴肚子下边，一手握住毛驴的左前腿，一手握住毛驴的右后腿，直腰，把驴扛了起来，往回走去。三个贼同时惊叹一声。矮冬瓜还多说一句，妈呀，扛着毛驴还能跑！

瘸三扛着毛驴，出了芦苇荡，蹚过小河，蹚过一片高粱地，又蹚过几片水汪，来到黄九堰上。这条路大约有半里长，瘸三腿不软，心不慌，还有节奏地颠跑着小碎步。钱六和另两个贼都看呆了。他们见过有力气的人，也见过武功高强的人，从来没见过如此力大无比的瘸子。钱六盯着瘸三看一会儿，又看看毛驴，摸摸我父亲的头，说，你们走吧——进城的吧？走吧走吧，今天算老子晦气！

矮冬瓜惊讶地说，真让他们走？

他们走他们的。钱六说，我要逮个把鬼子玩玩，赴朋友的宴会！

矮冬瓜伸下舌头。

钱六继续摸着我父亲的头，说，回去见到你表哥给我带声好，老子也是你表哥尹大福的人，有事跟老子咳嗽一声！

我父亲本来就没有怕意，被钱六摸了头，摆子轻了许多。我父亲眨巴几下眼，对钱六说，你要逮鬼子？上清泉有鬼子，凶得很，他们还会往小板跳跑，怕你逮不着。

你小屁孩敢替鬼子架势？到处都有鬼子，老子爱在哪逮在哪逮，上清泉算个屁毛啊！

7

我父亲吃了五天万福诊所开的药，摆子好多了。

又过几天，一个大热天的早上，叫了一夜的知了还在拼命叫个不休，把我父亲早早就闹醒了。我父亲神清气爽，翻身下床，跑了出去，趁着浓浓的露水，在菜园的笆帐上捏了几只刚爬出土的知了，还捏了一只红蜻蜓含在嘴里。我祖母正在菜园摘豆角，看到我父亲光滑滑的小脸上挂着汗，玩得也开心，心里舒坦——父亲的病终于好啦。

祖母大声说，大丑好好玩，别跑远啦。

我父亲听到祖母的话就像没听到一样，趁祖母不注意，跑到南浦滩了。父亲知道南浦滩没有什么好玩的，这里不过是他路过的地方。他从南浦滩，一口气跑到了拦海大堤下。

我父亲这次没有绕弯子，而是直接冲着丁头舍去了。

我父亲先是看到了瓜棚。瓜棚东倒西歪了，瓜秧死了几条，叶子已经枯烂，刚刚落蒂的小瓜也掉到了地上。我父亲冲着瓜棚就奔跑过去。我父亲站在瓜棚前不知所措，抬手扯扯瓜秧，又看到离瓜棚不远的丁头舍成了一堆灰烬。那户人家呢？那个脸上有雀斑的女孩呢？我父亲四下里望望，什么也没有，除了沿着大堤的芦苇荡和芦苇荡中的一汪汪池塘，什么也看不见。我父亲张开嘴，放开喉咙要喊，突然又不知道要喊什么了，他不知道女孩的名姓，又怕喊声引来鬼子。我父亲伤感起来，心里的悲痛像潮水一样涌动。落过雨的灰烬上，已经有了虫蝇，还有青蛙在蹦跳，甚至已经生出了几棵瘦长的草。我父亲在灰烬上寻找什么，他觉得那艘小木船不会烧得没有踪迹，就算烧光了，还有船钉。我父亲还是不敢在灰烬里翻找，他怕找到的是一具烧焦的尸体。

我父亲又跑到女孩最后藏身的水塘边。水塘边的青草更加茂盛了，芦苇也长高了，水塘里的水碧清而透明，成群的麦娘鱼漂在水皮上。我父亲在水塘边急走了几趟，转身向拦海大堤跑去。

我父亲跑上了拦海大堤。风突然大起来，吹起了父亲破旧的衣衫。眼前的大海吓了父亲一大跳。大海正是大潮汛，浑浊的海水一望无际，空旷得让人心里发毛。我父亲朝小板跳方向望去。我父亲知道，过了小板跳，不多远就是上清泉了。我父亲望见了小土包一样的小山，小山的北坡下就是上清泉鬼子的据点。烧丁头舍的鬼子一定是从上清泉来的。我父亲不愿意把女孩和上清泉的鬼子联系到一起。但我父亲还是想起关于上清泉鬼子的许多骇人传说了。我父亲害怕起来，担心再也见不到雀斑女孩了。

我父亲走下大堤，沿着一汪汪水塘走。我父亲知道芦苇深处，有虾篓，还有簖，甚至还有别的捕鱼的渔具。我父亲脚步沉重，眼睛四处打量。被芦苇划开的水塘里，并没有出现船只，岸边也没有人迹，更不要说丁头舍一类的建筑了，而他曾经见过的簖和虾篓，也消失不见了。我父亲越走越失望，越走越悲伤，越走似乎离女孩越远了。我父亲不知走了多长时间，不知绕过多少池塘，不知绕过多少迷宫一样的芦苇荡。我父亲突然发现自己被四周的芦苇包围了。这块不大的草地像一块绿洲，四周的芦苇像巨大的屏障。茫然的父亲不知道是从何处走来的，也不知道如何走出去。正在我父亲四下打量时，一个披头散发的稻草人突然出现了。我父亲害怕起来。

稻草人向前移动半步。

我父亲认出来了，什么稻草人啊，就是雀斑女孩啊。

女孩越显瘦小了，大襟褂子更加的空空荡荡，除了一双眼睛是干净的，脸上、衣服上都是脏的，都染上了五彩的草汁，脚丫里更是粘了泥星和草屑。我父亲看她比自己还胆怯、紧张，便壮壮胆子，向她走去。

女孩向后退一步，细声说，你来要兔子吗？你兔子叫鬼子吃了。我可赔不起你兔子。

我父亲摇摇头。

女孩笑了。女孩露出洁白、整齐的牙齿，你不要兔子啦？

我父亲点点头，想问问她母亲怎么样了，想知道那天被鬼子绑在柱子上的人怎么样了。我父亲还想知道那条小船是不是也烧成了灰，想知道她现在住在哪里。我父亲想知道的事太多了，他一时不知道怎么问。我父亲拿脚踢地上的草。我父亲把地上的杂草踢得东倒西歪，半天才憋出一句，今天……今天没逮到兔子……

没逮到兔子，让我父亲觉得很对不起她了。

女孩笑得更灿烂了，她又向前挪了几小步。

我父亲说，你吃了吗？

你是饿了吧？我带你去吃东西。女孩快乐起来，跟我父亲招手，走呀，走呀走呀，随我走，有好东西吃的。

我父亲不知道她有什么好东西吃。我父亲也不饿。但我父亲被她突然的快乐感染了，也蹦跳着跑过去了。我父亲知道了，她家就住在这一带。

果然，绕过几圈池塘，一个比丁头舍更矮更小的窝棚出现在眼前。窝棚四周还开垦一小块菜地，菜地边上的绳子和草地上，还晾晒着咸鱼干，腥臭味很浓，咸鱼干上落着许多只苍蝇。一只坏了沿口的土缸里，也腌着鱼。我父亲还小，不知道她家怎么会住在这里，也不知道住在这里有什么好。我父亲心想，臭鱼有什么好吃的。但是女孩从窝棚里拿出来的不是臭咸鱼，而是一碗水煮藕段。水煮藕段灰白灰白，有四五块。我父亲拿一块，吃了，又面又甜。女孩看着我父亲，期待地等着我父亲说话。我父亲说，好吃。女孩这才笑了。女孩把碗塞到我父亲手里，好吃都吃了，我做的。

我父亲可能很少吃水煮藕段吧，也可能是真的饿了，一口一块，几口就把藕段报销了。看着我父亲吃得蜜口香甜，女孩很歉疚地说，没有了。随即又快乐地承诺道，明天还有，明天我让爹多带点来，煮一大锅给你吃，嘻嘻……好吃吧？

好吃。我父亲吞咽最后一口，问，你爹呢？

女孩向池塘望去。

我父亲也望向池塘。我父亲看到一艘小船从另一边的芦苇中划出来了。船头坐着一个身穿蓑衣、头戴斗笠的人，那艘小船也黑乎乎的，被烧煳烧焦了。船上的人应该是他爹了。他正从水里提上一只虾篓，把虾篓里的小鱼虾倒进仓里，再把虾篓放回去。

我父亲说，鬼子把你妈烧死啦？

女孩点头。

你爹怎么不去找鬼子报仇？

爹不能走路，他残了……

我父亲脱口而出道，我替你报仇！

女孩盯着我父亲看，突然红了脸，嗫嚅道，你能帮个忙吗？

报仇吗？

女孩咬紧嘴唇，嗯一声。

我父亲觉得他的责任很大了。我父亲其实也很茫然，不知道这仇怎么报，他先想到贼头钱六，又想到我表叔尹大福。我父亲觉得我表叔不会听他的。钱六更不听他的。钱六认钱不认人。而我表叔来无影去无踪，又一直在"两合水"一带活动，最近也是到朱滩的朱家祠堂里开会，见他一面不容易。

女孩又想了想，看着我父亲，期待地说，陪我一起进城好吗？卖鱼，我家有好多鱼干。卖了鱼干还要买些高粱面，还有……还有衣服也要买。

这个容易做到。我父亲开心地答应了。

8

我父亲和女孩走在拦海大堤上。女孩的名字，父亲已经知道了，叫小唤。这名字一点也不好听。可女孩却先嫌我父亲的名字了，她嘀咕了两次，怎么会叫大丑？你哪儿丑啊？我看你一点也不丑。我父亲不理这个茬。我父亲只是呵呵地傻笑。我父亲背着一只大竹篓。小唤也背着一只大竹篓。大竹篓里都是咸鱼干。两个半大不小的孩子，各人背着十来斤的鱼干，一边走一边说笑。女孩半道上又扑哧一笑，大丑，难听死了。

过了小板跳，就远离大堤了。从这条路进城，父亲没走过。父亲和瘸三进过几次城，都是从西门进的。这次和小唤进城，要从南门，还要经过上清泉鬼子的炮楼。我父亲知道炮楼里的鬼子十分凶恶，猜想许多天前烧小唤家丁头舍的鬼子就是从上清泉炮楼里跑出来的。

远远的，已经望见上清泉的炮楼了。我父亲不敢吭声。我父亲不吭声，小唤也不吭声了。其实，他们离炮楼还很远。而路上推车挑担的人也渐渐多起来。他们就跟在一个推车汉子的身边。推车汉子的车上，一边捆着一头猪，一边坐着一个八九岁的男孩子。推车汉看我父亲和小唤拘谨地挨在一起，以为是兄妹俩，对坐在车上的少年说，你看看人家小兄妹，多能干，都干大人的事了。小唤和我父亲本来是喜滋滋的。可炮楼快到了，心里的喜还没有发出来，面色就紧张了。我父亲的心狂跳起来，但他还是做出镇静的样子。他怕自己紧张的样子叫小唤发现了，小唤会更紧张的，小唤紧紧靠近我父亲，她一只手揪住我父亲的衣袖，眼睛不敢向炮楼望。我父亲也不敢望。路边上就是铁丝网，有两个木栅栏挡住门，两个穿土黄色军装的伪军持枪晃来晃去。铁丝网里边就是上清泉了。我父亲听到哇里哇啦的怪叫声。我父亲还是忍不住看过去了。我父亲看到两个鬼子在泉边冲澡。两个鬼子都光着上身，穿着白裤衩，一个鬼子坐在泉边的石磴上，一个鬼子打来一木桶水，对着头浇下去。哇里哇啦的怪叫声就是这时候发出的。打水的鬼子又打来一桶水，再浇，洗澡的鬼子再叫，杀猪一样。鬼子玩得快乐，连站岗的两个伪军都哈哈大笑了。

进城后，我父亲和小唤顺利地把咸鱼干卖给了一家货栈。小唤买了块布料和一些针头线脑，还买了花样和鞋样，称了十斤高粱米面。小唤把她要做的事都做完后，看到街上有卖麻团的，还有卖绿豆茶的摊子。一只一只焦黄的麻团上粘着几粒白色的芝麻，香喷喷的。一碗一碗冷好的绿豆茶，看起来又解暑又解渴。小唤要请我父亲吃麻团。我父亲咽口唾沫，心里想吃，嘴上却说，我不饿，我吃过藕段了。小唤就咯咯笑起来，说那是早上啊，现在都天晌了，肚子饿得咕咕叫了吧？

天确实是正午了，石板路上热气腾腾的，街市上的人开始陆续出城了，各种吃食的摊子上也都坐满了人。大家吃得满头大汗。我父亲确实想吃，又舍不得让小唤花钱，觉得她的钱挣得不容易。小唤又说话了，我买三个麻团，你吃两个我吃一个。我父亲说，不行，你吃两个我吃一个。

聪明的小摊贩已经把三个麻团放在一只黑土碗里端上来了，二位好客，请慢用！

我父亲抢一个在手里说，我吃一个行了。

不，我吃一个。小唤也抢一个在手里。

把这个带上，给你爹……

我父亲的话还没说完，一只手就伸了过来。这是一只少了三个手指的小手，残手上是厚厚的污垢。我父亲看是一个六七岁的孩子，就把那只麻团放到了他手上。

这时候，街上响起哨子声。哨子声特别尖锐，特别嘹亮。街上的人纷纷躲到一边了。一队日本兵，全副武装，向南门方向跑去，鬼子后边跟着汉奸队。

邻摊有食客说，哪儿又倒霉了。

吃饭的人走了一批又来了一批。有人小心地传递消息了，说不得了了，上清泉据点的鬼子丢了一个，后来在泉井里捞上了尸体。知道谁干的吗？说话人抿口酒，打了自己一个嘴巴子，嘴巴子脆响，然后更神秘地说，我他妈哪里知道啊。

听得人哧哧笑道，不知道你打什么嘴巴子？

开心啊！说完，端起酒杯，哧溜一声，抿了一口小酒。

八成是南面来的新四军。

刚有人坐下吃饭，小声纠正道，不是，说了你不信，钱六，贼头钱六，是钱六干的。狗日的钱六胆子也太大了，连鬼子他也敢抢。

抢了什么？喝酒人问。

枪啊，抢枪，卖给南面的新四军。

有种！喝酒人说。

我父亲听了，心里也高兴，以为喝酒人还会再打自己的耳光，可惜没打。我父亲想告诉小唤，他认识钱六。但我父亲马上就高兴不起来了，因为对方又说，钱六叫鬼子逮着了。

可惜了。

也不可惜，谁叫他做贼来着？死了也活该！又一个吃饭的人加入了。

我父亲白一眼说话的人，又看看喝酒打自己嘴巴的食客，他只顾喝酒了。我父亲不甘心，心里想，钱六有本事，死不了。

我父亲的麻团还没吃完，又有人跑来，传递一个更为惊人的消息，好啊，好啊，这下有景致看了，钱六被吊在炮楼上晒鱼干了。

我父亲知道晒鱼干是什么意思，就是在身上横竖划几道血口子，抹上盐水，腌上，然后再吊晒，把人活活晒死。

9

我父亲和小唤走在回程的路上。我父亲走得飞快，他几乎是在小跑了。小唤走两步跑两步，跟不上我父亲。小唤的竹篓里是她新买的东西，不重，重的高粱米面粉让我父亲背着了。但她还是走不过我父亲。小唤就在后边喘着气说，你跑什么啊？我知道你能跑……别跑呀大丑，等等我呀……还跑呀。

我父亲不但没有等她，反而越走越快了。我父亲没说他认识钱六，没说钱六曾经放过他一马。"放一马"是瘌三吹嘘的。瘌三那次被钱六放了后，回到村子里吹牛，说他的面子如何的大，连钱六都买他的账，放他一马。我父亲当时不知道被钱六劫道有多么可怕，回家后听瘌三和我祖母说起来，和邻居说起来，从大家恐慌的表情和口气中，从大家对钱六的惧怕中，才知道钱六多么的凶恶。可不知为什么，听了钱六抢了鬼子的枪，抢了鬼子的枪是要卖给新四军后，钱六在我父亲的心中成了英雄。但我父亲也知道钱六那样的人不配当英雄，因为英雄是不会做贼的。做了贼的英雄还是英雄吗？还叫英雄吗？我父亲一心想着的，就是要赶快看到钱六，看看钱六被晒鱼干的样子。如果钱六被晒鱼干，他一定会大声叫好的。我父亲听过一个灌南人唱大鼓书，那些英雄好汉临刑前，都会叫好，还会有人送酒喝，还要大唱一段，钱六会有人送酒吗？我父亲真想听听钱六的唱。

对于我父亲的不理不睬，小唤真生气了。她跟在父亲身后气喘吁吁地跑一会儿，她不断央求我父亲等等她。我父亲就像没听到一样。我父亲肯定是听到了。可我父亲装作没听到，这让小唤非常生气。可小唤还是不敢落下自己单独一个人走，她赶紧跑几步，揪住我父亲的衣襟了。小唤也不说话，扯着我父亲的衣襟，让我父亲带着她向前跑。我父亲半跑半走的速度明显慢了下来。

前边又到上清泉鬼子的据点了。远远的，看到鬼子的据点外，是黑压压的人群。还没容我父亲和小唤走近，就有两个伪军举枪吆着我父亲和小唤了，像吆牲口一样，把他俩往人堆里赶。有人上前求情，说要回家种地。二鬼子骂道，种地多不好玩，看看大贼头钱六，你见过钱六？瞧你那穷酸样，钱六会看得上你？不是皇军逮住了钱六，怕你这辈子都没福气见他！

就这样，我父亲和小唤被吆进了人群。

人群里，有看一眼就走的，也有人不看的。我父亲想看，想看看他是不是钱六，如果是钱六，还要看看他究竟是如何的英雄。可小唤不看，小唤害怕。小唤都要把我父亲的衣服扯坏了。我父亲破旧的对襟衫子，本来就缝了不少补丁，被小唤没轻没重扯几把，确实已经开了几条缝，歪斜在身上，加上背着个篓，像个要饭花子了。

前边的人挤不开，加上小唤在后边扯，我父亲最终没有看到钱六。

失望的父亲并没有怪罪小唤，因为从人群里刚挤出来，就看到神泉庙周围加了岗哨的鬼子和汉奸了。路过的人都一声不吭诚惶诚恐。我父亲和小唤自然也吓得大气不敢出。两个孩子走过神泉庙时，身上都出了冷汗。

通往小板跳的路上人迹稀少了。从小板跳拐上拦海大堤时，前后一眼望到头的，只有我父亲和小唤两个人了。我父亲这才不再害怕。不害怕的父亲突然又想到偷跑出来快一天了，家里人一天没见着他，还不知怎么着急呢。一想起我祖母焦急的样子，我父亲情不自禁又跑起来。太阳已经西下了，不消一会儿就要落山了。我父亲不仅怕我祖母焦急，也怕挨我祖母一顿狠揍。我父亲由小跑变成了大跑。

小唤起初还能跟上我父亲的跑，跑着跑着，就越落越远了。因为我父亲越跑越快。我父亲习惯奔跑，喜欢奔跑。他只要跑起来，从耳边刮过的呼啸声就会让父亲身体里的血液汨汨沸腾，腿脚仿佛就不是他自己的了，身上仿佛扎上了飞翔的翅膀，说不上是快乐，也说不上是兴奋。奔跑让父亲觉得轻松，让父亲觉得追上了流逝的时间。似乎他的奔跑，能让太阳落在他的身后。是的，父亲就是想赶在天黑前回家的。而现在才过了小板跳，离小唤家的窝棚还有一段距离，从小唤家的窝棚再到鱼烂沟村的家里，还有一段更长的路。我父亲知道天一黑，祖母还没有见到他该是何等的焦急啊。

小唤跟不上我父亲了，她在后边大喊大叫，大丑，大丑……

早就远离鬼子的据点了，小唤不怕他的大喊大叫会引来什么不测。所以她大声地喊我父亲的小名，把我父亲的小名叫得飞花乱颤，大丑……大丑……等等我呀……

小唤的声音带着哭腔了。

我父亲只好停下来。

但小唤也停下不走了。

我父亲只好又往回跑。就在我父亲要跑到小唤跟前时，他发现了意外。原先没有一个人影的拦海大堤上，突然爬上两个人来，是鬼子！不是两个，是三个，不，是四个！四个鬼子从他们身后不远的地方，陆续爬上了大堤，他们端着枪，向我父亲和小唤追来。隐约中，还能听到鬼子的哇哇怪叫声。

小唤也看到鬼子了。

我父亲拉起小唤的手就跑。

身后响起鬼子的枪声。

我父亲和小唤在拦海大堤上奔跑。因为小唤的拖累，我父亲跑的不能尽情，像拖着一个包袱。我父亲感觉小唤的身体越来越重了。而身后的鬼子也越离越近了。我父亲知道这样跑下去，肯定会被鬼子捉住的，就是捉不住，也会被子弹击中。拦海大堤的左边是大海，右边是盐沼和大大小小的池塘、水汪，还有连绵的芦苇荡。我父亲拉住小唤，连滚带爬地跑下了大堤，跑进了芦苇荡。

鬼子并没有放弃追赶。鬼子站在大堤上，冲着芦苇荡一连放了几枪，也跑下大堤，继续追赶。

跑进了芦苇荡里的小唤跑不多久，突然松开我父亲的手，站住了。她脸色煞白地喘着气，呆呆地睁圆了双眼。我父亲也看到眼前的景象了，是一条小船，烧焦了半截的小船被砸开一个洞。离小船不远的地方，躺着一具尸体，尸体上还流着新鲜的血。

小唤凄惨地叫一声，爹……

10

水塘对面芦苇丛中的鬼子已经追过来了。黄的衣服和绿的芦苇交替闪过，还把芦苇撞得东倒西歪，连鬼子杂乱的脚步声都听到了，甚至鬼子的喘息声也清晰可闻。小唤完全忘记了危险，她太伤心了，跪在地上不住地流泪，把自己哭糊涂了。好在我父亲还没糊涂。我父亲脑子清醒得很。我父亲知道，要是再不跑，就来不及了，就被鬼子堵住了。

我父亲拉起小唤，再次狂奔起来。

这一带地形小唤比我父亲熟。小唤虽然跑得没有我父亲快，但三转两转，就甩掉了鬼子，看不到鬼子的影子了，连声音也听不到了。但我父亲和小唤都知道，鬼子还在附近，危险还在四周。因此我父亲和小唤继续奔跑，一会儿向南，一会儿向西，一会儿向东，芦苇也一会儿稀薄，一会儿稠密。芦苇中的汪塘也有深有浅。浅的水汪直接就奔过去了，深的水、面积大的水就绕着跑。一些水鸟被惊起来，有的飞上天空，有的顺着水路跑，一闪就没了影子。我父亲和小唤跑来跑去，就跑没了方向。小唤的父亲常在这一带打鱼，小唤知道怎么跑，跑晕了也会跑。他们七拐八拐，像跑迷宫一样。我父亲只觉得耳边呼啸着，似乎还有乱七八糟的声音从脑后传来，哇哇的，咔咔的，咩咩的，芦叶鞭子一样抽在脸上都浑然不觉。这样不知跑了多久，小唤实在跑不动了，脸色又青又白，一头栽到地上，古怪地发出一声怪叫：呱——仿佛在石板上摔死一只鼓胀蛙。这一下摔得很重，肯定也很疼。我父亲正要斜刺里冲过一道沟汊，只好一个急刹，回身拉起小唤。可小唤像面条一样，又瘫坐到草地上了。

我父亲也累得不行了，他竖起耳朵听，什么声音都没有了，另一侧的水塘里有几只黑色的水鸟，还有芦花色的野鸭子，它们安静地漂在水面了，慢悠悠地浮动着，对发生在它们身边的奔跑充耳不闻。我父亲不再拉小唤，估计鬼子一时半刻也找不到这里，便也坐下来。我父亲嘴唇煞白，满身汗水地大喘着粗气。我父亲喘了几口，稍稍平稳些，把身上的背篓拿下来。背篓里是一只面口袋，口袋里是十斤高粱面粉。我父亲查看一下面粉，好好的。我父亲这才发现，小唤的背篓早不知丢哪去了，那里有她买的布料、花样和针头线脑啊，她多么喜欢这些东西啊。可她没有心思想这些好东西了。她只有伤心了。而且她身上出血了，手上，胳膊上，脸上，还有脖子里，都有一道一道的血痕，那是锋利的芦叶划过的痕迹。我父亲觉得小唤一定很疼，因为他脸上也火辣辣地疼痛。

小唤又悄悄抹泪了。她连她父亲的尸体都没来得及多看一眼。她从今后更是无家可归了。我父亲也不禁悲伤起来，想安慰小唤，又不知说什么。我父亲心里发干，喉咙发干，愁眉苦脸地看着远处，看着水，看着芦苇，看着天。

我父亲突然想回家。我父亲还想，如果小唤愿意，她可以一起回。

我父亲心里激动地热了一下。

这时候，突然响起几声枪响，砰、砰、砰……

突如其来的枪声吓坏了我父亲，也让小唤不知所措，她往我父亲身边一蹿，几乎扑进我父亲的怀里了——其实她已经和我父亲撞到了一起，头和头砰地撞了下。我父亲和小唤都顾不得对方，嗖地跳起来，哈腰又跑。但没跑多远，又站住了。因为突然响起的枪声又突然住了。我父亲和小唤不知道跑还是不跑。再跑又向哪跑呢？继续向南？还是向西？如果不是太阳，我父亲都不知道方向了。我父亲知道他是离家越来越远了。

就在我父亲跑还是不跑左右为难的时候，芦苇荡里又响起喊叫声。不是鬼子的哇里哇啦，是中国人在喊，而且是在喊大丑。

大丑！

大丑……

喊你的！小唤说。

表哥……是表哥！我父亲惊喜地冲着天上大声应道，哎——我——在——这——我在这……

我父亲跳起来，他蹦得太高了，落地时差点摔进水里。

但我父亲还是跳进水里了，他要抄近道去和我表叔会合。我表叔的突然出现，太让我父亲激动了，他声音都变了，腿脚都不听使唤了，像是水塘有引力似的，扑通一声就跳下去了。池塘水不算深，但也超过膝盖了。我父亲腿抬不起来，跑起来就费劲。哗，哗，他是蹚着水的，清澈的池水被绊得喷溅起来，也发出快乐的笑声。

但是我父亲还是跑错方向了——我表叔从另一侧出现了。我表叔腰里插着驳壳枪，手里还举着一支三八大盖，冲我父亲大叫道，大丑，这边，这边！

我父亲在水里扭过身，不小心趴到了水里。池塘里的鱼惊得跳了起来，噼噼啪啪，水花四溅。我表叔都笑了。我表叔的身边突然出现了七八个人，还有一个女的，打绑腿扎武装带，脸上红扑扑的。她惊异地叫道，小心！

原本恐怖、阴森的芦苇荡，突然变成快乐的乐园。我表叔身边的人都像看景一样地看我父亲在水里扑腾着爬上岸来。我父亲有些不好意思。不知道为什么不好意思，但他特别好奇我表叔怎么会在这时候赶来，怎么知道他们被鬼子追赶得四处躲藏。当我父亲得知那四个鬼子被我表叔打了伏击干掉后，开心地噢噢大叫起来。

忘形大叫的父亲突然看到小唤了。小唤刚才还笑逐颜开的脸突然地阴沉下去。我父亲当然知道小唤为什么不开心了——虽然我表叔为她报了仇，击毙了鬼子，但亲人毕竟还是死了。我父亲年纪太小，还不会去安慰一个家破人亡、处在极度伤心中的女孩。

也可能是大家都看到小唤了。看到小唤就想起被鬼子杀害的那个渔民了。人群突然安静下来。

我表叔走近她，蹲下身，问她，他是你什么人？

是她爹。我父亲抢着说。

小唤眼睛扑闪着，抬起头，定定地看着那个打着绑腿、扎着牛皮带的女兵，眼里含着泪，小声说，你们还要女的吗？我想跟你们走……

你几岁啦？那个打绑腿的女兵走到小唤跟前，扶着小唤的肩膀，轻声问，小妹妹，叫什么名字？

她叫小唤！我父亲继续抢着回答。

小唤点点头，说，十五岁。

啊？你都十五岁啦。不知为什么，我父亲有些不好意思。我父亲一直以为这个又矮又瘦的女孩一定比他还小吧。

知道我们是干什么的吗？绑腿女兵说。

知道，打鬼子的。

11

就这样，小唤很容易地就被我表叔他们收留了。而我父亲很不甘愿，他也赖着要跟我表叔走。我表叔当然不答应了。我表叔不但不答应，还要派一个战士护送我父亲回家。我父亲生气了，他不要人护送，说能找到家。但我父亲还是赖在他们一起，不想离窝。这期间，小唤还向我表叔投去求情的眼光。我表叔假装什么都没看见，一边摆弄着缴获的几支枪，一边小声地和几个战士研究事情。而小唤和那个女兵像分别已久的亲姐妹一样，有说不完的话。小唤甚至还咯咯地笑了。

我们马上要执行重要任务，大丑，你赶快跑回家，再不走，天就黑了。我表叔看我父亲还在一边黏糊，走过来，严厉地说。说完还摸了摸我父亲的头。

我父亲把头歪一下，不让他摸。我父亲心里难受。可又不知道为什么难受，难受什么。

我父亲难受着说，钱六被鬼子逮着了，他说认识你。

我知道。我表叔说。

你真的买过他的枪？

我表叔白一眼我父亲，没吭声。

海州城的人说他通新四军，可他是钱六啊？大贼头！

那是以前。

他通吗？

我表叔不爱搭理我父亲了。

他被吊在上清泉炮楼上，晒鱼干了。

我知道。我表叔说。我表叔沉着冷静，他似乎什么都知道。

我父亲觉得我表叔简直神通广大了。我父亲不再说话，他看到，有两个武装人员抱着鬼子的军装从一边的芦苇丛中钻过来了。他们快步走到我表叔面前，说，都搞干净了。

我表叔说了声好，又说，行动吧。我表叔挑一件鬼子的军装，一边往身上套，一边对我父亲大声吼道，还不走，你想让我大姑把你小腿敲断吗？给我滚回去！

我表叔的大姑就是我祖母。我父亲看我表叔真发怒了，只好一边哭一边走了。我父亲走没几步，回头看看。我父亲看到队伍里的小唤了。小唤也眼巴巴地看着我父亲。小唤嘴巴撇一下，也像要哭的样子，却没有哭出声来，只是轻轻抬抬手。但小唤的手没有抬起来，连摇晃一下都没有。我父亲只好撒腿跑了。我父亲没跑几步，又停下了。我父亲还想回头看。他真的回头看了，这回他没有看到小唤他们，芦苇已经挡住他们的身影了。但我父亲看到芦苇丛后闪出来四个鬼子，领头的正是我表叔，另三个是我表叔队伍里的人，其中一个，还和表叔一起到过我们家。他们扛着枪，向拦海大堤方向走去了。

他们是干什么去呢？我父亲想，是端鬼子的炮楼，还是去救钱六？

我父亲走在通往鱼烂沟村的田间小道上。他不再奔跑了。他已经奔跑好一会儿了。他奔跑到南浦滩时，回头向东望去。那里什么也看不见了，模模糊糊的，只有近处连绵的海英菜在风中招摇。太阳红彤彤的，我父亲很没劲地往鱼烂沟方向走去，软软丢丢，松松垮垮的。

瘸三是在半道上迎到我父亲的。瘸三看着泪流满面的父亲，什么也没说，要把我父亲掐到他脖子上。我父亲摇着身子，不让他掐。我父亲赌气地说，我自己有腿。我父亲说完，一个人又狂奔起来。

疯狂奔跑的父亲眼前次第出现了幻影，那是表叔一次一次路过我家的影子，有时是白天，有时是夜晚，有时我父亲知道我表叔来了，有时我父亲根本不知道，是第二天我祖母告诉他的。我表叔执行任务时，大多数时候是两个人，有时是三个人，也有一群人的时候。但是他身边的人经常换。我父亲一边跑一边想，如果小唤也在队伍里，说不定也会和表叔一起执行任务路过我家的。那样的话，就能和小唤又见面了，就又能看到小唤细瘦的面容了，就能和小唤说说话了。

想到这里，我父亲奔跑就有了力气。

12

但是小唤一直没有路过我家。不要说小唤了，就是我表叔，也好久没来了。

　　夏天很快就过去了。夏天实在没有什么好留恋的，如果不是因为和小唤的相遇以及紧接着的几次邂逅，我父亲对这年的夏天和以往的无数个夏天一样，不会留下什么记忆。夏天的鱼烂沟村，杂乱的村子里，贫乏的田野阡陌上，依旧和以往的夏天一样干燥、潮热，到处都是水泽、浦汪和池塘，到处都是嗡嗡乱飞的苍蝇和吸血的蚊虫，蓦然间也不知道会在什么时候什么地方响起清晰或模糊的枪炮声。每当枪炮声响起的时候，我父亲就会想起小唤，就担心她会不会被子弹打中，会不会被炮弹炸飞。而这样的担心也会充斥着那些黑漆而恐怖的夜晚，让父亲的心蠢蠢欲动。同时，我父亲也和他这个年龄段的无数少年一样，也会感受到青春期特有的孤独和快乐。孤独和快乐同样的莫名其妙，又同样的稍纵即逝。在这样的环境中，笆帐上的喇叭花会枯萎、蔫巴，藤蔓会萎缩、生锈，不远处的一格格盐池也会漶漫或生出卤臭味，瞬间而至、席卷一切的暴雨使村子里的猪圈、鸡窝、茅厕里的污水漫溢，把村街变成令人作呕的泥塘。然而，整个夏天还是渐行渐远了，预想中的事情一件都没有发生，我表叔没再路过我家，小唤更是音讯全无，就连贼头钱六也杳无消息，他是死了呢？还是被我表叔救下？我父亲一无所知。至于很远的南浦滩，我父亲自然也去过几次，甚至有一回，还向东一直跑到了拦海大堤——那儿什么都没有。

　　一切都没变而一切又都变了。

　　似乎夏天刚一过去秋天跟着就消逝得无影无踪了，眨眼间寒风呼啸，春节临近。在过去的几个月里，我父亲随着家人收割高粱、玉米，收了菜园里的萝卜、白菜，种了冬小麦，还学着堆了一个大草垛，跟瘸三进过一次城，卖了几口袋杂粮。当然也看到过几次鬼子。看到鬼子我父亲就紧张，就想起被晒鱼干的钱六，还有被烧的丁头舍，还有躲在水里的小唤。在许多闲下来的时候，我父亲会站在南沟的码头嘴上，向东南方向眺望。特别是在临近春节的农闲时节，我父亲经常神情呆滞、恍惚，无所事事地在村子里独行或仰望。邻居们不知道我父亲怎么突然变了，会不着边际地在我祖母面前夸道，看看，你家大丑眨眼就长大了，成人了，不声不吭的，多好。

　　就是这个不声不吭的少年，又经历他人生中一次最重要的奔跑——正是寒冬腊月一个雨后阴沉的早上，地上的烂泥被冻成了疙瘩，村路上的积水成冰，走上去透滑，河里的冰面上已经有孩子在打陀螺了。我父亲正在做一个小冰车，预备到河上滑冰玩。就在我父亲叮叮咚咚劈木刨板的时候，突然听到闷闷的炒豆一样的爆竹声，连绵不绝的爆竹声时紧时密停不下来。我父亲立即扔下手里的活，跑出门外。我父亲站在南沟的石码头上向东南望去，越过村庄外灰色的田野，什么也望不见。我父亲意识到那不是爆竹声，在不是太远的地方正进行一场激烈的枪战，而且还伴有零星的炮声。我父亲想起了表叔的队伍，想起队伍里的女战士，想起雀斑女孩小唤。我父亲心急火燎地返身跑回打谷场边的老榆树下，噌噌噌爬上了几丈高的老榆树。我父亲以为爬上老榆树能看见战场的准确位置，可我父亲什么也没有望见，他只看见不少村民从屋内出来，他们没有在温暖的牛屎火边烤火取暖，而是十分关心远方的枪炮声——也许他们和我父亲一样，意识到此次枪炮声比以往听到的都要密集和激烈，肯定是一场大仗或恶仗。但是他们应该和我父亲一样，什么都没有望到。我父亲睁大眼睛，用力远眺，他只看到在田野上奔跑的刺骨的寒风，还有田头野地里伫立的几棵败秃的杂树。我父亲没有在树上久待。他突然做出一个果敢的决定，噌噌噌地从树上滑下来，绕过村里人的视线，跑出了村庄，向枪声响起的方向狂奔而去。

我父亲没有向南浦滩跑去，感觉枪声并不是来自那个方向。我父亲奔跑的方向是一个叫塘圩的盐村。如果去朱滩，我表叔曾经开会的祠堂，可以不经过塘圩。但我父亲判断出枪声也不是来自朱滩，而是在塘圩东南的十里墩一带。但当我父亲在近午时分跑到十里墩时，发现枪声不知什么时候停了。在十里墩外的土地庙前，我父亲脸色煞白地喘着气。没有了枪声，我父亲不知道往哪个方向跑了。土地庙在一个岗头上，远处是一些破败、荒废的盐池。一望无际的盐池里零星地汪着水泽，水泽里结着厚厚的冰。我父亲望着阴郁的天空下空旷而灰暗的盐池，心里越发地失落和沉重。我父亲先前的目的非常清楚，如果是我表叔的队伍和鬼子交火了，队伍里就肯定有小唤。每次打仗都会死很多人，伤很多人，也许小唤会死，也许会受伤，也许没有伤到一根毫毛。但无论如何都会在队伍里看到她。小唤最好不要死，最好也别毫发无损，最好是受伤，受点轻伤，不影响走路和说话的伤，这样我父亲就能把她领回家养伤了，路上还能说说话。我父亲奔跑时就是这样想的。让我父亲非常失望和悲伤的是，枪声不知道什么时候消失了。没有枪声，我父亲失去了目标，也失去了见到小唤的机会。我父亲站在十里墩外的土地庙前，竖耳倾听，什么声音都没有。无所适从的父亲迈着沉重的双腿准备返回鱼烂沟村，就在这时，他看到盐池堰埂上走来一个人，一个挑着担子的人。我父亲迎上前去，问，老伯，你听到打枪了吗？挑担的是一个中年人，一身灰尘，挑着的两只筐里坐着两个衣衫破旧的脏孩子。中年人停下来，目光呆滞又怀疑地看着我父亲，摇摇头，继续走了。我父亲跟着他走回土地庙，看着中年人挑着担子向村里走去，心里突然委屈，眼里涌出了泪，随即泪水就像拦海大堤决堤般地涌出。

我父亲不知道他的奔跑毫无意义。当他非常泄气地走在返回的路上时，还并不知道一家人正在到处寻找他，正在为他担忧。当调查了半个村庄的瘸三向我曾祖父报告我父亲已经跑出村时，我曾祖父立即命瘸三去追赶。瘸三当然没有追到我父亲。我父亲也没有在半道上迎到瘸三。我父亲在天傍晚回家到时，才知道他闯下的大祸。但是，这一次，我曾祖父出人意料地没有打我父亲，就在我祖母手持磨棍要好好教训我父亲时，反而被我曾祖父拦下了。我曾祖父把他带到自己的房中，让我曾祖母做一碗好面给我父亲吃了。

我父亲的这次冒险引起全家人一连多天的担忧。

也许就在我父亲吃面时，我曾祖父萌发一个大计划，他老人家要把我父亲送到县城去读新式学堂了。

我祖父没死之前，我父亲一直读书，以一年两笆斗小麦的学费在丁圩读私塾，教他的是一个叫丁四的老先生。我父亲不是一个聪明的学生，五年的私塾，手心无数次被丁四先生打肿。在我祖父被上清泉的鬼子吓死之后，我父亲就不再读书了。我父亲以为他会从此离开令他厌恶的学堂，没想到他一次迎着枪声的奔跑，让我曾祖父极不放心。本来就想振兴陈家门庭的我曾祖父，渐渐熄灭的希望又突然萌生，他把振兴陈家门庭的大任全部地寄托在我父亲身上了。在我曾祖父看来，读书是唯一的希望，既能让他的孙子成才，又能约束他狂野好动的心。

我曾祖父有个远亲，是城里五大家族"殷葛沈杨谢"之一的杨家。杨家是大财主，有良田四千亩，盐池五十滩，城里还有商号和工厂，我曾祖父已经修书一封，托城里的杨家介绍我父亲读城里的私立小学了。

我父亲实在不愿意再读书了。我父亲心里惦记着小唤，知道一旦进城，就再也见不到小唤了。但我曾祖父十分严厉，丁四先生只会打我父亲的手心，把我父亲的手心打肿。我曾祖父早几年打起我父亲来，会把他屁股打烂，那是我父亲读了两年私塾后的春节，我曾祖父以为我父亲一定是个聪明好学的孩子，在一次邻居购地请我曾祖父作保时，我曾祖父就派我父亲写地契，格式我父亲能背上来，许多字却不会写。我曾祖父十分生气，觉得我父亲的两年书白念了，还在邻居和朋友面前丢了面子，人还没到家，就脱下鞋底，把我父亲的屁股扇肿了。所以别看我曾祖父年事已高，抖起威来，还是不减当年，还是让我父亲敬畏三分。

就这样，我父亲在万分不情愿的情况下，在春节过后一个明丽的日子里，再次坐了回小毛驴，来到海州城，落住在杨家提供的一幢废弃已久的老宅子里，成了海州育英小学高级部五年级一名插班生。

就在我父亲读高小不久后的一个春天的深夜，三十里外的鱼烂沟村，我家来了一小支精干的队伍——有人有马，男男女女共十来个人，人人都佩有短枪，还有一挺威风的歪把子。领头的不是别人，正是神通广大的表叔。我祖母立即起火造饭，给他们做了一大锅咸米饭，还有白面锅贴。我表叔一边吃饭，一边和一个长脸的中年人研究地图。我表叔用筷子戳着地图说，这是我们的位置，再往北就是敌占区了。这是陇海线。我们离陇海线还有二十里路，天亮前可以通过敌占区、通过陇海线，然后就是滨海解放区了，那边有人接应。中年人一边听一边点头。

吃完饭的稍事休息中，我表叔问我祖母，大丑呢？

进城念书了，我祖母带着抱怨的口气说，都十五岁的大孩子了，家里又缺劳力，念什么书啊。

正在帮我祖母洗碗的一个女战士突然抬起头来，惊诧得脸都红了，脱口而出道：大丑？

我儿子，我祖母略有得意地说，你们指导员小表弟！

如豆的灯光下，女孩鼻子两侧的雀斑若隐若现，眼睛忽闪一下，还想问什么时，偷偷看我表叔一眼，欲言又止地低下头，继续洗碗了。

二手机

在我们二手机市场，我是算得上"油"字辈的。所谓油，就是说，我做二手机有些年头啦。现在的手机市场日新月异，各种品牌琳琅满目，花样翻新，价格也像女孩的时装一天一个变化，闹好了能赚上一笔，闹不好就会赔本。所以，在我们二手机市场，在租赁柜台后面，像我们这些人模狗样的小老板，经常是一些新面孔，翻新的速度，或者说淘汰率，就像手机一样迅捷，就是那些经历过风雨，也见到过彩虹的家伙，也经常的人仰马翻。难道不是吗？C区12号柜台的大磊，昨天还做着火爆的生意，今天就收拾摊子走人了。至于什么原因，人一走，上哪儿去打听呢？不过，他的营业员，那个为他打工的女孩蒙蒙，我是认识的，我的柜台上正好缺一个营业员，像她那样能说会讲，口齿伶俐，又懂手机又能拉得住顾客的女孩，何不请她来帮忙呢？

我给蒙蒙打了电话，不到半小时，蒙蒙就来了。蒙蒙穿一件紫色的小T恤，紧身的牛仔裤，清清爽爽的，很纯的样子。我说蒙蒙啊，我请你喝茶啊。蒙蒙说我就知道，巴老板找我来，就没有好事情。蒙蒙笑吟吟的，说话也脆脆的。我说真是冤枉啊，怎么说喝茶也不是坏事吧。蒙蒙说喝完茶呢？我说喝完茶我也不会做坏事啊。蒙蒙说，巴老板说话还会带弯子啊，什么做坏事啊，看你一脸坏笑那个鬼样子，美死你了，你偷偷想想还差不多，说吧，你想我干什么，除了为你打工，别的我都愿意考虑。我想，坏了，这小姑娘一下就把我的路给封死了。我看她那个聪明劲，还是忍不住说，蒙蒙啊，我就是想请你来帮帮我的，你瞧我这堆烂机，都两天没开张了，你就帮我卖几天吧，工资咱们好讲。蒙蒙不笑了，但她不笑时脸上还依恋着笑意。她说，我说过了，我再不帮人家打工了。我说，这不叫打工，这叫帮忙，我给你四百块钱一个月，另外，卖一台手机，我给你二十块钱提成，你一个月要是能卖五十台，不就是一千块钱嘛，再加四百块钱底子，有一千多块钱的收入，赶得上我这做老板的了。蒙蒙快乐地摇着头，嘴里含混不清地哼着，表示着反对。我说，要不这样，大磊当初给你多少工资，我就给你多少。蒙蒙说，你提他干什么。蒙蒙脸色严峻了。我说，好吧，你要是觉得报酬低了，你给个说法，只要大差不离，我听你的。蒙蒙说，巴老板真是生意人啊，我要是不同意，茶也不请我喝了吧？我说你看，你看，我孬好也在生意场上混这些天了，我是这样的人吗？我巴乔，你去打听打听。蒙蒙很不情愿地嘟嘟着嘴，说那好吧，我也不回家卖豆腐了，我还想回家帮妈妈卖豆腐哩。我说卖豆腐也是卖，卖手机也是卖。蒙蒙说，说好了，我就帮你这一个夏天。

就这样，蒙蒙成了我的营业员，我成了蒙蒙的老板。

蒙蒙卖二手机确实有一套，只要来打价的，都能被她黏上，她能针对人的相貌、谈吐、气质，来游说顾客，一般情况下，只要是想买二手机的，都能被她感染，都自觉地掏腰包。就是不想买二手机，只要在商城里随便转转，听了蒙蒙对手机性能、色彩、造型等的专项介绍，也能被她感染。譬如她上班第一天，就碰到一个来买二手机的女孩，这个女孩打扮很时尚，涂着灰色的嘴唇和紫罗兰色眼影，嘴里还吃着彩色棒棒糖。她从别的柜台前一路走过来，瞄一眼柜台里的手机，她的神情是那样高贵，还带着随意和散淡。她走到我的柜台前，也是那样的眼神，我以为她还会保持同样的姿势，从我柜台前一滑而过。可蒙蒙没有让她溜过去，蒙蒙突然惊讶地抽一口气，说，哇噻，我不会看错吧，金喜善耶。我知道金喜善是一个韩国女星，在中央电视台做 TCL1388 手机广告，号称韩国第一美女。我听到蒙蒙的口气实在是太夸张了。可那个女孩在我柜台前犹豫一下，她跟蒙蒙含蓄地一笑，然后，然后她就在我的柜台前站住了。她又露齿一笑，随便指一下柜台里的手机，说，这款，多少钱。蒙蒙从柜台里拿出一款红色的 TCL1388，保持着刚才的口气说，这款手机很便宜呀，只要一千八耶。女孩把手机放在掌心里，欣赏着。蒙蒙接着说，再没有比这款手机更适合你的了，要是别人，我还舍不得卖哩，你太像金喜善了，你的身材，气质，特别是你那一笑，和金喜善简直就是一个人。只有金喜善才配用这款手机。女孩对蒙蒙肉麻的夸奖一点也不觉得难为情，反而有点沾沾自喜。她声音都有点变了，她矜持地说，我大哥也说我像金喜善。蒙蒙说怎么样？我眼睛很准的，我最崇拜金喜善了。你大哥真是不得了，真是有眼光，有这样眼光的人，可不是一般的英俊啊。对蒙蒙的话，我差点都要笑出来了。女孩也不失时机地说，我大哥是做艺术的，他才毒怪了。"毒怪"是我们这儿的方言，它包含很多意思，通常都是夸某人已经优秀到不能再优秀的地步，也就是极致。蒙蒙说，你快不要说了，你再说，我会喜欢上你大哥的。我想，这下坏了，女孩说的大哥，也许并不是蒙蒙理解的大哥，她这不是夺人所爱吗？谁知那女孩并不恼，她善意地提醒道，我还有一个大哥，也说我很像金喜善。女孩说她还有一个大哥时，脸上有一点羞涩的样子。蒙蒙到底是蒙蒙，她说，你大哥都不得了啊，唉，可惜我连一个大哥都没有，你有这样好的大哥，都不知道怎么幸福了，你简直让我羡慕死了，我手机都不想卖给你了。女孩说，那怎么行，我就是来找这款手机的，本来我对你们这破手机商城都失望了，要不是碰到你，我这辈子也不到这儿来了。

不用说，这笔生意做成了。你知道，这款手机我在广州大沙头旧手机商城进货时，只花了一千一百块钱，蒙蒙轻而易举就为我赚了七百块，这可是我从未遇到过的呀。我从前的一部二手机，一般只赚五六十块钱，最多也就一百左右，除去柜台费、差旅费，就所剩无几了，七百是什么概念啊！

蒙蒙有多大能耐，你知道了吧？

我认识蒙蒙，还是在一年以前，那时候她还没有给大磊打工，她还在一家电脑商城卖电脑。我是在买电脑的时候让她黏上的。我当时拿一张略懂电脑的朋友开给我的一张配置单，蒙蒙接到我这张配置单，对我选择的主板提出质疑，并建议我考虑她推荐的主板。我朋友提醒过我，遇到这种情况，我可以将备选的方案抛出来，于是我又换了另一个牌子的，谁知蒙蒙把这个牌子批得更是一无是处，然后对她推荐的主板大加赞赏。我当时就感受到她的口若悬河，她的话很有感召力和说服力，让我几次都动心了。但是我还是克制住了，我不能轻易就掏腰包，我朋友一再提醒我，奸商之所以大力推荐某一个部件，是由于有更高的利润，或者是水货，因此我要坚持自己的信念，绝不能被奸商的花言巧语所蒙骗。然而，我把蒙蒙想得太简单了，她好像看透我心思一样，把我心里的想法一个个进行解剖，她就像一个外科医生，三下五除二就把我的担心修理好了。我最后都不知怎么逃脱的。蒙蒙留给我最深的印象，是她仍然喋喋不休地跟着我说到大门外，然后笑容可掬地说，老板你再到别的地方看看，多看几家也不要紧，要是不满意，欢迎你再来。说真话，我后来还真就是又吃回头草了，我那台兼容机，就是蒙蒙卖给我的。没多久，当我在二手机商城见到她时，我最初还以为她是来买二手机的，谁知道她是大磊高薪请来的打工妹呢。我当时还真是小小后悔了一下，要知道大磊能把她请来，我也能请啊。我只能感叹大磊有福了。不过大磊的营业员更换很快，这也是尽人皆知的。我想，要不了多久，蒙蒙就会被大磊炒掉的。可后来并不像我预料的那样，蒙蒙一直在干着。虽然，后来还是听说，蒙蒙和大磊的关系并不好，一度还很僵，蒙蒙都不想干了，是大磊花言巧语又把她给哄好了。至于为什么，传话人诡秘一笑，高深莫测的样子。不过对于大磊，对于他的底细，我也耳闻一些，他是生意世家，很小就懂得经营之道。当然他也染上了有钱人的一些习气，看重等值交换，交了不少女友。还听说，他做二手机生意，其实没赚到钱。他花钱如流水，几年生意做下来，都是家里倒贴。关于大磊的传闻还有一些，有的甚至说，大磊很少到柜台上来，柜台上的钱，让蒙蒙黑了不少。这些只是传言而已，大家都还认为，蒙蒙是我们二手机商城最会做生意的人。

我柜台上有了蒙蒙，没过几天就初见成效了。在蒙蒙没来之前，我柜台里还有四十多台二手机，压了我不少资金，蒙蒙简直就是金钱女神，个把星期就让她卖了十几台，而且卖价都还不错，蒙蒙信心十足，我就更有信心了。但是问题马上显现出来了，蒙蒙卖出的都是一些靓机，牌子好，性能好，功能多，造型优美，价格偏高，剩下的都是些烂机了，有些烂机，在我柜台里都摆了几个月了，甚至还有一年前进的早就过了流行期的丑八怪。这些二手机，都是针对农民工的，价格一般都在二三百左右，有的缩手缩脚像个癞蛤蟆，有的灰头土脸像陈年的砖头。

有一天外面下着雨，商城里顾客很少，在临近下班时，蒙蒙对我说，巴乔，你要进货了。你没瞧见你柜台里这些烂机，白送给人家都送不出去。我为了考验她一下，就说，我请你来，就是想你加把油，把我这些烂机处理处理，办点钱我就出去一趟，弄点靓货回来。蒙蒙说，你当我是神啊？你有好机我才能好卖，你这些烂机，我嘴唇说烂了人家都不要。我说，这倒也是。蒙蒙说，趁这几天下雨，生意不好做，正好是进货的好时机。我点着头，表示赞同她的话。但是，我的确是想她能加把油，把我这些烂机处理一批的。蒙蒙很有经验地说，进一批靓机来，就能招来顾客，顺便也能把这些烂机带带。蒙蒙的话，我早就考虑过的。用靓机带销烂机，其实也是经营之道。我说，好吧，这两天我就盘点盘点，准备出发。蒙蒙说，这还差不多，这还像个做生意的样子。蒙蒙又说，我就喜欢生意哗哗地做，我最讨厌死撑活挨的样子了。接着，我和蒙蒙又说了一阵闲话。我发现和蒙蒙聊天也是一种享受，她有时候半真半假，有时候嬉嬉笑笑，有时候故意地没心没肺，都是快乐的。我还喜欢她站在柜台后边的那种懒散的姿态，她瘦瘦小小的身体松下来，腰和胯自然形成弧度。在没有生意的时候，她都是那样站着，让我心里有一种虚虚的感动，有一种想在她的闪闪烁烁的腰上或胯上抚摸的冲动。

这天生意不好，我可以切近地和蒙蒙闲聊几句。蒙蒙又像淑女了，她埋着头，给谁发短信息，然后自己偷偷在笑，我猜想，她又在发那些骂人的或带有点黄色意味的短信了。蒙蒙并不是个美丽的女孩，但也不难看，这你都知道了，她家住在城郊接合部，父母是早年进城做豆腐的，现在还在那里开一家豆腐作坊，生意非常不错，也请了两个打工仔。蒙蒙从小就是在那种环境中长大的，是吃豆浆和豆腐脑长大的，她的皮肤也就格外的嫩白。不过她鼻子附近有一些细小的雀斑，这些细小的雀斑有时候让你觉得她很媚，有时候呢，又觉得有点可惜。我这几天心情特别好，一方面是前段时期生意不错，重要的，还是和蒙蒙这样的女孩子共事有关。不瞒你说，我已经对蒙蒙有了朦胧的情感了。我这里说的朦胧，是我自己也拿不准，这主要基于两个原因，一是蒙蒙还小，她大约二十岁不到吧；另一个是我太老，我都三十多岁了，问题还不在于我太老，我长相实在拿不出手，就连我那丑妻，几年前都离我而去，何况蒙蒙这样的新新人类呢。我开始琢磨蒙蒙了，我开始在蒙蒙面前注意表现自己了，我也在乎蒙蒙有意或无意说的与我有关或与我无关的话了。我想，照这样发展，我会爱上她的。蒙蒙看我在看她，她说，你看我干什么？我下班啦。蒙蒙收拾东西要走。我说，你又没带雨具，这雨这么大，怎么走啊？蒙蒙说，下雨啦？我说早就下了。蒙蒙说真烦人，这几天天天下雨，我都饿死了，我中午只吃一口饭。蒙蒙就把小嘴巴嘟嘟着了，仿佛是我让她饿肚子似的。我说要不这样吧，晚上我请你吃饭吧。蒙蒙快乐地说，我就等你这句话啊，你怎么才说啊。她说完，自己笑了。我也跟着笑起来。

蒙蒙吃饭也不挑菜，很好打发，一盘爆炒海螺，一盘红烩白米虾，一盘醋熘白菜心，一碗紫菜汤，一小碗米饭，就跟喂小猫一样。我把啤酒倒一杯给她，她也不反对，慢慢喝，饭吃完了，啤酒也喝完了。吃饭时，我们照例说着轻松的话，我问她在家做不做饭。她说不做。她又问我做不做。我说想做就做，不想做就不做。她说你这话最没意思，等于没说。我说，本来吗。蒙蒙又拿起筷子，说撑死了。说撑死的蒙蒙又吃一口菜。蒙蒙有个口头禅，话里喜欢带个"死"字，我就笑她，我说你一天要死好几死，烦死了，热死了，累死了，渴死了，饿死了，现在又撑死了。蒙蒙就大笑，说我这回真的不吃了。我说你再吃点吧，要不等会儿你又饿死了。蒙蒙说你想撑死我啊，好吧，给你一回面子，我再吃一口。

我慢慢喝着啤酒，问蒙蒙，大磊是怎么回事啊？怎么突然就不做啦？蒙蒙说，大磊啊，提他干什么。蒙蒙脸色又严峻了。我说，说着玩玩。蒙蒙说，开始我也不知道，他提前跟我结工资时，才对我说，他父亲生病了，眼镜店需要人照料。我说，原来他做大生意去啦。蒙蒙在鼻子里笑一声，他能做什么大生意。

你知道，大磊的父亲是本市有名的现代镜业的老板，总店分店好几个，分店一直开到中学里，家大业大，本来他应该子承父业，可不知什么原因和父亲闹了矛盾，自己另干了。家里突然出了这么大的事（父亲生病），他不做手机而接手家里的生意，按说也是水到渠成。可我们都怀疑他是出了什么纰漏。我说我们还以为他出事了呢。蒙蒙说，你们这些人，都喜欢瞎想。我一语双关地说，大磊对你还不错啊，他怎么没让你到他现代镜业去工作？蒙蒙说，我跟你说了，我都准备好回家做豆腐的，不是你让我来帮你的吗？你这人真是不识好歹，我不理你了！蒙蒙有点不高兴了，我赶快哄她，跟你说着玩玩吗，我是，我是想从你那儿学点大磊做生意的诀窍。蒙蒙说，你别说，大磊做生意确实有一手，你知道大磊手机为什么下得快？就是烂机也下得快？不知道吧？他那些机子，便宜。蒙蒙声音放低了，他进货方法不一样，你是到了广州，就到大沙头，到二手机商城里挑机子，大磊可不是这样，他有黑道，那次大磊带我去广州……蒙蒙说到这儿，突然停顿一下，我注意到她脸红了，显然她说漏了嘴，她把大磊带她到广州的话说出来了，在蒙蒙的心里，她或许是不准备把这事告诉我的，或许是把这事当作一种秘密的，可她一不小心说出来了。蒙蒙的脸上红晕未散，她干脆说，我经常和大磊一起到广州，真的，我们经常去，我喜欢到广州去玩，我和别人也去过，那次和大磊去广州，他带我在二手机商城里转一圈，就让我回宾馆了，我多了个心眼儿，留心了他们一眼，我看他和一个保安嘀咕什么，然后就打的走了。没过多久，他就回宾馆了，说手机拿来了。他不跟我说手机是怎么拿来的，我猜想他走的不是正道，说不定是从某个盗窃团伙那儿拿来的，那可是赃物啊。不过这种机子价格肯定特便宜。蒙蒙所言我是早有耳闻，我也曾经想过这个事情，可一方面我不敢，另一方面是不知道那条黑道在哪里，走不好会出事的。

　　我和蒙蒙又说了一些别的话。我们已经从饭店转到茶社了。我们在泥巴墙茶社喝着茶，听着音乐，小声地聊几句。我注意到蒙蒙很会穿衣服，或者说很知道怎么搭配衣服，她今天没有穿她平时爱穿的 T 恤，而是穿了件小花衫，很瘦，领子也很低，小小的乳房或隐或现，她那条长裙也搭配得恰到好处，爽爽地从臀部挂下来，动一下就会露出小肚皮。蒙蒙娇小可爱，可她不像淑女，也不像在社会上混的那些女孩，更不像某些刻板的职业女性，她就像一个高中毕业在家待业的邻家女孩。是的，在当下，可以说是物欲横流，蒙蒙确实给我一个耳目一新的感觉。我觉得，像这样的，我和蒙蒙之间，难说不会发生什么故事。蒙蒙问我发什么呆。她说，你发什么呆啊？我看到蒙蒙眼里闪着盈盈的亮光。我一时没反应过来。我正在愣神间，蒙蒙的手机响了。蒙蒙看一眼显示，拿着手机向外走，她边走边接听。她声音很小，我听不到她说些什么。

蒙蒙回来时，我问她，谁的电话。

蒙蒙说，大磊的。

他找你干什么？不会是请你到他店里干活吧？

蒙蒙说，你说呢？

我说，差不多吧。

蒙蒙说什么差不多啊，你说清楚点啊。

我听出来，蒙蒙对我的问话有点反感。我就小心地说，是请你的吧？

蒙蒙说，你知道还问啊？

我看到蒙蒙的脸上有一种叫哀怨的神情，她的话里也有一点伤感，我不知道是我的多话引起蒙蒙的不快，还是因为大磊的电话。但是，我还是接着又问一句，你答应去啦？蒙蒙摇摇头，她不说话了。我觉得，我们再在茶社待下去就没有意思了。我说蒙蒙，我送你回去吧。蒙蒙说，再坐坐也行。蒙蒙声音很细很小。我给她续上茶。我想找一个轻松一点，或者是我们都感兴趣的话来说，可我一时也想不起来。蒙蒙又玩手机了，她手机上有两个小巧可爱的坠饰，两个坠饰上是她名字的组合。蒙蒙说，你们为什么要分手啊。我知道蒙蒙是指我离婚的事。这事我一直说不清楚，我只好含混地说，也不为什么。我马上觉得这样回答有点搪塞的嫌疑，就搜肠刮肚寻找着恰如其分的词句，我说，可能吧，就像结婚一样，该结婚的时候就结了，该离婚的时候就离了。蒙蒙说，这么简单啊。我说差不多就这么简单。蒙蒙很有点失望，她说，我还以为多么轰轰烈烈呢。我不想在这个话题上多做纠缠，我知道，关于婚姻问题，我没有多少真知灼见，我的失败的婚姻只能说是咎由自取。看来蒙蒙对这个话题也没有多少兴趣。我们又说到二手机上。

蒙蒙小口地品着茶，她说，你什么时候去进货啊？

我说，最近我就想走。

蒙蒙说你应该早点走，你剩下的都是烂机了，不拿点靓机来冲一下，生意就难做了。

我说，是啊，生意确实很难，每次去拿机，我都担心，价格拿高了，或者拿的是水货。我突然想起来什么，对蒙蒙说，这几天也没有什么好机卖了，柜台上也没有什么事，阴雨连绵的，生意差死了，蒙蒙，你看这样行不行，你和我一起去一趟广州，看看我们能不能投机取巧从那条道上搞一批机子。

蒙蒙对我的提议没有马上答应。蒙蒙神情怡然，若有所思。

我又请了她一次，不，应该是央求了。蒙蒙依然没有明确表态。

我想，她刚刚还说她和大磊去过广州，也和别人去过广州，还说她就喜欢出去玩，为什么对我的提议无动于衷不置一词？

但是蒙蒙还是答应和我一起去广州了。在去广州之前，我们又到泥巴墙茶社小坐过一次，自然是喝茶聊天，顺便确定了出发的日期。

现在，我和蒙蒙坐在驶往广州的快车上。我没有像往常那样坐硬座，而是买了两张卧铺票。我让蒙蒙睡中铺，我睡下铺，此时蒙蒙就躺在中铺。我和蒙蒙说了很长时间的话。我们都累了。我猜想，蒙蒙说不定已经睡着了。可我睡不着，我想着我们这次共同南行。我们说不定真的能拿一批好机子，能赚上一笔。但是，让我想得更多的还是蒙蒙。她说她曾和大磊多次来广州，他们仅仅是来进货吗？也许他们之间发生过让人津津乐道的故事，也许这样的故事也会在我和蒙蒙之间发生。我不是没有过这样的想法，和一个女孩单独出行，没有一点想法才不正常了。但是快乐的蒙蒙，她连手都不让我拉一下。上车时，我想牵她一下手，她不经意就躲开了。我们在车上闲聊一会儿，自然就说到各自的朋友。有几次，我希望她能说说大磊，可我把话都扯上去了，她又打岔说别的了。

夜深了，车窗外漆黑一片，蒙蒙突然在上面说话了。蒙蒙说，你还没睡啊。

我说，你怎么也不睡啊？我还以为你睡着了呢。

我在胡思乱想。蒙蒙说，她的声音在昏暗的车厢里也浑浑蒙蒙的。蒙蒙把头伸下来，她笑吟吟的，说，你呢？

我小声说，我们这次要大赚了。

蒙蒙说，开始做美梦啦。

我说，反正也睡不着，做做睁眼梦。

蒙蒙说，我也是。

我说，你吃不吃东西？

蒙蒙说，你这么小气，有什么好吃的呀，到了广州，你要请我吃一顿。

我说行啊。我说反正也睡不着，下来坐坐吧。

蒙蒙从中铺跳下来，她坐到我身边。蒙蒙说，还有七八个小时才到，累死了。

我说，等赚了钱，咱们坐飞机。

蒙蒙就吃吃地笑，她不屑地说，你那点小生意，也敢吹这个牛。

我说你才小生意了，你没听说过人家贩青菜还坐飞机啊。

蒙蒙说，这算什么啊，人家讨饭还坐飞机呢。

我拉拉蒙蒙的手，我说小声点。

蒙蒙伸一下舌头，她朝四周看看，别的旅客都睡下了。蒙蒙把手往我跟前送送，让我握得舒服一些。这回蒙蒙没有躲开我。这是我头一回握蒙蒙的手，我的心脏就像装了弹簧一样往上弹。

蒙蒙说，到广州，我们住什么宾馆啊？

蒙蒙也想到这个问题了。我们可是不谋而合啊。自从蒙蒙答应和我一起来广州以后，我就想着如何利用这次南行，和蒙蒙进一步密切关系，说白了，就是最好能和她有肌肤之亲。我知道这是急不得的，特别是对付这些小姑娘，不谨慎从事，往往会吃大亏。有一句时下流行的民谣说，本来我想勾引你啊，谁知道中了你的美人计。所以还是渐进渐入的好。所以当蒙蒙先提这个话题，我还是克制住心中的兴奋。我说，当然要住好一点啊。

蒙蒙说，没必要吧，一般化就行了。

我说我们住一个标准间吧。

蒙蒙惊讶地说，你说我们住一间？你想耍鬼啊。

我说我哪敢啊，你睡你的我睡我的，不是省点钱吗？

我嘴上这样说，心里还是觉得，有戏了。

蒙蒙诡笑着盯了我一眼，抽出手，她在我肩膀上敲了一拳头，说不跟你说了，你做发财梦吧，我要睡觉了。

我也得意地笑了，我看到蒙蒙的小屁股扭着扭着爬上中铺。我在心里喊着，啊，我要发财啦！

然而，事情并非我们想象的那般美妙。我们栽了。这回栽惨了。我随身携带的三万多元货款，被抢劫了。哪里是抢劫啊，我们简直就是送货上门。

我们到达广州时，是凌晨五点多。我们找到了大沙头附近的一家宾馆，这家宾馆离二手机批发商城很近。我用我的身份证登记了一个标准间。在登记时，蒙蒙就挨在我身边，她并没有表示反对，我当然也不露声色。我若无其事地打开门，让蒙蒙先进去。蒙蒙一到屋里人就瘫了，她扔了肩上的小包，夸张地躺到床上。蒙蒙哎哟着，说困死我了。我把她拉起来，我说不能这样，你要去洗一把，然后好好睡一觉。可蒙蒙就像面条一样，我手一松，她又倒下了，我再把她拉起来，她再倒下，她眼睛半闭着，就仿佛处于昏迷状态。她的菠萝色T恤和白色的长裤在一拉一抖中，全乱了，我看到她白白的小肚皮。我说，你不听话我可要咯吱你啦。蒙蒙就疯笑着滚到一边。她爬起来，跟我嚷嚷道，我的包呢。我把她的包拎给她，她拉开自己的包，挑几件衣服，双脚在地毯上拖着往卫生间走，她瞟了我一眼，说，你烦死了，你要管我啊！

蒙蒙钻到卫生间了。

我检查了房间，看了眼空调上显示的温度，是二十度，我找出空调器，把温度调成了二十三度。我又打开电视。在开电视前，我听了听卫生间的声音，卫生间里只有哗哗的水声。我说，蒙蒙，你快点。卫生间里没有传出蒙蒙的声音，可能她听不到我的声音吧。我只好坐在床上看电视。一大早也没有好电视看，我调了好几个台，才锁定一个频道，是体育频道的闻鸡起舞，正在跳什么新疆舞，还配着好听的音乐，可我听着听着，就听到满耳朵都是哗哗的水声了。

蒙蒙出来时，我看到她换一身裙装，她头发搞过什么离子烫，还染成淡淡的酒红色，此时她用一块大毛巾包在头发上。她说，我好啦！你去冲一把吧，我要睡一觉啦。

我说你睡吧。

我也钻进了卫生间。

我出来时，蒙蒙已经裹在毛巾被里了。我走到她床边看了看她。她一动不动，脸色滋滋润润，很安详。她淡淡的眉毛修过，脑门光洁圆润，鼻子也很秀气，而她的嘴唇，红红的，很饱满，我真的禁不住想亲吻她。我看着她，正欲叫她一声，她突然睁开眼了，她说，你要干什么呀，鬼鬼祟祟呀。

我说，看看你也不行啊。

她说，有什么好看呀，死去睡觉！

我说，都八点多了，也睡不着。

她说，睡不着也要睡。

蒙蒙可能知道我安什么心了，她说话也跟我冷着脸了，还很刻薄，我干笑笑，带有点自嘲地说，好吧，睡觉！

可我根本睡不着，我在揣摩着蒙蒙，我在想着这些天来我和蒙蒙的相处，我觉得一切都还是正常的，我并没有不礼貌的地方，很多时候我还是克制住了自己的冲动。我知道，老板和职员之间有点暧昧的关系也不足为怪，何况我现在已经真心喜欢蒙蒙了。对了，我得找时间，让她知道我爱上她了。是啊，我确实是爱上她了。以前我不知道爱上一个人是什么感觉，现在我知道了，爱上一个人，就是你时常想到这个人，为她喜，为她怒，为她乐，为她犯傻，为她心跳，当然，也想和她做爱。我想着蒙蒙许多可爱的地方，想着她的笑，想着她的调皮和天真，当然，我还想了别的一些事，想了她和大磊也到过广州，而且还是多次。一想到这里，我心里就难受，他们到广州，难道仅仅像蒙蒙说的那样玩？玩是什么意思呢？可他们又玩些什么呢？他们也像我们这样同居一室吗？这是完全有可能的。他们同居一室难道也和我们一样什么都没干吗？天啊，大磊可不是什么正人君子，他就是动野，把蒙蒙干了，蒙蒙又能怎么样呢？我还有一些更坏的想法，我还想着蒙蒙说不定对大磊主动投怀送抱什么的。我心上开始隐隐作痛。我不由自主看一眼蒙蒙。她可能睡着了，也许她也没睡，和我一样想着心事。我看到蒙蒙露出一只脚来，蒙蒙的小脚丫动了一下。

蒙蒙伸一个懒腰，说几点啦？

她果然也没睡着。

我说快十点了。我明知故问地说，你没睡着啊？

蒙蒙说，睡着了呀。

蒙蒙撒谎了，我感到好笑。

　　蒙蒙把谈话扯到二手机上了，扯到了这几天的安排。当然，我们讨论最多的，还是如何和黑道联系上，这是我们此行的关键。蒙蒙谈了好几种设想，最保险的是能够找到那个保安，然后，一切就顺利了。一说到我们要以这样的方式拿到一批好手机，我们不由得就有些兴奋。这是显而易见的，因为两种渠道的差价很大，你可以简单算一笔账，一次就算拿五十台二手机，就可比原来多赚五千元甚至更多，两次三次呢？十次下来呢？我想，这笔账就是傻瓜都会算。

　　本来，我们可以休息一个上午，下午再到旧手机商城去（我以前都是这样安排的），可在上午十点多，我们就兴致勃勃地来到旧手机商城了。我们血管里流动着兴奋。我们身上燃烧着兴奋。你可以想象一下，我们就要拿到一批性能优良、款式美丽、价格低廉的手机了，我们就要赚到对折甚至更多的利润了。我们急匆匆几乎是小跑着来到旧手机商城。这儿我来过多次，对这里的环境我并不陌生，在上百甚至上千个摊位间，穿梭来往的是来自全国各地的大小老板，他们小心地挑选着手机，然后讨价还价，然后试机，然后付款。这一套程序我太熟悉了。可我们现在不是来重复这套程序的。如前所述，我和蒙蒙是来冒一次险的，我们就是想从另一个渠道进货。大磊都能多次取得成功，我为什么不能？何况有谙于此道的蒙蒙引导呢。所以我虽然谨慎，也并不担心什么。我和蒙蒙就像一个局外人，在旧手机商城里到处观察寻找。蒙蒙是找她熟悉的那个保安的。我和蒙蒙商定好了，找到那个保安后，我们就说是大磊让我们来的，然后我们塞他一些小费，然后，他就该为我们办事了。

　　我们没有找到那个保安。

　　我让蒙蒙看仔细一点，别认错了。蒙蒙说她太熟悉那个保安了，不会错的。我说，要不，我们下午再来吧。蒙蒙说再找找看。我们又在商城里转几圈。我牵着蒙蒙的手，我说，要不，我们找别的保安看看。蒙蒙说，这怎么能乱找呢？你就不担心会有骗子？告诉你，骗子太多了，可以说遍地都是。我跟她开玩笑说，你不会是骗子吧？蒙蒙说，你看呢？我说，有点像。蒙蒙就说，我就是骗子，你这个傻瓜，你这三万块钱要给我骗来了。我说好啊，你要想骗就让你骗吧。蒙蒙甩开我的手说，我爱骗你！我又去牵蒙蒙的手，蒙蒙甩一下没有甩开，就让我牵住了。

直到这时，我们还很放松，还没有觉得，危险正向我们迫近。

蒙蒙说，其实，女人是最容易上当受骗的，有时候，明明知道人家在骗她，可她就是愿意让人去骗。我不知道蒙蒙这话是什么意思，她不会说我此时在骗她吧。可她说"女人"这个词，我觉得有点好笑。她现在还够不上女人这个标准。她还是个没有成熟的青苹果，离女人的标准还相距甚远。蒙蒙仰脸跟我一笑，意味深长地说，有时候，女人都希望被人骗骗的，那种感觉很美妙。

蒙蒙说，我们先回宾馆吧，下午再来，说不定那个保安上午休息。

我说，也行。

就在我们东张西望的时候，过来一个胖女孩，她操一口标准的普通话，问我是不是进货的。她声音很小，但很清晰。我拉一下蒙蒙。蒙蒙显然也听到她的话了。蒙蒙老练地问她，怎么说。胖女孩说，我有货。蒙蒙说，几成的？什么价位？胖女孩说，这个你放心，包你满意。又说，看你也是老走这条道的，你们是要大条还是要小条？小条我们不做。我知道胖女孩是说大批量的还是小批量的。蒙蒙说，这要看看情况。胖女孩说，好的，规矩你们都懂，我们在这条道上走，都是现钱现货。蒙蒙笑笑，表示赞同她的话，也表示我们身上带足了货款。

在旧手机商城门口，胖女孩招了一辆的士。我们上车后，蒙蒙用肘碰我一下，轻声而得意地说，就是这样的。

出租车在胖女孩的指引下，三拐两拐，就飞速行驶在广州的街道上。一会儿，出租车拐进了一条小巷，然后又驶进了一片厂区。这片厂区看来废弃已久了，连水泥地上都长出了一丛丛蒿草。胖女孩让我们下了出租车，她付了车费，看着出租车远去了，就领着我们向厂区里面走。胖女孩一直把我们引进了一间大仓库。我看到三个年轻人向我们走来。看到三个年轻人，我们还没有感到有什么危险，我还以为一切都是我们预料的那样，我还以为，我们就要得到一批靓机了。我还愚蠢地跟他们打招呼。我说，你们好。他们也热情地向我们问好。其中一个说，先看看机子吧。说罢，就把一只手提箱放到地上。我蹲下去，打开箱子，箱子是空的，根本没有手机，只有一张纸，上面写着，交出钱来，免你一死。当我再抬起头来的时候，三个年轻人每人手里都拿着凶器，那把大砍刀就架在我的脖子上。我一下子瘫坐在地上。我听到蒙蒙哭了。我感觉到刀背在我脖子上用了下力，一个声音说，快点！还有手机。我只好掏出身上的钱和手机。我对蒙蒙说，把手机给他们。蒙蒙不想给，或者只是犹豫一下，她的屁股上就挨了一脚，蒙蒙赶快把手机掏给了他们。让我吃惊的是，他们又数了五百块钱给我，把我和蒙蒙手机里的卡掏出来以后，又把手机还给我们了。其中一个说，你没见过我们这么善良的强盗吧，听好了，这钱是让你们回家的路费。他说完，给我一脚，让我和蒙蒙快滚。我牵着蒙蒙的手向外走。我感觉到蒙蒙的手在抖（或许是我的手在抖）。我和蒙蒙刚走到破败的仓库门口，就听到仓库里的摩托车声了。我和蒙蒙看到从仓库另一个门里冲出来两辆摩托车，向荒凉的厂区的另一端绝尘而去。

蒙蒙流泪了。蒙蒙说，你把我杀了吧。

我已经从惊恐中走出来了。我知道蒙蒙的话是什么意思。她是觉得这一切都怪她。

我说，太好了，我们两人还活着。

蒙蒙说，我不想活了，你把我杀了吧。

我说蒙蒙，不许说傻话，知道什么叫万幸吗？他们没伤害我们，这就是万幸。你别哭蒙蒙，我们回去。

蒙蒙说，我不想回去。

那怎么行，我宽慰她说，这点损失不算什么的，我再把它赚回来。蒙蒙你别哭啊。

蒙蒙说，你还来宽慰我，都是我不好，都是我出的坏主意，你不把我杀了，你就把我揍一顿吧。

蒙蒙哭得更凶了。她几乎是泣不成声了。

我说蒙蒙，你怎么这样不听话，我让你别哭你就别哭，你怎么还哭啊。

可我越让蒙蒙不哭，蒙蒙却越哭越凶。我拉拉她，她就像面条一样倒到我怀里了。

在回来的火车上，蒙蒙要么一言不发，要么悄悄流泪，要么不停地跟我道歉。蒙蒙已经跟我道歉过了。她再三说对不起，再三地认错。她泪流满面地说，你把我卖了吧。她已经不叫我杀她了，也不叫我揍她了，她就像傻瓜一样，让我把她卖了。她的话，引来周围乘客狐疑的目光，不明就里的人还以为我们真的要做什么勾当。可我已经想得开了。我也跟她强调过，我没有怪她的意思。我还跟她开玩笑说，我们能够不缺胳膊不少腿地活着，已经相当满意了。可蒙蒙却说，还不如死了呢。我说，那可不行，我比你大十几岁都不想死，你小小年纪凭什么死啊，我们还没过上好日子呢。蒙蒙后来就不说这些话了，而是说了句让我感动的话。她说，巴乔，我要赔偿你的损失。她说她要赔偿我的损失，这比我们被抢劫还让我吃惊。我严肃地对她说，这是不可能的。我的理由极其简单，我们被抢劫，不是你蒙蒙的错，你千万不可能有这样的想法，实际上你连内疚都没必要，这是属于自然灾害，不是以我们的意志能够克服得了的。她说，反正我是要赔偿的。我说你哪来的钱？她说这你就别管了。我说，我再跟你说一遍，我不要你赔，你凭什么要赔？我凭什么要你赔？你要是这样想，可别怪我跟你不客气！蒙蒙就不说话了。她的样子看上去十分可怜，好像损失的不是我而是她，好像是她损失了三万多块钱。

不过，这次损失，对我来说，确实是巨大的。但我表面上还很轻松，我不能让蒙蒙看出来我的沉沦，我的消极，我的后悔或悲观。我想我如果那样，蒙蒙更会受不了。她会更内疚的。我的强装镇静，果然收到了效果，蒙蒙也渐渐从阴郁中走出来。是的，没过多久，蒙蒙突然又像换了一个人，或者说来了个大转弯，她又是活泼而欢乐的蒙蒙了。她给我泡方便面，和我小声地聊着天。我们这个火车要坐三十多个小时，蒙蒙的轻松自如也感染了我。一度，我还忘了这个可怕的记忆。我看到蒙蒙女孩子的天性又显露无遗。她跟我说说笑笑，讲一些有趣的小故事，讲手机上的那些垃圾信息，讲她小时候干的一些傻事，还说到初中时给她写信的那个男孩，说那个男孩很小就懂得什么风月之类的。她还缠着我，要我坦白我的初恋什么的。她甚至问我，当初我和我的前妻是不是第一次。

我们剩下的钱仅够回程的花销了，但蒙蒙却很合理地做了安排。我们依然坐硬卧，依然是我睡下铺她睡中铺。蒙蒙把头勾下来跟我说话，有时候跟我诡秘地一笑。但是，很多时候，我在想着我自己，我开始为我的前途担忧。我只是小本经营，三万五千元的损失，让我基本上破产，或者处于破产的边缘。现在，我所有的资本就是还剩下的那二十多部少有人问津的二手机了。我银行里的存款，也仅仅够一个月的生活费。我躺在行驶中的火车上，那种无望、伤感和失败的感觉就像车窗外一闪而过的树木一样纷至沓来。天亮就要到连云港了，不，事实是，天已经亮了，刚才停的一站已经是东海县了，再过十几分钟，我就回到我熟悉的城市了。四天前，我在离开的时候，还充满着希望和理想，还是一个虽不富有，但还能维持生计的小老板，现在，我几乎是一个穷光蛋了。一切都似乎回到了从前，回到我从前创业的原始阶段。

走在站前广场上，我的腿感觉有点飘，脑子也有点晕。许多人从我们身边匆匆而过。我不知道他们的心情和处境，而我，却是来去两重天了。蒙蒙就像恋人一样贴着我抱住我的胳膊。蒙蒙的行为有点反常，在火车上我就感觉到了。这种感觉只有我这个当事人能够体味到，比如她的话语和做派都有点放浪。比如她都是主动拉拉我的手，或者用身体的某个部位碰我一下。特别是坐在下铺我们说话时，她的腿几乎是挨着我的腿，说话时，经常带一下劲。她腿上的动作，仿佛是她语言的一部分。要么她就把肩膀靠在我的肩上，喃喃地说着什么。她对我，不像是从前那种正正经经的顾主关系了，她对我的温情和甜蜜，是我从前梦想而得不到的，现在却轻而易举就得到了。这是因为什么呢？我觉得蒙蒙有点不真实，她是想回报我什么的。我感觉到她的想法有点危险。不过，也许不是这样的，也许呢，她现在所表现的，只是她自然的流露，是她内心真实的想法。

生活还在继续。

而我柜台里的二十多台二手机依然滞销。为了装点门面，我把我平时用的手机也摆进柜台了，蒙蒙照我的样子，把她那部漂亮的波导手机也摆了进去。蒙蒙使出浑身解数，销售还是不理想。我思考着如何走出目前的困境，首当其冲当然是钱，只要有钱进货，要不了多久我就能渡过难关。我不是没有过这样的经历，说实话，两年前，就是婚变之后，我不就是靠着三千块钱起家的吗？何况今非昔比，我还有这二十多台二手机呢，如果全部出手，也能有万元左右的收成。我是说，天还没到塌下来的时候。因此，表面上，我没有让别人看出我有什么变化。我还不是一个彻底倒霉的人，我还是一个生意不错的小老板。而蒙蒙倒是有了不小的变化。这种变化不是对我的态度。而是她自己，她神情有时候会突然地发呆，或者恍惚，有时候还会神经质地突然跟我说一些不着边际的话，比如她就说过，巴乔，你会不会以为我是个骗子？是和那些人合谋把你给抢了吧？我反问她，我有这想法了吗？不过我还是有点心虚，我曾经确实这样想过，但很快就被我排除了。我甚至还对我有这样的想法深感自责。我觉得我的这个想法简直是对蒙蒙的伤害。所以当蒙蒙说这话时，我说你别逗了，你们就是合谋，我也愿意。蒙蒙就情不由衷地笑笑。有时候她跟我发发嗲，请我吃冰激淋，请我嚼口香糖，还请我泡茶馆、进酒吧，她还说让我别发她工资了，她要帮我白干两年。她说这些话的时候，不像是开玩笑，也不像是认真的。我还是那句话，我说别逗了蒙蒙，工资我一分不少你的，别再瞎想了，好好做生意，等朋友借的钱还了我，我再去进一批货，谁做生意没有亏本的时候，有时候连血本都会亏掉的。蒙蒙就说，你朋友借你的钱多会儿还你啊，你跟没跟他要啊？我说要了，他被一笔生意套牢了。我的话自然骗不了蒙蒙，她用怀疑的目光看着我。谢天谢地她没有揭穿我的谎言，哪有朋友借我的钱啊，我不过是想安慰一下蒙蒙而已。不过蒙蒙跟我说过，她说我们会有钱的。蒙蒙不是说我，而是说我们，蒙蒙这样说是什么意思呢？她莫非真的要从她家里要钱来赔偿我？我知道蒙蒙这些年打工也没落下钱来。何况，即便是有钱，我也不能这样啊。我也不能在一个女孩面前表现成这副德行啊。更何况，我已经有点喜欢上蒙蒙了。糟糕的是，我不能太急。特别是这种时候，我如果表现得迫不及待，会给她一种错觉，我怕她以为我是趁火打劫，利用她的内疚来讨她的小便宜。所以，我多次表示或暗示，广州被骗的事不怪她。我跟她打过一个简单的比方，我说我现在让你去杀人，或者去干别的事，不管什么事，好事也行，坏事也行，你去吗？她摇摇头。我说是的，你不去，你肯定要考虑考虑，做出自己的判断。蒙蒙说我不知道你是什么意思。我说很简单，我们都是思想成熟的人，我们不会随便听信别人的话的，我们决定某一件事之前，肯定都要深思熟虑，就是说，最终做出选择或决定的是我们自己，比方说上次广州被骗的事，就是我自己做出的决定，所以我对自己所做的任何事情都负责。蒙蒙对我的话没有什么表示，我也就没做更多的解释。

有一天下午，蒙蒙跟我请假，她要提前两个小时下班。我不便问她有什么事，看她从从容容胸有成竹的样子，不像是有大不了的事。不过在她没跟我请假之前，她一直在埋头发短信息。我不知道她在给谁发短信，也许她约了谁，是和谁约会去了。我这样想着，心里就有些不安。在蒙蒙走后，这种不安就像被浸泡一样渐渐膨胀。回到家里，我还老觉得有心事，不需要仔细去想，我就知道这种心事来自蒙蒙。我实在忍不住了，给蒙蒙打了手机。可蒙蒙不接。我再打，就关机了。过了一会儿，蒙蒙给我打电话了，她还是用手机打，我猜想，蒙蒙刚才不接电话可能是有原因的，可能刚才她所处的环境不便于接电话。蒙蒙在电话里对我说，巴乔啊，我想喝酒。我说那就喝啊。我说你在哪啊？她说，你来愚人酒吧吧，我等你。我听到蒙蒙的声音有些特别，我说蒙蒙，你怎么啦？她说没什么，我想喝酒。我说你别乱跑啊，我马上就到。

愚人酒吧开在步行街上，那一带有不少这个吧那个吧的，我打的赶到时，蒙蒙正一个人要一杯什么酒在喝。

蒙蒙忧郁地看我一眼，哑笑一下。她的笑有些凄苦，有些无奈。可我看到她的眼泪忽然地流下来。

我说怎么啦蒙蒙。

蒙蒙抽着鼻子，说没什么。

我说蒙蒙，我送你回家吧。

蒙蒙就起身跟我走了。

一个人的岛

　　我要打的，蒙蒙说走走也行。于是我们就在路灯下慢慢地走。蒙蒙穿一件荷花色带帽子的无袖 T 恤，这种 T 恤设计很有意思，帽子背在身后，大夏天的，谁会戴帽子呢，帽子这时候起的作用只是点缀。蒙蒙没有穿裙子，而是一条白色的休闲长裤，裤子两条腿上分别是两只大口袋，这身打扮，加上她走路的姿势有点懒散，人就松松垮垮的了，本来小巧的乳房，这时候就略显沉甸。我不知道蒙蒙遇到了什么事情。根据我的人生阅历，蒙蒙一定是遇到什么事情了。自从我们从广州回来，蒙蒙一直让我捉摸不透。此刻，我和蒙蒙离得很近，感觉又像很远。因为我们还没有到无话不说的时候。我碰到了蒙蒙的手，我就把蒙蒙的手握住了。我感觉蒙蒙的手很小，而且很凉。我手上带一把劲，我说，蒙蒙……蒙蒙就扭身扑到我怀里。我们紧紧相拥着。我说，蒙蒙，你真可爱。蒙蒙哽咽着，她哭了。我轻轻推开蒙蒙。路灯下的蒙蒙泪眼迷离，我又狠狠地把她搂进怀里。

　　蒙蒙让我揽着腰。我们走路的姿势就有点别扭。

　　我一直把蒙蒙带到我家楼下。我的确是想把蒙蒙带回家来的。可蒙蒙止住脚步，她说，你家住几楼？我告诉她我家的楼层和门牌号。我说蒙蒙，到我家去坐坐吃点冷饮吧。蒙蒙说不了，这么晚了。真的，太晚上。蒙蒙的话像是梦呓，却也是坚决的。我不便强留蒙蒙。蒙蒙一定知道我想干什么。如果蒙蒙是快乐的，是兴奋的，我说不定能把她抱到我的卧室，但是蒙蒙的心情还没到那个时候。我如果硬拉她，她或许也会跟我去的。可那样……我不能让她觉得我很下流。我想我们时间还长着呢，我们总有水到渠成的时候，那时候才是美好的，才是妙不可言的。我抚摸着蒙蒙的肩，我说，我打的送你吧。蒙蒙说，也行。

可第二天蒙蒙没来上班。也许蒙蒙睡得太晚了，现在还赖在床上，那就让她再睡一会儿吧。直到中午时，我才给她打电话，蒙蒙的电话却是关机，再打，还是关机。这时候我还没有担心蒙蒙会出什么事，可一连几天我和蒙蒙都无法联系上。打她的手机一直都是关机。我这才想到蒙蒙是不是出什么事啦？幸亏那天夜里是我直接送她到家门口的，我看到她开门走进了自家的小院。那是她家的小院我想这该没有疑问，因为我闻到浓浓的豆腐脑的味道。这样我确信她是到家的，我才不至于怀疑她半道上被人绑架。可蒙蒙既然回了家，她又为什么不和我联系呢？即便是她不跟我干了，也应该跟我打个招呼啊。

蒙蒙就这样和我失去了联系。

我试着到蒙蒙家去，可我已经找不到那条偏僻的坐落在城乡接合部的小巷了。我一连找了几天都没有找到。我想，大磊应该是知道的，蒙蒙帮大磊干了一年多，他说不定知道蒙蒙家住哪里。我从大磊的朋友（也是卖二手机的小老板）那里知道了大磊的手机，我给大磊打手机，大磊听到是我的声音时，犹豫了一下才问，什么事？我说你知道蒙蒙家住哪里吗？大磊说不知道，就挂了手机。我听出来大磊的口气很生硬。大磊和我虽算不上朋友，但毕竟我们在一起做过生意，彼此之间也没有什么冤仇，我感觉到他的口气是明显不友好的。我再打大磊的手机，对方就很不耐烦地说，你想干什么啊？我说你知道蒙蒙在哪里吗？大磊没好气地骂道，你他妈想干什么！我说大磊你怎么这样。大磊在电话里轰轰地笑道，你他妈想我怎么样啊？你找蒙蒙干什么？蒙蒙是你找的呀？你他妈想吃下湖啊，你他妈也不撒泡尿照照你，你以为你是什么东西，你不过是一个破破烂烂的二手机，我操！听好了小子，别再烦我了，当心我把你给废了！

至此，所有问题迎刃而解，蒙蒙这些天的失踪，说不定就和大磊有关。不，应该肯定和大磊有关。

可蒙蒙为什么要这样呢？

我硬着头皮找到了大磊的眼镜店，大磊的眼镜店在步行街上，店面很气派。我跟店员打听大磊。她们说不知道。她们说这儿是分店，经理很少来。我又问总店在哪。对方告诉我在文化广场附近。我来到大磊的总店，得到的消息是，大磊出差都一个星期了。我算一下时间，正好和蒙蒙失踪的时间相吻合。难道蒙蒙和大磊一起出去啦？这是完全有可能的。

我不知道蒙蒙为什么要这样，难道他们是重叙旧情（如果有旧情可叙）？难道蒙蒙真的……就在我百思不得其解的时候，蒙蒙出现了。

更深夜静的时候我听到了敲门声。我想这时候会是谁呢？我打开门时，竟然是蒙蒙。昏黄的门灯下，面色苍白的蒙蒙有些疲惫，她欢喜地看着我，她的样子是那种罕见的羞涩，她的衣着既性感又含蓄，黑色的无袖吊带短裙，光洁的大腿，脚上竟然穿一双旅游鞋，一个巴掌大的小包从肩上斜挎下来，点缀在胯上。她跟我笑着，跟我说着话，我只看到她的齿白唇红，并没有听到她说什么。是因为我太惊喜，还是有点惊慌失措，反正我是确实没有听到她在说什么。我只感觉到她说话声音很细，就像喁喁的情话。我有点惊喜异常，也有点百感交集。我没想到蒙蒙会以这样的形式来到我的生活。

我情不自禁地把她牵进屋来。我说蒙蒙，你这些天都到哪里了啊？蒙蒙没有回答我。我一连说了三遍她都没有回答我。我们像久违的情人一样互相拥抱、亲吻和抚摸。我没有问她这些天都干什么去了，她也没有说这个话题，我们就像事先达成了这样的默契。我们绊倒了一只椅子，还有别的什么东西，一同倒在了床上。她就像一只欢快的小青蛙，更多的是用身体语言主动迎合我。我也用身体来回应她。我们谙熟其道，把事情做得酣畅淋漓。我们有点不可思议的疯狂。我们喘息和尖叫……后来，在稍事平静之后，我又问，你这些天都到哪里了啊。蒙蒙说，你别问了，你问这个干什么啊，我到哪里还要对你说啊，你又不是我的什么人，我想干什么就干什么，你管不着。蒙蒙的口气越说越严厉，我几乎不敢相信这就是十几分钟以前那个风情万种的蒙蒙了。再后来，我们都累了。

然而在我一觉醒来时，身边却没有了蒙蒙，我以为发生的一切是梦境，可我看到了蒙蒙留下的纸条和厚厚一叠人民币。蒙蒙在纸条上写着：

"巴乔，我给你生活带来了困难。这是三万元。我只有这些了。祝你生意兴隆，爱情美满。再见。"

蒙蒙的举动简直让我愤怒了，简直让我发疯了。她怎么能这样呢？三万元是什么意思！爱情美满是什么意思！再见是什么意思！她给我的生活带来什么困难？她现在才给我的生活带来困难呢。但是，我冷静地想一想，蒙蒙所做的一切确实是为了我。只是她没有把事情做对。事情不是她这么做的，她这样的举动简直傻透了。这说明什么？说明我是多么的不仁不义，说明我是多么的自私，说明我眼里只有钱，说明我心里想的只是钞票。蒙蒙就是这样看我的。

但是万能的钱，这时候和蒙蒙相比，太不是东西了！蒙蒙她把我想象成什么人啦！我把那叠钞票甩到地上。捆钞票的纸条被甩断了，钞票就像水一样流了一地，很是壮观。但是，且慢，蒙蒙哪来这么多钱？再笨的人也能想象出来，蒙蒙一个星期的失踪，肯定和大磊在一起，他们一同出游也铁定无疑。而这钱，无疑也是大磊送给她的，或者赠给她的，当然，也不排除是她主动从大磊那儿索取的。

我的心开始了灼痛。

我同时也冷静地想到，大磊和蒙蒙之间，还是有一段微妙的情感的，至少，从前有。我的推断是，大磊从前追求过蒙蒙，或者想得到蒙蒙，遭到蒙蒙的拒绝。而在蒙蒙需要三万块钱的时候，蒙蒙又把自己当成了一件礼物，主动送给大磊了。那么现在，蒙蒙突然的离去，是不是也是因为大磊？不过凭我的直觉，蒙蒙并不爱大磊。

我一定要找到蒙蒙，把钱还给她，让她把钱退给大磊，并且郑重地告诉她，我爱她。

我要让她重新回到我的身边。

但是，要想在茫茫人海中找到蒙蒙真是太不容易了，唯一的办法是从大磊那儿突破。大磊说不定知道她的行踪。然而我还没去找大磊，大磊就来找我了。大磊看到我，脸上浮现出怪异的笑。大磊说，你小子把蒙蒙藏哪去啦？我说，你少来这一套，你告诉我蒙蒙现在在哪里？大磊轰轰地笑着，你小子装得挺像啊。算了，我也不跟你计较，充其量不过二手货，送你了。我说，你说谁？大磊说，你想我说谁就是谁。大磊的德行真是欠揍，但是我没有动手。我知道我还不是大磊的对手。大磊阴阳怪气地说，你小子缺钱也不能使这种阴招啊。大磊这句话真的惹怒我了，我照准他怪笑的脸上就是一拳。

　　就在我到处打听蒙蒙的时候，有人对我说，你们是怎么回事啊？怎么大磊到处找她，你也到处找她？她是不是也欠你钱？说话人又神秘地说，大磊说那丫头是个骗子，什么手腕都使，到处骗钱，大磊发狠说，要是找到她，就把她皮给剥了。我压制着心中的怒火和激动，故意轻描淡写地说，她不欠我钱，她也不是个骗子，谁要信大磊的话，谁他妈和大磊一样都不是人！对方被我的话吓住了，不知深浅地看着我。我若无其事地说，你不知道兄弟，蒙蒙可是最好的营业员。

　　蒙蒙我最终也没有找到。她就这样消失了。

　　蒙蒙留给我的，除了内疚、失落，还有遗憾以及内心长久的痛苦。

　　我后来成了我们这座沿海城市二手机市场的垄断商，这已经是后话了。是后话现在不说，我现在要告诉你的是，在蒙蒙失踪不久之后，广州警方通知我，让我到广州去指认一个抢劫团伙。我在南下去广州时就很纳闷，难道抢劫我们的嫌疑人被抓住啦？可即便被抓住，他们又怎么知道被抢的是我呢？那帮家伙的确没有好下场，他们在广州二手机市场如法炮制实施抢劫时，被一举抓获。我向负责这个案子的副所长打听他们的破案经过，副所长告诉我，这帮家伙作案时，让一个业余女侦探跟踪上了。

　　我并没有想到这个业余女侦探是何许人也。我只是想，蒙蒙要是知道这个消息，她该多么高兴啊。可蒙蒙无法分享这份快乐了。我带着这样的遗憾，在广州大沙头附近的二手机市场转了一天，用退还我的钱进了一批货。

陌生电话引出的事

一

靠近春节的某一天，我突然接到一个陌生女人的电话，她让我猜一猜她是谁。我脑子里蒙了一下，程序发生了短暂的紊乱。对方声音很甜，很轻，枝枝蔓蔓延伸很远似的，说完以后还隐约有一种盈盈的笑（也许并没有笑），我仿佛见到一个调皮而狡黠的女孩。

她是谁呢？我犹豫了。

你再想想哦，往前想，一九九八年。

要想那么远啊？可我还是想不起来——毕竟十年了。

在她一再提醒下，我才想起唐红。是她吗？

1

一九九八年夏天其实也没有什么特别的。我那时候在剧目创作室写舞台剧，业余时间写小说，虽然用电脑写作，可彩色喷墨打印机的油墨很贵，又打印不了多少张，用完一罐墨我就没有再灌装，所以，经常到单位对面的一家印务中心打印稿件。

唐红就在这家印务中心打工。

不过，一开始，我认识的，可不是唐红，而是印务中心另一个女孩许慧，一个精干的经理。

中心还兼晒图、刻光盘、印名片、卖自动化办公用品等业务，平时有不少工作人员在忙里忙外，其中有四五个是女孩。我经常去，多半原因，就是店里女孩子多，她们一个个像露珠一样光鲜水灵。去多了，我就能感受到印务中心女经理许慧和老板王天的关系比较暧昧。

许慧不算丑，说漂亮也不为过，嘴唇薄薄的，下巴尖尖的，眼睛细而长，仿佛伸到额角的头发里了，对，就是那种你会在街上常常见到的女孩。但是，许慧给人精明过了头的感觉——事实也正是这样，难道不是嘛，许慧大部分时间都在前边招呼客人，声音脆而缺少韵味。每次我去打印稿子，都是把软盘交给她。也许是打印稿子这种业务是最小的业务，她也没有安排别人，而是亲自在一台电脑上处理了。开始几次，还算正常，后来大约已经熟悉的缘故吧，她接过软盘，抬起头看看我，一笑，说，作家。

对于她说话的口气和表情，我有些不舒服。那话里有一点讥笑，有一点嘲讽，有一点不屑一顾，也有一点旁若无人。我当然没有搭理她，她怎么能这样说话呢，年纪轻轻就像历经不少世故似的。但有时候她又很钦佩地说，又写一篇啊。有一天，她突然问我，赵玮她后来怎么样啊？她到底见没见到金龙？

赵玮和金龙是我小说里的人物，她怎么会知道呢？莫非她偷看了我的小说？按说，有人喜欢我的小说，我应该感到沾沾自喜才对，至少不应该反感。可是许慧的偷看，我怎么也高兴不起来。

你的小说没头没尾，看了让人难受，是不是啊？

许慧的嘴角往上勾，眼睛眯眯着，笑笑的样子。她的笑，改变了我最初的印象。我想，一个能把我小说看完的女孩，至少还不坏吧。

我想告诉她，小说就是看了让人难受的。想想，这个问题比较深奥，说了她也未必懂。

小说就让人看了难受的吧？她说，有些忧心忡忡了，小眉头还皱了皱。

我被吓了一跳，她这句话不但和我想得一模一样，也算是说到点子上了。由此，我瞬间改变了先前对她的偏见，和她交流起来，也就轻松自如了。通过交流，我发现她是个很有见地的女孩子，再加上人也还算过得去，使我不免就有些卖弄。

朋友们都知道我的口才还算不错，再加上专门在女孩子面前卖弄，更是使出了浑身解数。她果然被我的"才华"所倾倒，很乐意听我喋喋不休的吹嘘。

在以后的几天里，我需要打印的稿子似乎突然多起来，一天有时候要去两趟甚至三四趟打印社。许慧跟我自然就熟了，她说话的声音也比先前大起来，还经常发出咯咯的笑声。这期间，老板王天会从前台路过，会听到我们的交谈，看到我们快乐的调侃，都要看许慧一眼，偶尔也会跟我招呼一声。有一次，王天大约又听到她的笑声了吧，从门厅一侧的办公室出来，看她捂着小肚子乐不可支的样子，问，干吗？许慧继续笑着，声明道，开心。王天脸色严峻，说，开什么心，这是工作时间！王天这个人，他脸色就是再严峻，给我的感觉，也是那种鬼鬼祟祟、心猿意马、左顾右盼的样子。许慧听了王天的话，非但没有收敛，还声音更响地说，工作时间就不许说话啦？就不许笑啦？瞧你那点样，就这么大出息啊？晕死！王天脸色都暗了，要不是当着这么多员工和顾客的面，他说不定会发作的。而我，似乎心虚起来，觉得心底的秘密被人发现似的。其实心底也并无什么非分的想法。

王天就是这个死色，许慧在第二天又说，他就是那点样。

那点样，是什么样呢？我想想，她说得没错，说王天"那点样"，再恰当不过了。

你写那么多书，要赚很多钱吧？也不请我们吃吃饭。

我没好意思说一千字只有几十块钱，何况还不一定发表。不过吃饭倒是可以的。不就是吃饭嘛，我说，你想吃什么？你点菜，我请。

这时候，我感觉有人在望我。好多双眼睛在望我，那些打字的，晒图的，制名片的，刻光盘的，都是印务中心的女员工，都穿好看的衣服，都有一张干净的脸，她们的眼光既神秘，又好奇，还透出些许怪异。我再望她们时，她们突然间又变成一个个侧影或后背了，只有一个脸色微黑并有一双浓眉的女孩还在看着我。浓眉下的那双眼睛我见过，清澈而深奥，像藏着许多的疑惑。上一次，她发现我的目光时，慌乱地躲开了。而这一次，她没有立即躲开，像是示威似的。在那一瞬间，我心里紧了一下。我不由躲开了她的目光。我内心里涌来一种特别的感受，那种被人窥视的感受——对方是在琢磨我啊。而许慧正在兴头上，她说，真的呀，正好中午没人请我，我想吃烧羊肉，也想吃鱼……干脆吃鱼吧，知鱼乐的鱼。

知鱼乐是一家有名的海鲜馆，价格不薄，我怕出不起那血。可已经答应了，也就不能那么小气。我说，我也好久没吃鱼了，好，就是知鱼乐。

这时候，许慧接了一个电话，许慧对着话筒说，你烦不烦啊，我刚有人请，你电话就来了，我不吃，你们那些狐朋狗友，我早就审美疲劳了……什么？叫你说对了，就是的……就是作家又怎么啦？好啦好啦，你这种人，心眼儿比针尖还细，给你个面子……

从许慧的口气里，知道对方是印务中心老板王天，而且王天在电话里肯定也提到了我。许慧放下电话，照例是露出一嘴白牙地笑，照例如先前一样朗朗地说，对不起作家，你得欠我一次了，我中午有饭局了。

为我省了钱，我心里正偷着乐，嘴上却悻悻地说，这叫什么话，不是我先请的吗？你得先跟我去吃。

不行，不行……

许慧声音突然变小了，她把嘴凑到我耳边说，你不怕有人剁你的脑壳子？

我哈哈两声，便没了下文，脸上依然是悻悻的。想起吃醋的王天，想起我不知不觉就变成别人的情敌了，心里还是慌了一下。

2

不久后的一天，我到超市去买方便面，看到一个盯着我看的女孩。她见我也看到她了，眼睛并没有躲开，而是跟我一笑，说，陈老师不认识我了吗？你常到我们那里打印稿子的，许慧还把你的文章让我们看哩，我们都佩服你的。

我记得，我怎么能不记得呢，她就是许慧那家打印中心的职员，生两道浓眉的女孩，她自报姓名说叫唐红，还问我怎么几天没去打稿子。我说手里正在写一个东西，等写好就去了。唐红听了我的话，脸不知怎么红了。她肤色本来就黑，再一红，像是涂上了一层夕阳，把鼻子旁边细小的雀斑都映出来了，很好看的，再紧跟着一笑，似乎有什么话要说。这种女孩子虽然不漂亮，特清楚，心里大概和面目一样简单，和许慧相比，缺少心计和风尘。我多了句嘴，说，你也买方便面吧？唐红说，陈老师买一箱方便面，是送人啊还是自己吃？我说，哪有拿方便面送人的，我自己吃，放几根小青菜，切几片西红柿，打一个鸡蛋，抓一把虾皮，最好再撒一点点海苔，如果有香肠，也可以切几片，很好吃的，我晚上都这样吃。唐红说，叫陈老师这样一说，我也想吃了。方便面哪有这样做的呀，费这么多心思，还叫什么方便啊，难怪许慧让你请客了，原来陈老师真的很会吃呀，可惜我们没有口福，吃不到陈老师点的菜，更不要说陈老师亲手做的饭了。

听唐红的口气，我已经请许慧吃过了，事实上我还没有请她。事实上我也不准备请了。我这几天没到印务中心去，一方面就是怕许慧真的没忘记请客的事，另一方面，还有那个王天——我可不想让人家不舒服，因为我并没有拆人之好的心，何苦为了几句口头上的开心惹出风波来呢，许慧那句剁我脑壳子的话，还是挺吓人的嘛。

我说，我这哪里叫会吃呀，这不是被逼的嘛——我还没请过许慧，她怎么知道我会吃？

陈老师别骗我们不懂事了，许慧不但说你请她吃饭，而且还不止一次。

是吗？她是怎么说的？我又惊又奇。

她还能怎么说，请没请，难道陈老师心里没数？不过……

不过什么？我希望她说下去，因为我听出好像有什么道道来。

不过陈老师的请客，倒是帮了许慧的大忙了。唐红声音变小了，王老板这回是真的要娶她了。

什么意思？

难道陈老师不知道吗？王老板和许慧好了几年了，不知什么原因，王老板就是不娶她，他婚都离了，也是因为许慧才离的婚，可他还是不娶，许慧那么有心思，居然没有办法，这回有你陈老师出面帮忙，事情似乎有个眉目了。男人是不是都是这样啊，不到大敌当前，就不动真格的。

唐红的话让我头皮一阵阵发凉，我说，糟了，那个王天还真是误解我了，他说不定真的想剁我的脑壳子呢。

陈老师不是也想剁别人的脑壳吗？唐红调皮地一笑。

谁说的，完全没有的事。

是吗？要真的没有这事，许慧为什么要这样说呢？噢——唐红想一下，恍然的样子。

许慧还说什么啦？

陈老师希望许慧说什么呢？唐红的样子，完全是狡黠了。

我摇摇头，表示有些无奈。

那么，陈老师还去打印稿子吗？唐红狡黠的笑里，又有些若有所思的样子。

为什么不去？我要是不去，好像真的有什么事似的。我明天就去！

明天……唐红突然又顿住了，说，明天，我倒是要看看许慧的脸红不红，人家陈老师根本就没请过她。

和唐红分手后，我觉得事情有些复杂——我是无意中卷进一场风花雪月的事里了。正想着，电话来了，号码比较陌生，接听之后才知道，居然是唐红。她说，陈老师，刚才我只是随便说着玩啊，你别记在心上啊……

我没记在心上……我知道……

那就好，陈老师，不好意思，打扰了啊……明天……你按时过来吗？

她倒是关心起来了。会有笑话看吗？我想着。

二

你是……我犹豫着，说，你是唐红吧？

你终于想起来了，唐红说，没想到吧？

我说是。我突然地有些百感交集，喉咙不由得哽一下，赶快说，你还好吗？

还是那个样。就是老了，嘻……你呢？你挺好的，我知道。

是吗？好什么呀，也就是那个样吧。

你别谦虚了，你就是挺好的，我全知道……对方声音突然低了，你还恨我吗？

我心里也一沉，说，没有吧，我这人太无能……

对方打断道，你快别这样说……

1

我想好要到打印中心去会会许慧的。我倒是要看看她怎么表演。我猜想，还不知她在王天面前说我什么了。我甚至都准备和她吵一架。就是骂她几句也是有可能的。

可是，让我失望的是，许慧不在。

在原来许慧坐的位置上，坐着一边抽烟一边看一本时装画报的，正是老板王天。王天很瘦，没有肩膀的样子，人还算不错，长相居然和许慧有许多相似之处，比如眼皮、嘴巴都是薄薄的，肤色也黄黄的，和许慧倒是真的匹配。

我尽管愣一下，尽管失望随即被恐惧替代，以为王天是不是故意在等我，但我还是很快镇静了。我以一个正常客户的姿态说，打印一份东西。

王天犹疑不定地扬一下下巴，喊道，小唐，过来。

唐红从她的电脑前站起来，小颠步跑着过来了，说，打印啊？几份？

两份，一首诗，一篇文章，每样两份。我说着，跟她挤一下眼，意思是说，怎么样，心底无私天地宽，我不是过来了吗？谁敢动我一根毫毛？

唐红也偷偷跟我扮一下鬼脸，脸上的表情十分的丰富。她从柜台绕过来处理文件时，王天起身离开了。王天果然没像上几次那样跟我打招呼。

我在看唐红熟练地操作，看她的一举一动，看她的一扭腰、一抬手。突然的，她也回头看着我了。那最初的一眼，让我想起曾经碰到过的眼神，也许并不特别，遥远的，依恋的，犹疑的，但是确实让我心动了一下，似乎我等待那样的眼神好久了，似乎那眼神等了我好久了，似乎我们什么时候有了约定，似乎我们共同藏着某种秘密，在等着对方去解开。这一次我没有躲开目光，而是迎上去。我感觉，我们的目光，在半空中相遇了，碰撞了，我还感觉我心里被狠狠地弹了一下，被柔软地一击。我对她一笑，脸上肌肉僵硬。也许是我的笑太可怕，吓着她了，她脸一红，别过了头。我想起昨天在超市里，在说到许慧时，她突然顿了一下，原来，她是知道许慧今天不在的，但她没有说，她还是希望我来。我来了，没有碰到许慧，却无端被另外的情感侵袭着。我看着唐红的侧影，她是属于稍胖型的，不是那种肥胖，是让人很能接受的胖，胖得恰如其分，腰肢显得柔韧而有力量，非常的健康。她衣服的搭配，也很好地遮掩了她略显宽大的臀和胯，倒让她的胸部有种精致的美。从侧面看她长长的睫毛，看她明亮的鼻尖，看她丰满而湿润的嘴唇，一切都是那么的感人。有些女孩子，乍一看，韵致无边，风雅迷人，但不禁看，就好比许慧，你说不上她哪里不好，但真要说她哪里好时，反倒没有词了，只用一句干巴巴的"漂亮"来概括；有些女孩子，乍看真的很一般，但只要你有耐心，多看她几眼，你会发现她内在的气质，那长久的耐人寻味的气质，就像优质葡萄酒。唐红就是这样的女孩。

唐红在一张纸上写着什么，连同打印好的一叠稿子，递给我了。

那张白纸上写着两行字：

许慧出差去南京了。

你的诗能让我看看吗？

我在纸上回了一行：

可以，不过，写诗不是我擅长的。你看了要提意见的。为了感谢你，我请你吃饭。

她继续写道，你也这样请许慧的吧？我这话问得太不讲理，不过我答应你了，什么时候？千万别在今天，许慧知道会骂我的。

跟她有什么相干，我就要今晚请你！

唐红没再在纸上写，而是嗯一声。

2

时间在走

在我的身体里快走

一步一步

它没有留下地址

我也不去想回去的路

老去是自然的

额上的皱纹

笑逐颜开里的灰尘

歌声里

把光阴的故事讲述……

一个下午，我都在研究这首诗。这是我自己的诗，确实不怎么样，是昨天晚上为了今天有借口来打印，应急写的，要知道唐红会看，无论如何要写一首好诗。我有些懊悔。而且懊悔这种情绪，就像身上新添的伤，持续地疼。晚上吃饭，我要跟她好好解释解释。

我们是在咖啡馆里吃的简饭，在等菜的时候，我说那首诗不好，知道你要看，一定找一首好的。

还不好吗？她不相信我的话，口气是钦佩的。

我把改好的稿子拿给她看。她看得认真，说，我不懂诗耶，我要是文艺青年就好了。

她说文艺青年，而不是我们通常说的文学青年。我觉得她表达得更准确。

早知道会认识你，在学校时，我也是要加入文学社的。她眼睛望着我，很诚恳地说。

此后，她都一直诚恳地听我说话。就是吃饭的时候，她也极其认真。我问她还要吃点什么，她说已经吃很多了，不能再吃了，吃一顿要饱三天的。然后还说到她哥哥，说到她嫂子，说她嫂子喜欢看书，看杂志，还订了《诗刊》和《青年文摘》，并且笑道，我这几天把嫂子的杂志借来看了。她的话让我心里多了一份感动，觉得她是专门为了我们这次吃饭，才预习了文学。我们还说了一些别的，说她大学生活，说她刚刚工作，说她曾经认识的一个女孩也是文艺青年，还说她最怕写作文了。等服务员收拾了桌子，我们反倒没有话说了。

你在想什么？我问她。

你呢？怎么不说话啦？

我在等你说话哩。

你会不会把我们吃饭的事告诉许慧？她笑着说。

告诉她干吗？说完，我又说，她就是知道了又有什么？你怕她开除你?

这倒是不怕,总之是不好吧……我也不知道,我……我脑子有些乱了。唐红顿一下,说,许慧挺有心眼儿的。

是嘛,我倒是没看出来,不过,她和王天,是天生的一对。

她要是听到你这样表扬她,一定要感谢你了。

那,还是不让她知道好了,我可不想让她感谢。

那你还去打印稿件吗?

当然去啊,不去我怎么能看到你。我的话并不是夸张。

真的假的呀?

真的。我声音很低,被我自己的真诚感动了。

唐红的声音也降低了,她眼里闪着盈盈的光泽,悠远而深情地说,你想看到我,可以打电话……

我说,那就好,那我就不去讨人家嫌了,我到别的地方打印好了。

谁会嫌你呀,你不会是说王天吧?

当然是他。

他是讨人嫌的,不过还好,有许慧喜欢他。

我和唐红互换了手机号码,又说了些闲话。我们还没到情人那样不厌其烦地说情话的份上,也不可能像一般朋友那样大谈一些无聊的趣闻轶事,相互有选择的谨慎的话,禁不住说,经常出现短暂的停顿。这期间,她接到她嫂子两次电话,我是从她通话的口气里听出来的。她嫂子对她夜晚的活动问得很详细,真难为唐红不讨厌她嫂子的碎嘴。

分手是在所难免的,我虽然依依不舍,但,确实也不可能勾留太晚。我是目送她乘坐的出租车消失在长街的车流里,才失落而又惬意地徜徉在夜色里的。

　　一路回家，感觉夜色真的很好，自信没有说错什么话，一夜都是好心情。

　　此后，我们开始了约会，虽不算频繁，有几次还是非常愉快，特别是在苍梧绿园的那次照相，把她小姑娘的单纯和快乐全表现了出来。她那天穿一条连衣裙，说实话，这条裙子的色彩并不适合她穿，浅褐色的，做工简洁、大气，但和她脸色有些相近，如果是白色或黄色的，可能会让她的脸色亮堂些。不过年轻女孩子，穿什么都是漂亮的，走在竹林里，走在草地上，阳光照在她身上，都是那么的美好，我们不由得拉起了手。在曲桥回廊里，她说，我喜欢大一点的……男人……就是你呀。她的声音非常低，几近于气流了。于是我搂住她的肩，她便转过身来，伏在我的胸脯上。我们拥抱了一会儿，她抬起头来，淡淡地说，我嫂子知道我跟一个离过婚的男人约会了，而且，她也知道你三十多岁了。我啊一声，等着她继续说。可她不说了。她眼睛望着我，似乎在等着我说。我心里虚一下，看到她眼里的矛盾，看到她脸上掠过的不易察觉的阴影。她也许也觉察到我内心细微的变化了吧，推了我一下，明媚地笑着说，好啦，我们照相吧。她往后退一步，从身后的小包里取出相机，让我坐在回廊的栏杆上。咔嚓，咔嚓。我们照了好多照片，湖边，亭子里，草地上，她帮我照，或者我帮她照。她跑着，跳着，阳光被她划动了，草香也在空气里飘荡。她笑声是朗朗的，身姿是矫健的，裙片也快乐地打在她的小腿上。而我，脑子里一直想着她的嫂子。她嫂子，会在她面前说我什么呢？她嫂子又知道我们多少呢？我记得她说过的，她嫂子和许慧是同学，那么，许慧在她嫂子面前也会说过我什么吧？

事情似乎有些复杂了。

<h1 style="text-align:center">3</h1>

许慧知道我和唐红的事了。

本来，我和唐红都是心照不宣地躲着她，但那天，许慧打电话给我，还没忘记请客的事。她在电话里笑嘻嘻问，陈大作家，你是真的假的呀，你什么时候请……再请我吃一次啊。

我说，啊，那还不好说吗，你什么时候想吃，我就什么时候请。

对方开心地乐了，说，好啊，我今晚就想吃，今天天气凉飕飕的，正是吃饭的好天气，你请我去吃毛家菜吧，我都好久没吃了。

我说，还有谁啊？

对方声音嗲了起来，你还想谁啊？就我不行吗？就我们两人吃吧，我也好久没看到你的小说了，带一本让我看看……

这下坏了。我问她还有谁，是想让她叫我随便喊谁的。如果她这样说了，我就把唐红叫上，反正，我和唐红的事，迟早要让她知道的。让她知道了，她就不拿我说事了。她那些暧昧的话，不知道的人，还以为我和她有什么关系似的。但是，她让我请她一个人，我就不干了。我说，哎呀，还真不巧，改天我请你如何？我今晚被人包了。

许慧显然生气了，说，你烦不烦啊，谁包你啊？男的女的？好了好了，你就叫别人包了吧。

挂了电话，我还暗自地乐。

我给唐红打电话，约她晚上出来。唐红小声地说，刚才许慧打你电话啦？

我说是。

唐红嘻嘻地笑道，她骂你了，说你尽想吃她甜瓜，还要让她包你，嘻嘻……

哪里啊，我是说被别人包了，哪里是要她包啊……

嘻嘻，我知道。

我们去吃什么呢，毛家菜就不要去了，说不定会碰上许慧的，我们去吃虾婆面疙瘩汤吧。

听你的啦，唐红说，不过干吗要怕她啊，碰上又怎么啦？

我和唐红每人吃了一碗疙瘩汤，往盐河边散步。真的有秋凉的感觉了，晚风吹在脸上，很舒服，很爽。我和唐红牵着手，走在河边绿园里的小径上。河边绿园是一片新开发的绿地，植上了许多大树，树丛中的绿地上，散布着不少条凳，凳子上坐着相拥的情侣，也有小坐的老人。从他们身边走过，身心不由得谨慎，怕惊扰了他们，也有一种内敛的从容。前边就是一片竹林，金镶玉竹是我们这儿的特产，城市里到处都是，不远处的这片竹林青青葱葱，在路灯照耀下的夜色中尤为神秘。我们不由得往那里靠近。

有急促的争吵声传来，声音压得很低。

声音就在附近，但没有看到人影。唐红也听到了。唐红说，我们也会这样争吵吗？

我说不会吧。我说你听，都是女的声音，男的没有一句话。

唐红抖动一下我胳膊，说，那是男的没道理嘛。

我们在拐过一块高大的太湖石的时候，在路灯的暗影里，看到争吵的那对男女了。其实，与其说是争吵，不如说是女人在折磨男人——男人的脖子上吊着女人，身体在扭动。女人的声音压在喉咙里，连哭带嚷道，不行不行就是不行，我什么都给了你你就要抛弃我，你是个骗子大骗子大骗子……

我和唐红同时都看到了，这对男女不是别人，正是王天和许慧。许慧骂他是大骗子的时候，脚还在下边乱踢。

唐红的手上带把劲，示意我们赶快离开。

我们轻巧地加快了脚步。

但是，我们还是被发现了。我是第二天接到许慧的电话的。许慧在电话里几乎是责骂我了，她说，你不想请我吃饭瞎承诺什么呀？难道耍我不成？你说被别人包了，谁包了啊？我说是哪一个天仙美女哩，原来是我们的黑珍珠唐小姐，喊，我怎么就没看出来！

4

原本以为，我们的约会还会继续下去，没想到的是，从此以后，我们只通过几次电话，唐红便销声匿迹了。所谓的通电话，也都是我打给她，她不再打我电话了。我先约她吃饭，她说家里有事，出不来。我又问她关于照片的事，是让她把我们的照片洗出来。她说还在相机里，没拿出来，最近忙一些，准备抽空再去洗。总之，我只能在电话里听到她的声音了。

通过电话，我应该听出来，她说话的口气已经淡漠了很多。可我不过认为，她在上班，当着同事的面有些拘谨罢了。又过几天，是在我刚打过她的电话之后，她又回打我的电话了，她很抱歉地让我以后不要再打电话给她。我听她的声音有些不对，便问，怎么啦？她说，你就别问了。我说，我想知道。她说，可是我不想说……我只是觉得，我们再相处下去，不合适。我脑子里蒙了一下，正想着我是不是哪里出现了差错，她又说，我们……我们……可能是个错误，你好好生活吧。说完，她就把电话挂了。也就是从这次之后，我再打她的电话，她不是不接，就是关机，后来，她干脆换了卡。她这样决绝，让我非常难过，也想不通，难道从此她就从我生活里消失了吗？我自然心有不甘，到那家打印中心去找她。让我非常失望的是，她居然辞职不干了。

许慧还在，她看到我时，瘦削而白皙的脸上，能刮下一层霜。嘴角撇一下，似是而非地笑着，说，你还好意思来啊。她声音很小，就像不是在跟我说话。我不知道我有什么不好意思的，但我听出来，她这句话里含有多层意思。我想，唐红态度的陡变，说不定就是她捣的鬼。不过我还是忍住心里的气，问她，你知道唐红去哪里了吗？许慧似乎很得意地咧咧嘴，说，我还想问你呢。你自己做的好事，还好意思来问别人！她见我愣在那里，又用鼻子笑一声，很轻蔑地说，你就是八抬大花轿请我，我也不去吃你的饭了。你以为唐红那样的小美女好哄是吧？哈哈哈……

三

快十年了吧？我把手机换一只手，说，时间真快啊。

是啊，十年了，唐红说，你还记得我们一起照的照片吗？

怎么不记得，可惜我一张都没有看到。

我一直保存着。

你还保存呀，你不怕……我没有说下去，她应该知道我的意思，这些年下来了，她应该成家了吧，保存许多张男人的照片，不怕她先生嫉妒？

没问题，我手里照片多了，没有人能管。

能把我的照片给我看看吗？

她犹豫着嗯一声，拖音很长，说，可以吧，不过只给你看看，版权归我。

我说行啊，可是能见到你吗？对了，我还不知道你在哪里呢。

对方说，我在南京呀，你真不知道？许慧没对你说？我准备年前回一次老家。

我说，你不说许慧，我还忘了，你知道许慧干什么吗？

知道，我还知道……唔……你的那位……

1

唐红消失之后，时间飞速地过去了几年，当 2001 年国庆来临的时候，我和相恋一年多的女友小田结婚了。第二年，我们就生了一个可爱的女儿。

小田在一家大型广告公司上班，做平面设计，工作还算顺手，心情也就不错。但是，有一天，她情绪不太好，说是公司新来的小许如何如何，说完了还生了一阵闷气。我一向对她公司的事不太关心，也就没注意小许是谁，对她所说的事也云里雾里的没听清楚，好像那个新来的小许比较古怪，常常暗地里欺负她。我只好不着边际地安慰她几句。

没想到那个小许竟然是许慧。

不是因为巧合，是这个世界太小。谁能想到，四年之后，许慧和我妻子小田居然成为同事呢？

许慧的事我还是了解一些的，自从唐红莫名其妙地躲开我以后，我又去过几次印务中心。我去印务中心，不是去找许慧的碴，而是试图从侧面打听唐红的下落。我想，即便是许慧不告诉我，公司别的女孩总是知道的吧。但是唐红的下落我最终没有打听到，通过别人的闲言碎语，我大致知道了许多许慧的事。许慧和印务中心的老板王天，终究没有成为夫妻。王天倒是因为她而离的婚，但离婚后的王天又突然醒悟了还是哪根筋搭错了，不再跟她谈婚论嫁了。为此，许慧很是伤心了一阵，想了好多办法都没有打动王天的心。许慧当然还在做最大的努力，有时候可以说是死磨烂缠，甚至放出风来，说她和王天怀上了，后来又说做掉了，但是王天就是不为所动，稳坐钓鱼台。直到有一天，王天突然宣布，他要结婚了，新娘当然不是许慧，而是印务中心的小会计，外号叫小白兔子。许慧无论如何没有想到，螳螂捕蝉，还有黄雀在后，这个平时素面朝天、不声不响、一脸雀斑、瘦瘦小小的小白兔子，竟然把她琢磨已久的王天干脆利落地拿下。许慧顿足捶胸，后悔忽视了这个不起眼的丫头片子。想想自己对王天可谓严防死守，激将法、苦肉计、离间计、美人计、贤妻良母计等等全都用遍了，没有想到敌人就出在内部。许慧一怒之下，抽了小白兔子一记耳光，离开了印务中心。

唐红的消息没有打听到，却意外地知道了许慧的事，也算是一个不错的小插曲吧。

此后，许慧也和唐红一样，消失在茫茫人海里。

冒出水面的，首先是许慧，她也到小田供职的那家广告公司工作了。那么，她个人的情感问题怎么样了呢？有了这样的好奇，小田再次说起她的同事小许时，我就有意留心了一下，并引诱她多说说小许的事。从小田的嘴里，我知道许慧至今还是单身未嫁。许慧念念不忘的，还是王天。她在讲述自己的这段恋爱经历时，依然津津乐道。她未婚不嫁，就是要等着看王天和小会计离婚的笑话。她一直认为，小会计无论长相还是能力，都和她相差甚远，王天娶她，真是鬼迷心窍。王天终有一天会从执迷不悟中醒来的，到那时，王天就会一脚踢开小会计。而事实上，许慧和王天还一直保持着密切的关系，她也私下里透露，王天对小会计的床上功夫不甚满意。也真有她说出口的，她的言下之意，就是王天对她的床上功夫相当满意喽。

突然的一天，小田在吃饭时对我说，许慧说她认识你。

小田看是漫不经心的，但我感觉到她漫不经心里，正藏着某种巨大的波澜。我心里慌了一下，只一下，我就平静了，因为我和许慧并没什么，许慧，不过是我从前认识的一个女孩。我也漫不经心地说，是的，她从前在我们单位对面的印务中心工作。

噢，怪不得。小田说完，没有再提这个话。

小田不再提，我内心的虚假平静就难以掩饰了，许慧不会在小田面前说我什么了吧？她不会在小田面前说我和唐红的事吧？我和唐红的事，许慧知道多少呢？尽管我和唐红并没有什么事，我们只是拉拉手，拥抱过，但是，经过许慧的嘴，也会说出什么事来的。几年前，我就有一种预感，我和唐红刚开始的恋爱，就是因为许慧，才让本来就犹豫的唐红离我而去的。许慧在我的生活中再次出现，总之是一个不祥的预兆。那么，事隔几年之后，许慧会在小田面前说起我和唐红的事吗？也许不会的，因为这时候和几年前不一样了。

但是，小田是个敏感而细腻的人，她一定也看出我的不自然的神态了，还有，她那句"怪不得"，事实上就是言犹未尽，明显地藏着话。

小田和许慧的矛盾还是激化了。女人之间的争斗，你说不上来是因为什么，说出来的，都是鸡毛蒜皮的小事——她们广告公司办了一份以招商和展现企业内部形象为主的杂志，以前一直都是由小田做，反映还不错。许慧来了之后，三番五次在主管面前对杂志提出改进意见。后来，主管采纳了许慧的意见，小田就不高兴了，两个人之间出现了冷战。

小许，咦——她和王天，那叫什么事啊，我就听不来她们在电话那个哆劲。小田会时不时地跟我说起许慧，口气里充满了不屑，仿佛我很早以前就认识许慧，连带我也受到她的鄙视。

小田继续说，人家王天一家好好的，她偏偏骂人家过不到头，没事就打电话骚扰，还死皮赖脸说她才是正宗的二房，她小白兔子充其量不过小三子。

小田的话里，也渐渐地有些恶意了。

不过许慧创意的杂志只办了一期，效果并不好，主管就收回来，恢复了原来的本色。小田这回得意了。小田再次跟我说起这件事时，评论道，她那种人，也就是嘴上能说说，干不了实际工作的，就像她跟王天一样。王天根本就没拿她当回事。

事情似乎就这么平静下来了。这些年，小田和许慧虽然还是磕磕绊绊，但也没有什么不共戴天的仇恨，总算还是能在一起工作，也算是相安无事吧。

四

唐红说，小田挺好的，你还是有福啊。

唐红能知道我家那位（小田），毫无疑问的，也是许慧说的了。

我还见过你夫人一次……

是吗？

对你说噢，我可没有别的意思噢，我是去年夏天，去找许慧的，许慧告诉我……小田是你夫人，很能干的。

我啊啊着，不知要说什么，只是意识到，这话不好接下去。

还好，唐红并没有就小田的话题而深入，继续在电话里说，你见过许慧吗？

见过一次。我说。

我发现她还和从前一样。

是啊，没有什么变化吧？十年不变的女人最可怕。

是吗？其实，我也这样认为……

1

和许慧那次见面，也纯属偶然。那天，大约是去年的十月吧，也就是 2006 年金秋，我们一家三口去苍梧绿园玩，在曲桥回廊里照相，四岁多的女儿已经会在镜头里扮美了，她咯咯的笑声，引起回廊另一端里女人的注意。她挣脱一个男人的怀抱，大声地跟我们打招呼。

走过来的，就是许慧。她身边的那个人，我以为是王天，可惜不是，也许是她新谈的男友吧。近段时间，小田不再跟我说许慧了，所以，对许慧的现状，我也是知之甚少。许慧还是那个老样子，瘦而俏，面目清秀，轮廓线条太硬，肤色更是苍白了，而嘴唇尽管用了很重的口红，依然不够丰满。我奇怪八九年下来了，什么东西都会发生变化，而许慧竟然一点没变。变化是正常的，一点没变，就让人害怕了。

许慧见到我，故作夸张地大吃一惊道，哎呀，你是陈老师吧，你发这么胖啊。

许慧的神情让我也吃了一惊，她把我当成发面了。

不等我说话，许慧就抛下我，跟小田和我女儿闹去了。许慧也没有介绍那个男的，他退在一边看着她们闹，脸上始终是笑笑的。

我女儿是个"人来疯"，见到许慧更能闹了。她们笑闹了一阵子，我女儿突然往竹林方向跑，说要和许慧阿姨捉迷藏。小田一边喊她回来一边去追。

许慧看着她们，拐过头来跟我说，你家女儿一点不像你啊，也不像小田，像谁呀？

许慧的话真是刻薄得很，而且是暗地里刻薄，让你不好发作。她明显是在骂人嘛。

我笑笑，做出宽容的样子，心里马上想起反击的话，我以为你跟王天一起来玩的……

许慧马上讨饶了，打住打住……王天那种人，迟早会死去……

哎，跟你说真的，你家女儿挺好玩的，小田每次带她到单位，我都要逗逗她，小脸蛋粉嘟嘟的，多喜人啊。我今天不知道会碰到你们，要不然，我会带块巧克力送给她。陈老师你真是有福。

许慧突然想起了什么，她看一眼远处的小田和我女儿，小声说，其实，唐红也不错。

许慧在这时候提唐红，我没有敢接茬，毕竟，已经不是五六年前了，如果那时候我还没有结婚，我或许会问问她关于唐红的事。我假装没有听清楚，冲着小田和我女儿，大声地说，嘿，你们别摔倒了。

许慧对刚才的话还意犹未尽。我感觉她在观察我的脸。她在观察我听到唐红后的反应。我真不知道许慧为什么在这时候说唐红。唐红和我已经渐行渐远了，我们已经是两种不同的生活了。

许慧继续道，唐红还打听过你，不过，我没有把你的电话告诉她。

我在心里暗暗怨她，怨她真是不解人意。

我啊一声，说，她打听我干什么啊？什么时候啊？

许慧想一下，说，记不得了。

许慧又说，你说人家打听你干什么？旧情难忘呗，嘻嘻，唐红，挺好玩的，人怎么会有黑有白呢？人，如果是炉子里烤出来的，白人是没烤熟的那种；烤得正好的，就是黄皮肤；烤过头的，就是唐红那样的，傻傻的黑。陈老师，不许你不高兴啊，唐红真是黑！她和王天，倒是一家子。

我嘿嘿着，真不知道她是什么意思。

我可不是骂她啊。

你就是骂她，又关我什么事？我嘴上这样说，心里还是想，唐红那样的黑，正好看哩。

许慧说，陈老师，都到这会儿了，你还不真诚。

我隐隐地觉得，这个女人的内心有些阴暗，她想干什么呢？但我不想触动她的阴暗。

你们还好啊？我说。

谁啊？

我本意是想问她和王天的，但话到嘴边，我又改口了，我努努那个男人，说，新交的朋友啊？

许慧说是，又不无得意地说，其实我一点也瞧不上他，瞧他那死人样！

不错的，我说，哈哈，我不打扰你们啦，你们也好好玩啊，我去找小田和咱女儿。

我走到假山那儿，看到小田正跟谁挥着手。

我转回头，看到远处的许慧了，她被那个男人搂得有些别扭，但她还没忘记回过头来跟我们挥手。

这个男的就是王天吧？小田说。

不是。

她嘴里天天说的王天，不是这个人啊？这又是谁啊？

不知道。我说。

小田很佩服地看着许慧和那个男人在湖边散步，又轻轻地摇摇头。

2

和许慧这次邂逅不久，许慧就被她所供职的广告公司辞退了，起因说起来，也并不十分特别，她和广告公司老板的先生有染，让老板察觉了。老板是个铁腕女人，能把公司料理得停停当当，也能把老公管理得服服帖帖，在她的淫威下，承认和许慧的关系已经一年有余了。老板让丈夫立即和许慧断绝关系，不然，她就要废了他。他可不想被废，权衡一下，一个有钱的老婆，还是比一个风流的情人更有价值。

让人哭笑不得的是，许慧被辞退以后，竟然怀疑是小田在老板跟前挑拨了她和老板之间的关系。为此，许慧十分恼怒，当面痛骂了小田一顿，还丢下狠话，不会饶了小田。小田自然是心底无私天地宽，很快就把这事忘了。

但是，许慧没有忘，她有一次打我电话，陈述小田做这事是多么的不该，说她平时是多么地照顾小田，说她照顾小田完全是看在我们曾经是朋友的份上，还说她和小田一起工作的几年中，一直没提我和唐红的事。

许慧声音很嘹亮地说，陈老师我对你说，我要把你和唐红那些事告诉小田，小田说不定早跟你离婚了，可我们是什么关系啊？我可不能做这种事，你说是不是？可你家小田，唉——你怎么娶这种女人！

我想告诉她，我和唐红并没有什么事。想想，我还是没说，我只是替小田做了辩护，我说小田不是这样的人，她一直都说你挺好的，她真的不会过问你的私生活的，这一点，我敢保证。

许慧说，是嘛，小田真的说我好？算她有点良心。可我好有什么用，还不是好心不得好报？想想真是冤透了，早知道这样，当初我不如真把你收拾了。

我不敢接许慧的话茬，敷衍着，想挂断电话。

对了，有一件事，我一直不理解，许慧的话听起来特别真诚，就是唐红，她为什么又不跟你好了呢？我知道，在这件事上，你一定在冤枉我，以为是我拆了你们的好事吧？

难道不是吗？我心里想。

但是，说真话，还真不是的，我虽然觉得你们似乎也不是一对子，也还不至于坏别人的事。还有一件事啊，你也许不理解，其实我是想拿你做冤大头的，让王天知道你在追我，让她赶快把我娶回家。谁知道，我的这点小伎俩，让王天一眼看穿了！

许慧在电话里哭了。

许慧这一哭，让我对她的面目更模糊了。

五

唐红说，你知道不知道我有什么变化？算了，不想对你说了，我也一点没变，吓人吧？快十年了，居然一点没变，只能说明我们没用处啊。

这话说的，我说。我也有些放开了，我想起许慧说她常回连云港，便继续道，你回连云港也不送给我看看啊？要过年了，回不回来？

不了，我这边有事，走不开。她的口气很坚决。

真遗憾。

我们常打打电话吧，打打电话，说明我们都还好好的，这就行了。对了，你的号码是许慧给我的，她对你们家似乎挺了解的，你们……唐红欲言又止。

她说什么啦？我猜想许慧也许没有好话。

不说了，许慧的话是不能听的，我从前听她的话，就上大当了……我真不该听她的话，不然……

唐红声音渐渐小了，最后成了一股气流。唐红的话里有话，她的意思，好像还是许慧说了我们的坏话，才让她离开我的。我嗫嚅着，觉得，都到这时候了，说这些已毫无意义。

好吧，我们……再见吧。唐红说。

我们挂了电话。

1

过年了，真是喜庆。过年这几天都是阳光灿烂，已经有了春天的迹象了，我和小田带着孩子，把市区的几个景点都逛遍了。大年初五那天，我们到新开业的一家大卖场去逛，顺便给女儿买玩具。这家卖场规模宏大，好几部电梯同时开动，我们顺着人流乘上了到二楼的电梯，在我们身边，从二楼下来的人也挤满在另一部电梯上。就在两部电梯交错而过的时候，我看到一张熟悉的面孔——唐红。几乎在同时，唐红也看到了我，在我们目光相遇的一瞬间，我们都愣住了。我看到唐红的眼里有一丝惊恐和不安。但是，唐红的面部表情克制着，没有过多的变化，也许她也看到我身边的小田和孩子了。

我只是感到惊异——果然如唐红在电话里说的那样，这些年来，唐红真的没有一点的变化，还是多年前的样子。生活会让我们变化很多的。而变化的我们让对方没看出变化，这是因为什么呢？难道仅仅是内心里对往日情感的依恋？或旧日的印象已经像底片一样定格在取景框里？

我们就这样擦肩而过。

唐红不是说不回来过年的吗？

在卖场里，我一直想这个问题，不久前我们才通的电话，她说不回来了。事实上，她还是回来了。她回来而说不回来，是为什么呢？

更为巧合的是，我们在超市里，居然遇到了许慧。更让我不能理解的是，许慧竟然和王天成双成对地在选购商品。本能地，我想绕开他们，我抵一下小田，示意小田回头走。但回头是不可能了，许慧和王天也看到了我们。许慧惊讶地大声说，呀，这不是……是你们两位啊？浪漫啊哈！

许慧一点也不隐瞒地挎在王天的胳膊上，一条腿还不停地甩来甩去，俨然一对相爱已久的情侣。而王天，比以前变得油头粉面了，我忍不住想笑。他们俩混在一起，其实我一点也不感到奇怪。倒是小田，有些惊异了。她显然没有看过王天。小田要是知道这就是传说中的王天，说不准要笑出声的。

真是太巧了，许慧说，陈老师你知道我刚才碰到谁啦？说了你不要难过。

我真怕她提到唐红。

唐红，我和王天碰到唐红了，哎呀，不，是我碰到王天和唐红了，唐红还和以前一样风骚，居然敢和王天拉近乎，真是怪了，她怎么知道王天刚离了婚呢，对了，许慧兴奋地说，陈老师我告诉你，王天这狗日的终于离婚了，那个小白兔，被王天一脚蹬到南天门了，哈哈哈……我说吧王天，你迟早是我的！

王天再一次离婚，也是我感到吃惊的。

幸亏我来了，哈哈，我和王天这么一热乎，唐红才知趣地走了。许慧说，王天，唐红不是来跟我抢你的吧？

王天只是干笑两声，他轻轻地甩掉了许慧的手。

许慧看着小田，薄薄的嘴唇上，跳着兴奋和诡异的音符，继续说道，小田，我跟你说过的……就是那个唐红，她刚刚还在超市里的，小田你要是早来十分钟，就看到唐红了，小田你不是一直想见见她吗？

小田脸红了。

小田的脸红什么呢？我似乎意识到什么。而我的尴尬，似乎比小田有过之无不及。

我听到小田轻轻地噢一声，然后说，是啊，你是说过的，不过，我们刚刚碰到了，我们打了招呼，她，她挺好的。

明显的，小田在撒谎。但小田的谎言很起效果。这下轮到许慧惊讶了。许慧像是不认识似的看着平静的小田，竟没说出话来。

王天这时候说话了，他说，你们聊啊，我走啦。

唉——许慧叫着，撒腿就去追王天。我听到许慧说，我约你几次你都不理我，这次好歹让我抓着了，还想跑！

小田望着他们的背影，直到快被货架挡住了，才说，你们转啊，我到这边转转。

转超市的时候，我心里一直忐忑着，一直不安着。但，什么事都没有，我女儿在超市的柜架间钻来钻去，小田也快乐地尾在她身后。

从刚才许慧和小田的对话中听出来，她们早就说过关于唐红和我的话题了。而小田从没在我面前提过唐红，我有什么好担心的呢？又为什么要担心呢？本来我和唐红就没有什么嘛。但是，我总觉得被冤枉了，小田肯定在误解我什么，这是毫无疑问的。

生活真他妈的啰唆！

我这是骂谁呢？

2

而更为啰唆的事还在后头哩，连我都感到震惊了。

在许慧不断的骚扰下，王天和小白兔的婚姻真的没有走到头。我以为许慧这回应该是心满意足了，可以捕获王天的心了。但没想到，许慧这回还是空喜一回——和王天结婚的，竟然是唐红。

直到这时候，我才理清了十年来的思路——生活一直在弯路上行走。我以为许慧要做的事，其实都是唐红在做。比如我和唐红的约会，其实不过是唐红对王天使的激将法。当年唐红的突然离开，是她先知道王天要娶小白兔了，才抱憾远行的。我觉得悲剧的角色并不是我，我其实是一个喜剧的人物，许慧才一直是王天和唐红这场马拉松式爱情的可怜的配角，或牺牲品。不久前我接到许慧的电话时，她在电话里泣不成声，大骂了一通王天后，又大骂了一通唐红。但是，有什么用呢？这就是生活吗？对，这就是生活。其实，什么样的过程都无关紧要，生活一直在生活的路上等着我们，你想改变吗？那么好了，你要改变的，恰恰生活已经做了这样的安排。

跋

　　这部中篇小说集所收的六部小说，全部在杂志上发表过，因客居北京，手头没有杂志供我检索，记不清具体哪一期了，但大致印象不会错，《闸口》发表于《文学界》（现改为《湖南文学》）；《二手机》发表于《芳草》；《水晶上的裂痕》是旧作新改，发表于《山花》；《一个人的岛》是去年的新作，发表于2016年第三期《清明》头条；《陌生电话引出的事》发表于《西湖》；《跑》这部中篇小说比较特别，它有两个版本，在《清明·纪念抗日战争胜利七十周年增刊》上发表时，改名《父亲的抗战》，字数也增加了一万多字，达四万字之多，但我更喜欢收入本书的这个版本。

　　大约在2008年之前，我写了大量的中短篇小说，粗略统计过，有中篇小说五十余篇，短篇小说一百余篇，还有数量可观的微小说。2009年1月开始，我自讨苦吃地接手一本文学杂志，从此陷入到无休止的琐事当中，整整三年时间，没写过一篇小说，零星发表的几篇，也是从前的"余粮"。2011年春天脱手杂志之后，应朋友之约，到北京的一家影视工作室做了约半年的策划工作，接触了一些影视界的人和事，改变了我此前对北京文艺圈的偏见，这也为以后留在北京的一家文化公司做专业图书策划埋下了伏笔。

潜伏在北京的几年时间，前两年基本是在读书之余，做一些创作上的准备和关于图书的选题策划，自己的本职工作，只整理出版了随笔集《在德意在阳台上》《野菜部落》和《俞平伯的诗书人生》，选编了几本中短篇小说集。大约从 2014 年春天开始，动笔写了几个久已构思的中短篇小说，陆续完成的有中篇小说《吴小丽一周的琐屑生活》《吴小丽一周的情感波澜》，包括前面提到的《跑》和《一个人的岛》，完成了短篇小说《红柿子》《小棉袄》以及长篇随笔《朱自清的完美人格》。可以说，我基本上恢复到 2008 年以前的写作状态了。

题外话不多说了。回过头来看看收在本书中的小说，让自己汗颜的是，虽然从时间跨度上超过了十年，质量上却并未有什么长进。小说创作是件很磨人的事情，要耗费大量的心血和时间，还要耐得住寂寞，如果不是真心喜爱，谁愿意熬更打点吃苦受累呢？这几年读书，读过很多好小说，也读过很多不好的小说，越发觉得这项工作的艰辛和不易。以敝帚自珍计，能有机会把自己的小说结集出版，也算是写作者的一大幸事吧。

是为跋。

2016 年初夏